각성 걸인

김현영 新무협 판타지 소설

乞人覺醒
거지의 깨달음

3

걸인각성 3
김현영 新무협 판타지 소설

초판 1쇄 찍은 날 § 2001년 12월 28일
초판 1쇄 펴낸 날 § 2002년 1월 10일

지은이 § 김현영
펴낸이 § 서경석

편집장 § 문혜영
편집책임 § 권민정
편집 § 장상수 · 박영주 · 김희정
마케팅 § 정필 · 강양원 · 김규진

펴낸곳 § 도서출판 청어람
등록번호 § 제1081-1-89호
등록일자 § 1999. 5. 31
어람번호 § 제1-0039호

주소 § 경기도 부천시 원미구 심곡1동 350-1 남성B/D 3F (우) 420-011
전화 § 032-656-4452   팩스 § 032-656-4453
E-mail § eoram99@chollian.net

ⓒ 김현영, 2001

값 7,500원

ISBN 89-5505-164-6 (SET)
ISBN 89-5505-255-3 04810

※ 파본은 본사나 구입하신 서점에서 교환하여 드립니다.
※ 저자와 협의하여 인지를 붙이지 않습니다.

김현영 新무협 판타지 소설

각성 걸인

乞人覺醒
거지의 깨달음

3
내가 곧 개방이다

도서출판 청어람

목차

1장 전직 살수 상문경 / 7
2장 소문에 소문이 / 19
3장 선물 공세 / 35
4장 소면탈혼 / 55
5장 뇌옥 / 69
6장 노위군의 약점 / 79
7장 친구들에게 돌아가고 싶다 / 87
8장 하극상 / 97
9장 새로운 다짐 / 117
10장 부자의 한탄 / 129
11장 행복은 어디에 있는가 / 151
12장 걸인의 철칙 / 185
13장 칠옥삼봉 / 199
14장 저주의 섬 / 243
15장 불귀도의 안내자 손패 / 261

마천루스토리 3(마천루 최대의 적) / 273

1장
전직 살수 상문경

전직 살수 상문경

무당파의 도청관 앞.

백발이 성성한 운경 도장은 양미간을 살짝 찌푸렸다. 한줄기 바람에 도포 자락이 펄럭이며 너풀거렸다. 그 모습은 도청관의 경관과 어우러져 한 폭의 그림을 보는 듯 아름답기까지 했다. 그가 바라보고 있는 곳에는 애지중지하며 마치 친아들처럼 키워온 제자가 검기(劍氣)를 사방으로 뿌리며 태극검법 수련에 한참이었다.

검이 공간을 그을 때마다 검기가 봉황이 승천하듯 곡선을 그리며 모아졌다 흩어졌다. 그런가 하면 일순간 사방으로 뻗어 나가다 안으로 오므라들고 다시 둥그런 원이 그려지다가 밖으로 퍼져 나가는 모양새가 현란하기 짝이 없었다. 검을 다루는 사람이라면 누구나 감탄하지 않을 수 없으리라. 하지만 운경 도장은 오른손을 들어 길게 늘어진 수염을 쓰다듬고선 마음에 들지 않는다는 표정을 드러냈다.

'이제까지 본 검법 중 오늘같이 형편없는 검법은 처음 보는구나. 검끝이 흔들리고 있지 않은가.'
 무당파에서 검이란 쇠로 만들어진 물체를 말함이 아니었다. 검의 실체는 검을 다루는 시전자인 것이다. 검술가는 마음과 몸과 검이 하나이니 검이 흔들림은 곧 마음이 흔들림을 의미했다.
 '마음이 온통 다른 곳에 가 있음이지. 부모를 뵙고 와서는 더욱 마음을 다해 수련할 줄 알았건만 오히려 집에 다녀오지 않은 만 못하게 되었구나. 음……. 혹시 숙이의 집안에 무슨 일이라도 생긴 것일까.'
 운경은 제자 표숙의 동작을 살피다가 더 이상 이 상태로의 수련은 무의미하다 느꼈다. 마음이 바로 서지 못하면 그저 시간 낭비에 불과한 것이다. 그는 가만히 제자를 불렀다.
 "숙아, 됐다. 그만 하고 이리로 오렴."
 한참 태극의 묘를 따라 운용하며 검법에 열중이던 표숙은 사부의 음성을 듣고 검을 회전시키며 거두어들였다.
 표숙은 바로 표영의 형으로 일찍이 무당파에 보내져 무당의 후계 중 가장 탁월한 실력을 갖춘 검사로 발돋움하고 있었다. 그의 외모는 날카로운 검미에 매의 눈을 하고 있었으며 두껍지도 가늘지도 않은 입술에 이목구비가 어느 것 하나 비뚤어짐이 없는 준수함을 갖추고 있었다.
 표영과 비슷한 외모이긴 했지만 표영의 얼굴이 전체적으로 부드러우면서 상대에게 따뜻한 정감을 불러일으키는 얼굴이라면 표숙의 외모는 표영의 부드러운 얼굴에 명확한 윤곽을 더해 날카로운 기세가 묻어나 훨씬 남자답고 더욱 준수하게 보이는 얼굴이었다. 검을 거둔 표숙의 마음은 무거웠다.

'사부님도 보셨을 것이다.'

집에 다녀온 후로 검의 움직임이 둔탁하고 산만해진 것을 시전하는 자신도 느낀 만큼 이제껏 가르쳐 왔던 사부도 그것을 느끼고 지적하려 함이 분명하다 여겼다.

"죄송합니다, 사부님."

표숙이 송구스러운 낯빛으로 미리 용서를 구하자 운경 도장은 껄껄대고 웃었다.

"껄껄, 미련한 놈 같으니……. 오늘같이 흔들리는 모습은 처음 보는구나. 마음에 근심을 산처럼 쌓아두고 어찌 마음을 비우는 태극검을 연마한다고 하느냐. 분명 네 녀석의 마음엔 집안일로 인한 걱정이 있으렷다."

눈빛만 봐도 마음을 알아차릴 만큼 운경 도장은 표숙에 대해 잘 알고 있었다. 이미 그에게 있어 표숙은 제자 이상이었다.

"별일 아닙니다, 사부님. 마음 쓰지 마십시오."

표숙은 말은 그렇게 했지만 집안일을 상기하자 마음이 편치 못해 날카로운 검미가 꿈틀거렸다. 운경 도장은 표숙이 어지간해서는 마음이 흔들리지 않음을 잘 알고 있었다. 요즘같이 고민한 적은 여태 본 적이 없는 터라 다그치듯 물었다.

"네가 무당산을 내려갈 때는 얼굴에 빛이 나고 활기에 넘쳤었다. 허나 지금은 어찌 된 일인지 수심에 가득 차 있지 않느냐. 네놈은 사부를 외인(外人)으로 생각하고 있는 것이렷다."

"아닙니다, 사부님. 어찌 제가……."

황급히 부인하는 말에 운경 도장이 중도에 말을 잘랐다.

"나라의 임금과 스승, 그리고 부모는 하나라 했다. 네가 집에 다녀온 후 부모님의 일로 근심하고 있다면 그건 바로 나의 일인 것이다. 검법과 내공을 연마하는 것도 중요하겠으나 그 모든 것의 기초는 사람의 마음에 있는 법. 사람을 위하지 않는 검법이나 무공이 무슨 소용 있겠으며 마음으로 다스리지 못한 검이 어떤 힘을 발휘할 수 있겠느냐. 근심하는 바를 내게 말해 보거라. 어떤 응어리라도 마음에 담아두면 결코 수련은 아무 의미가 없음이야."

표숙은 사부님이 이렇게까지 말씀하시니 더 이상 속으로만 삭일 수만은 없는 노릇이었다. 집안일을 사문(師門)에까지 끌어들이고 싶지 않아 이제껏 망설였던 터였다. 하지만 지금 표숙은 무엇보다 사부의 도움이 필요한 것만은 사실이었다.

"이번에 사부님의 은혜로 이 제자 부모님을 뵈올 수 있었습니다. 부모님은 언제나처럼 반갑게 맞아주셨지만 제자는 두 분의 마음에 슬픔이 가득함을 보았습니다."

"무슨 일이더냐?"

"어린 동생이 여태 5년여 동안 아무런 소식도 없고 돌아올 기미도 보이지 않기 때문입니다."

"어디를 갔기에 소식이 없더란 말이냐?"

운경 도장은 물으면서도 마음 한쪽이 뜨끔했다. 제자를 아끼면서도 이제껏 집안에 대해 자세히 물어보지도 않은 자신이 민망해진 까닭이었다.

'이 아이에게 무공을 전수하는 데만 관심을 가졌을 뿐 정녕 그 근본된 집안을 살피지 못했구나. 어찌 무공만이 사랑하는 마음의 전부겠는가. 이 녀석은 무공에 대해서는 집요하게 묻고 매달리면서도 개인적인 고민은 물어보지 않는 이상 말하지 않으니…… 그래, 그건 다나 자신을 합리화시키려는 핑계일 뿐이지. 이 모든 게 다 나의 부덕함이 아니겠는가. 내가 이제껏 엄하게 가르쳐 사사로운 데 마음을 쓰지 못하게 했으니…….'

운경 도장이 혹독한 수련만을 내세웠던 스스로를 되돌아볼 때 표숙이 답했다.

"동생은 지금으로부터 5년 전쯤 녹정이라는 개방의 분타주 한 분의 눈에 띄어 개방 제자로 따라나섰습니다. 워낙에 고생없이 자란 데다가 게으르기 그지없어 부모님은 떠나보내시면서도 걱정이 태산 같았습니다. 녹정이라는 개방 분타주는 특이하게도 5년이 되기 전까지는 결코 집에 돌아올 수 없다고 했다고 합니다. 마음은 아팠지만 두 분은 5년이 지나기만을 하루를 천 날[千日]처럼 기다리고 또 기다리셨습니다. 제가 한 번씩 집을 다녀올 때면 부모님의 걱정하시는 모습에 직접 찾아보겠다고 말씀드렸지만 부모님께서는 고심하시다가도 고개를 저으시곤 하셨습니다. 그건 동생이 워낙 특이한 경우로 떠난 터라 혹시나 악영향이 있을까 우려하심이었습니다."

운경 도장은 묵묵히 듣고 있다가 궁금증이 일어 말을 끊었다.

"특이한 경우라니…… 그건 무슨 소리더냐?"

"사실 동생은 태어난 지 1년이 되었을 때 눈빛이 푸르스름하게 변하기 시작했습니다. 그것은 만성지체의 표식으로 천하에서 가장 게으름을 타고난 체질임을 뜻하는 것이었습니다. 사실 믿기 힘든 일이시겠지만 천의 소공공께서 직접 다녀가셔서 말씀하신 데다가 실제로도 발가락 하나 움직이길 싫어했답니다."

표숙은 그 후에 귀인이 다녀갔고 어떤 과정을 통해 개방 분타주를 따라나서게 되었는지를 설명했다.

"거참, 희한한 일이로구나. 천의 소공공이 다녀갔다니 틀린 말은 아닐 터. 세상천지에 그런 신체를 타고난 사람이 있을 줄이야. 그 후엔 어떻게 되었느냐?"

운경 도장은 자못 흥미로움에 휩싸여 재촉했다.

"그 후로 5년이라는 길고 긴 시간이 지나게 되어 저는 이번에 내려가면 동생을 볼 수 있을 줄 알았습니다. 하지만 이번에도 동생을 보진 못했습니다. 부모님의 상심은 하늘을 찌를 듯했고 얼굴엔 생기를 찾아볼 수 없었습니다. 그나마 조금 위안을 삼을 수 있으신 건 예전에 집안에 도움을 주었던 그 귀인께서 작으나마 소식을 알려온 것 때문이었습니다. 그분은 동생이 현재까지 잘 있으니 아무 염려 할 필요가 없다고 말씀하시고 지금은 여러 이유로 돌아올 수 없고 다시 5년이 지난 후에야 돌아올 수 있다는 말을 주셨습니다. 그분은 떠나시면서 사람을 보내 연락을 취해볼 수는 있을 성싶다는 말만 남기고 홀연히 떠나셨다고 합니다. 저는 부모님께 어떻게든 영이를 찾아보겠노라고 말씀드려 일단 안심은 시켜드렸지만, 지금 저로서 어떻게 동생을 찾아야 할지 몰라 마음만 애태우고 있었습니다."

운경 도장은 고개를 갸웃거렸다.

"정말 희한한 일이야. 너의 동생의 몸은 그렇다 쳐도 개방이라면 구파일방의 하나로 그리 앞뒤를 구분 못할 곳이 아니건만 참으로 무심하기 그지없구나. 강호에 대단한 일이 일어난 것도 아니고 지금은 표면적으로나마 평화로운 나날들을 보내고 있지 않더냔 말이다."

표숙은 '사부님, 부디 제가 동생을 찾도록 보내주십시오'라는 말이 목구멍까지 치고 올라왔지만 꾹 눌러 참고 우선 사부님의 답변을 기다렸다. 검술이 흐트러진 것을 보셨고 말씀까지 다 드렸으니 어떤 해답이 나올 것이라 여긴 것이다.
"음… 그래, 너는 형으로서, 그리고 맏아들로서 마땅히 도리를 다해 동생을 찾고자 함이렷다. 그래서 내게 시위라도 하듯이 엉터리 검법을 시전하여 하산코자 함인 게냐?"

농담 섞인 말임을 잘 알았지만 표숙은 하늘 같은 사부님께 황급히 머리를 조아렸다.

"시위라뇨. 사부님, 당치 않으십니다. 전 단지……."

"껄껄껄껄… 됐다, 이 녀석. 좋다. 내 네놈의 고단수 술책에 넘어가 주기로 하마. 하지만 너를 동생 찾는 데 보내줄 순 없다."

표숙은 됐구나 싶었는데 뒷말을 듣자 마음이 조급했다. 하지만 운경 도장은 태연하게 웃으며 말을 이었다.

"널 보내지 않는 대신 내가 아는 사람을 통해 너의 동생을 찾아보도록 하마. 어때, 되겠느냐?"

표숙은 막힌 체증이 뻥 뚫리는 듯했고 가슴을 쓸어 내리며 기뻐했다. 사부는 무당사대고수 중 한 명으로 그 무공이 하늘과 같으니 필경 아는 사람이라고 해도 그 무공이 자신과 비견할 바는 아닐 것이 분명했다.

"정말이십니까, 사부님!"

"허허, 녀석… 이제 좀 마음이 놓이느냐?"

표숙이 허리를 깊이 숙이며 다시 한 번 감사를 드렸다.

"사부님의 높으신 은혜에 감사드립니다."

"이 녀석, 너는 생각도 깊고 마음 씀씀이도 너그럽지만 심각한 문제가 있음을 알고 있느냐?"

"……."

표숙이 아무 말이 없자 운경 도장이 다시 말을 이었다.

"내 너의 수련에만 힘을 쏟았을 뿐 그동안 너의 집안일에 관심을 가지지 못했다. 너의 부친 표 장주는 덕이 높아 은연중에 그를 돕는 강호인들이 있을 정도이기에 크게 마음 쓰지 않았던 것이지, 이런 고민이 있으리라고는 생각지도 못했다. 너는 사문에 폐를 끼친다는 생각으로 마음을 드러내지 않으려 했는지 몰라도 그건 큰 어리석음이다. 너는 내게 있어 소중할 뿐만 아니라 무당파에서도 너의 존재는 소중하다. 네가 곧 무당파이며 너의 검이 곧 무당검이 아니더냐. 그러니 너의 문제는 곧 무당의 문제이기도 한 것이다. 앞으로는 사소한 것이라도 마음에 묵혀두지 말고 이 사부에게 온전히 고하도록 하거라. 그렇게 하지 않을 시엔 나는 네가 나를 사부로 생각지 않는다 여기고 그땐 나도 더 이상 너를 무당의 제자로 인정하지 않겠다. 알겠느냐?"

표숙은 '네가 곧 무당파이며 너의 검이 곧 무당검이 아니더냐' 라는 말을 듣자 마음이 뭉클해졌다. 전체 무당파에서 볼 때 자신은 작은 지체에 불과할 뿐이건만 사부는 이토록 소중하게 여기고 있지 않은가.

"제자 명심하겠습니다."

"좋다. 내가 알고 있는 사람 중에 추적술에 있어서는 타의 추종을 불허하는 이가 있으니 그에게 부탁해 보도록 하겠다. 마음 같아서는 너도 그와 함께 가게 하고 싶다만, 현재 무당파에서 행하는 수련 중에 오행검진은 네가 중심이 되어야 하는 만큼 어쩔 수가 없구나. 이해할 수 있겠지?"

"사부님의 뜻에 따르겠습니다."

"그래, 좋다. 그래도 너의 진전이 뛰어나 내년 후반부터는 어느 정도 여유를 찾을 수 있을 것이다. 그때는 칠옥삼봉의 모임에도 편하게 다녀오도록 하려무나."

  칠옥삼봉의 회합은 젊은 신진고수들을 칭하는 말로 표숙은 일곱 명의 남자 기재를 뜻하는 칠옥의 첫째인 일옥검수(一玉劍秀)라 불렸다. 하지만 지금에 이르기까지 표숙은 무당파의 기대주로 무공 수련 강도가 높아지면서 그저 친목을 목적으로 외유를 즐길 수는 없는 노릇이었다.

  온통 짙은 흑의에 감싸인 채 상문표는 고개를 끄덕였다.
  "그리 어려울 것은 없을 듯합니다."
  상문표는 운경 도장으로부터 표영의 인상착의와 이동 지점을 듣고 여유있는 모습을 보였다.
  운경 도장은 대수롭지 않다는 듯한 대답을 듣자 마음이 한결 여유로워졌다.
  "자네만 믿네. 내 어지간해서는 자네를 피곤하게 하고 싶지 않지만 이번만은 부탁함세."
  "하하, 운 도장님의 제자를 아끼는 마음이야 소문이 자자하잖습니까. 저는 처음에 친아들인 줄 알았습니다. 너무 심려하지 마십시오."
  "허허, 이 친구도 참……."
  이제 30대 후반의 상문표는 전직 살수였다. 그는 강호에서 활약할 당시 워낙 그 행동이 은밀해 얼굴을 아는 사람도 없었으며 이름도 알려지지 않은 채 단지 별호로만 불려졌다. 또한 어떤 청부 조직에도 속해 있지 않고 독자적으로 청부를 받아 일을 수행하곤 했었기에 더욱 그 행적은 묘연하기만 했다.
  그의 별호는 흑조단참(黑鳥斷慘)이라 했다. 별호의 의미는 '흑조와 함께하며 무자비하게 목숨을 끊어놓는다' 라는 뜻이었다. 강호에서는 까마귀 울음소리가 세 번 들리면 근처 누군가의 목은 떨어질 것이라는 말이 나돌 정도로 그의 실력은 대단한 것이었다. 그러던 중 그는 삼 년 전부터 홀연히 강호에서 그 소식이 끊어졌었다. 어떤 이는 그가 청부에 실패해 어디선가 죽었을 것이라 말하기도 했지만, 사실은 운경 도장을 만나 고침을 받은 후 마음을 바로잡게 되었음이었다.

 그 후 상문표는 일 년에 한두 차례씩 운경 도장에게 인사를 드리러 오곤 했는데 바로 오늘이 그날이었다. 상문표는 운경 도장에게 표영과 관련된 이야기를 더 듣고 담소를 나눈 후에 본격적으로 표영 추적 작전에 들어갔다.

2장
소문에 소문이

소문에 소문이

 허운 지역에서 가장 이름 높은 의국(지금의 병원)인 온초방에 오랜만에 시끌벅적한 환자의 고함 소리가 사방을 울렸다. 의국의 이름이 온초방인 것은 이곳을 운영하는 의원의 이름이 온초(瑥礎)였기 때문이다. 의원 온초는 60세가 넘은 나이로 뛰어난 의술을 지녔다. 하지만 무엇보다도 그는 후덕한 성품과 인자한 마음을 지녀 허운 지역뿐만 아니라 여러 주변 지역에까지도 널리 명성이 자자했다.
 그는 환자를 대함에 있어서 아주 각별한 마음을 가진 것으로 유명했다. 의원들 중엔 조금은 거만하게 환자를 대하며 그 상처와 질병에만 손을 쓰는 이가 있기도 하지만 온초는 환자의 마음에 남은 아픔도 어루만져 주는 진정한 의원의 길을 걷고 있었다.
 "구지경외자…… 으윽… 안 돼! 따라오지 마! 따라오지 말란 말이야! 왜 날 죽이려고 하는 거냐……!"

온초방을 뒤흔드는 목소리의 주인공은 동굴에서 처절한 나날들을 보낸 이진구였다. 그는 온초방의 병실 한쪽에 누워 연신 식은땀을 흘리며 헛소리를 질러대고 있었는데 눈이 까뒤집히고 흰자위만 드러낸 것이 정상적인 상태가 아닌 것이 분명했다. 어느덧 동굴에서 곤욕스러운 생활과 사람들 앞에 감추고 싶은 치부를 드러내 버리고 혼절한 뒤 온초방으로 옮겨온 지 7일이 지났다. 하지만 그가 받은 충격이 어찌나 컸던지 아직까지 혼미한 상태에서 벗어날 기미가 보이지 않았다.

"헉헉… 난 먹지 않을래… 먹지 않을 거야… 난 절대 먹을 수 없어……."

그로선 영양 공급이 제대로 이루어지지 않은 몸도 몸이지만 실질적으로 정신적 상처가 너무도 컸다. 그동안 생명을 연장하기 위해서 먹은 쥐와 박쥐들, 그리고 수많은 때와 차마 말로 표현하기 힘든 것들을 먹었기에 몸은 동굴을 떠났지만 마음만큼은 아직 다 벗어나지 못한 것이다.

"흐흐흐… 이제 조금밖에 남지 않았는걸…… 어이구, 아까워~ 흐흐흐……."

뭐가 그리 아까운지 웃음기를 띠며 재잘거리다가 갑자기 비명을 질러댔다.

"으아악! 이럴 순 없어!!"

이렇듯 이진구는 꿈속에서 동굴에서의 고통을 재현하며 수없이 나락에서 떨어지고 또 솟아올랐다가 또 떨어지길 반복했다.

"으윽……."

이번엔 때독과 똥독에 절여진 위(胃)가 뒤틀려 오는지 고통스러운 신음을 토해냈다. 침상 앞에서 지켜보던 의원 온초는 혀를 끌끌 차며 안타까워했다.

'소문대로 큰 충격을 받은 게 분명하구나. 그런데 왜 자꾸 구지경외자에 대해 헛소리를 지르는 것일까?'

의원 온초가 걱정스런 얼굴로 바라볼 때 문 열리는 소리와 함께 대여섯 명이 안으로 들어왔다. 그들이 누구인지 알아본 온초가 반갑게 인사를 건넸다.

"어서들 오십시오."

그들은 개방 분타주 묵백과 지타주 오선교, 그리고 세 명의 당주들이었다.

"수고가 많으십니다. 차도가 있는지 모르겠습니다."

묵백의 질문에 온초가 정중히 답변했다.

"침(針)으로 몸을 다스려 이틀 전보다는 좀 나아지긴 했지만 아직 깨어나진 못하고 있습니다. 하지만 점점 좋아지고 있으니 대충 이삼 일 내로 어떤 변화가 있을 듯합니다."

"다행입니다. 온 의원님의 수고가 크십니다."

온초가 손을 내저었다.

"의원이 당연히 해야 할 일을 수고라니요. 그건 의원에 대한 모독입니다."

"하하하, 그렇게 되나요."

정겨운 대화가 오고 갈 때 이진구의 헛소리가 병실을 울렸다.

"구지경외자… 너, 넌 정체가 뭐냐. 왜 날 죽이려고 하느냐? 날 가만 내버려 둬. 으윽… 살려줘~"

이진구는 꿈속에서 몽둥이를 쥔 표영에게 쫓기고 있는 중이었다.

"너, 너 같은 고수가 왜 개방에 들어온 것이냐? 아악~ 그건 먹을 수 없어. 제발… 제발……."

안타까운 소리를 지르는 이진구는 쫓기다가 끝내 잡혀 박쥐의 몸통을 억지로 입 안에 들인 상태였다. 묵백을 비롯한 개방인들은 이진구를 바라보며 속으로 혀를 찼다.

'이거 생각보다 심각한걸.'

'하긴 백결서생이라던 사람이 그런 꼬락서니를 만천하에 드러냈으니 그럴 법도 하지. 쯧쯧쯧.'

'근데 왜 자꾸 구지경외자를 부르는 걸까?'

'자신의 모습이 구지경외자와 비슷해져서 저러는 걸까.'

묵백은 이진구를 바라보며 양미간을 찡그리고 한숨을 내쉬었다. 평소에 싫어하는 구석이 많았지만 초라한 몰골을 보노라니 연민의 정이 생겨나지 않을 수 없었다. 그는 이진구의 손을 꼬옥 잡아주고 온 의원과 몇 마디를 나눈 후에 병실을 나섰다.

"이만 가보도록 하겠습니다. 앞으로도 잘 부탁드립니다."

"염려 마십시오. 필생의 힘을 다해 치료에 노력하겠습니다. 정신을 차리게 되면 아랫사람을 통해 연락을 드리도록 하지요."

묵백 등이 떠나고 나서도 이진구의 헛소리는 계속되었다.

이진구의 비참한 동굴 생활에 대한 소문은 꼬리에 꼬리를 물고 퍼져 나갔다. 허운 지역은 물론이고 다른 지역으로까지 소식은 빠르게 전해졌다. 급기야 강호 무림 사정을 모르는 일반인들에게까지도 이 일은 모르는 이가 없을 정도로 대단한 얘깃거리가 되었다. 사실 이처럼 소문이 급속히 전해지게 된 데는 동굴 참상을 바라본 이들 중에 개방인들 외에 다른 무림인들이 많았던 까닭이었다.

그날 동굴 앞에선 무림인들은 혹시나 비급과 산삼을 얻을 수 있을지도 모른다는 생각에 초긴장을 하고 살펴보았지 않았던가. 하지만 정작 드러난 현실은 지독한 허무함과 함께 평생을 두고 잊을 수 없는 장면으로 기억되고 말았다. 그런 기막힌 이야기를 어찌 다른 이에게 전하지 않을 수 있겠는가. 아마 성인 군자라도 몰래 말을 하지 않기란 힘들 것이리라.

"난 처음에 웬 쓰레기 더미가 놓여 있는가 했지 뭔가. 근데 놀랍게도 쓰레기 더미가 스스로 일어나더란 말일세. 클클클… 그게 알고 봤더니 그 쓰레기 더미가 이진구였어. 급기야 그 쓰레기가 비명을 지르더구먼. 클클클."

"동굴에 간 것을 난 후회하진 않네. 비록 비급이나 산삼을 얻진 못했지만 돈 주고도 구경하지 못할 것을 봤으니 말이야."

"생명이란 참으로 위대한 것임을 느꼈지. 목숨을 초개와 같이 여긴다는 무림인이라도 동굴에 갇히면 그렇게라도 살아보려고 하지 않겠나 싶었어. 하지만 그는 차라리 발견되지 않고 죽는 게 나을 뻔하지 않았나라는 생각도 들더군. 이제 무슨 낯짝으로 강호를 활보할 수 있겠냔 말이네."

"혹시 아나. 나중에라도 인피면구를 쓰고 강호를 다닐지. 그땐 무면인(無面人)으로 나타날 걸세. 하하하."

"그것도 일리가 있군."

이처럼 많은 이들은 이진구를 통해 통쾌함 같은 것을 느꼈다. 사람의 마음이란 게 원래 간악한 구석이 없지 않은 게 사실이다. 남의 불행은 곧 나의 행복. 이것은 시대를 막론하고 진리임이 분명하다. 남이 잘되는 것은 입을 꾹 다물고 심지어 잊으려 하지만 남의 불행이나 단점, 혹은 허물 같은 것은 겉으로 드러내진 않아도 뿌듯한 희열을 느끼게 된다. 오죽했으면 사돈이 땅을 사면 배가 아프다는 말이 나왔을까. 그런 의미에서 이진구의 처참한 몰골은 듣는 이들 모두에게 흐뭇한 미소를 짓게 하기에 충분했다.

하지만 이런 동굴 참변에 대한 이야기가 이진구가 아닌 보통 사람에게 일어난 것이었다면 어땠을까? 혹시라도 생명의 소중함과 감동적인 이야기로 전해졌을지도 모른다. 허나 이진구는 평소 자신의 무공과 개방의 힘을 믿고서 사람들을 무시했었고 은근히 원수를 많이 남긴 터라 동정이나 감동 따위는 기대할 수 없는 것이었다. 이런 이유로 많은 이들은 노골적으로 미친놈이라고 껄껄대며 즐거워했다. 심지어 같은 소속인 개방인들조차 자신의 마음을 감추고 걱정하는 듯 말하면서도 마음 한구석에서는 은근히 잘됐다고 생각하는 이들도 많았다.

어쨌든 이 사건으로 인해 이진구에겐 새로운 별호가 붙게 되었으니 그건 이름하여 '걸인지존'. 이제 백결서생이 걸인의 지존으로 둔갑해 버린 것이다.

걸인지존 이진구에 대한 이야기는 주루의 술 좌석이나 길거리에서 단연 최고의 주제였고 각 집에도 심심할 때 애용되는 훌륭한 웃음의 재료가 되었다.

"쥐를 생째로 뜯어 먹고 버텼다지 아마. 대단해. 어떻게 그런 생각을 했을까?"

"이 사람아, 막상 그런 상황에 닥치면 뭘 못하겠나. 다 살자고 하는 짓이니 뭐라고 할 순 없는 노릇이지."

"흥, 아무리 그래도 그렇지. 그동안 백결서생이라며 얼마나 고고한 척했었나. 그러나 이제 그 본색이 드러난 것이 아니냐구. 그러게 사람이란 평소에 말을 조심해서 해야 하는 거야. 자신보다 못한 사람을 업신여긴 대가를 받은 게지."

"그나저나 쥐뿐만이 아니라던걸. 듣기론 자기 신발까지 뜯어 먹었다면서? 그때 본 사람들이 신발 밑창만 남은 것을 보고 할 말을 잃었다고 하더군. 앞으론 우리도 신은 역시 좀 값나가는 것으로 신고 다녀야 할 모양이야."

"하하하, 그렇군. 하지만 그러기 전에 평소에 이빨을 좀 더 튼튼하게 할 필요가 있을걸."

"하하하… 하하하……."

"신발까지는 뭐 누구나 그렇게 할 수도 있겠지. 근데 입 주위에 묻은 정체 불명의 것들은 정말 못 봐주겠더군."

"하하하, 하하하, 나도 그걸 꼭 봤어야 하는데 정말 아쉬워, 아쉽단 말이야."

한편 이진구의 비참한 동굴 사건을 판매 전략으로 이용한 곳들도 나타나기 시작했다. 그중 대표적인 곳이 만두를 전문으로 파는 천월 만두점(天月饅頭店)과 가죽신을 주로 판매하는 우마(牛馬) 신발점이었다.

천월 만두점에서는 가게 앞쪽에 특별 전시용으로 떼만두를 만들어 두어 진열해 놓았는데 예상외로 대단한 반응이 일며 평상시 매출의 네 배를 거두어들이는 놀라운 성과를 이루었다. 만두집을 찾은 사람들은 하나같이 감탄하며 그 이야기를 주제로 껄껄댔다.

"희한하단 말이야. 대체 누가 때만두를 넣어주었을까? 동굴 안에서 직접 만들어 먹을 수는 없지 않았겠나."

"정말 알 수 없는 일이야. 누군지는 몰라도 대단한 작품 아닌가. 어느 누가 생각이나 했겠는가 말일세."

"내 생각엔 아마 목욕탕을 운영하는 사람 중 한 명이 그렇게 한 것이 아닐까 싶네. 남아도는 게 때니까 말일세."

"그렇다면 이번 일을 통해 때를 잘 밀고 다니라는 경고란 말인가? 하하하."

물론 만두 가게에서 만두를 먹는 사람들이 이렇듯 조롱만 일삼는 것은 아니었다. 40세의 중년 가장(家長)인 유번은 때만두를 전시하는 천월 만두점 주인에게 큰 소리로 따지기도 했다.

"먹는 음식을 가지고 이런 식으로 장난을 쳐도 되는 것이오? 동굴 안에서 힘들게 목숨을 지키려 한 점을 장삿속으로 이용하다니… 정말 돼먹지 못한 사람이군."

천월 만두점 주인 도인경은 연신 머리를 조아렸다.

"죄송합니다. 장난이나 장삿속이 아니라 그저 세상엔 참 별의별 것이 있을 수 있다는 것을 보여주자는 의도였을 뿐이랍니다."

"흥! 끝까지 변명을 늘어놓겠다는 것이군. 한 사람의 고통이 어찌 사업 수단으로 둔갑할 수 있단 말이오."

유번은 길길이 날뛴 후 분노한 기색으로 집으로 돌아갔다. 하지만 집으로 향하는 그의 표정은 아까 천월 만두점에서 보였던 것과는 전혀 달랐다. 뭔가 기대와 흥분에 가득한 모습이 역력해 보인 것이다. 그는 집으로 들어가자마자 노래를 흥얼거리며 바로 목욕을 하기 시작했다. 그는 때를 정성껏 밀었고 혹시 잃어버리기라도 할까 봐 그 때들을 곱게곱게 잘 모아두었다.

'바로 이것이로군.'

그는 목욕을 마치고 때를 두툼하게 모아 만두를 빚기 시작했다.

'훗, 사실 나도 해보고 싶었다구. 낄낄낄… 이거 정말 의외로 재밌는걸.'

유번은 낄낄대며 때만두를 만들었고 급기야 온 가족을 불러 모아 만두를 빚기에 이르렀다. 그 어느 때보다 즐거운 저녁 시간이었다. 이런 유번의 행태는 특별난 것은 아니었다. 겉으로 반발하던 이들 중엔 대다수가 이런 식으로 즐기고 있었던 것이다. 겉으로는 사회적인 체면 때문에 드러내 놓고 웃진 못했지만 정작 자기 집에서는 호박씨를 까며 기뻐한 것이다.

가죽 신발을 전문적으로 취급하는 우마 신발점에도 사람들은 물밀듯이 몰려들었다. 우마 신발점 주인은 엄청난 성원에 기쁜 나머지 가족 숫자대로 구입한 사람들에게는 할인을 해주는 등 대단한 열의를 가지고 판매하기에 여념이 없었다. 이제껏 이 장사만 20년을 넘게 했지만 요즘처럼 손님을 많이 받아보기는 그로서도 처음 있는 일이었다. 주인 여묵은 번창하는 사업에 기쁨의 눈물을 흘렸다.

'내 반드시 이 고마움을 갚아야겠다. 얼마나 고마운 사람인가. 만약에 그가 때만두만 먹고 가죽 신발을 뜯어 먹지 않았다면 어쩔 뻔했어? 휴~ 만약 그랬다면… 생각만 해도 아찔하구나.'

주인 여묵이 이런 감사하는 마음을 가질 때 한쪽에선 가죽 신발을 구입한 이들끼리 뜨거운 토론이 벌어졌다.

"내가 집에 가서 실험을 해봤지 뭔가."

"오, 그래? 무슨 실험인데?"

"가죽신을 물에 펄펄 끓인 후 개에게 먹여봤다네. 과연 소화를 잘 시킬 수 있는가 하는 것을 알아보기 위해서였지."

"허허… 거참, 자네도 할 일 되게 없었군. 근데 결과는 어떻던가."

"이 친구, 자네도 궁금하면서 뭘 그러나. 험험… 글쎄, 그게 말이야, 증세가 심각해지더군."

"어느 정돈데 그래?"

"한 삼 일 정도는 설사를 쭉쭉 하지 뭔가. 난 소리가 하도 요란해서 밖에 비가 오는 줄 착각할 정도였다니까. 자네도 알다시피 우리 집 복실이가 좀 토실토실 하잖은가. 근데 삼 일 사이에 살이 쪽 빠졌다네. 내년 여름 복날에 먹으려고 했는데 걱정이 이만저만이 아니야."

"하하하, 그럼 걸인지존 이진구는 동굴에서 욕깨나 봤겠는걸. 개가 그 정도이니 사람이야 오죽했겠는가."

"하하, 정말 그렇군. 쫙쫙쫙~ 하하하……."

그 외에도 때만두를 개에게 먹여본 사람, 박쥐 장난감을 구입하겠다는 사람, 이진구가 갇힌 동굴에 견학을 가는 사람 등등 별의별 일들이 이진구로 인해 유행하기에 이르렀다.

이진구는 온초방에 누워 있은 지 열흘째가 되었을 때야 비로소 정신을 차릴 수 있었다. 하지만 그는 아침 일찍 눈을 떴다가 다시 눈을 감아버렸다. 차마 눈을 뜨고 사람들을 대할 엄두가 나지 않았던 것이다. 중간중간 간호하는 이들이 미음을 떠먹여 주었지만 그때도 정신을 차리지 못한 척했다. 감질 맛 나게 목으로 넘어가는 미음을 후닥닥 먹어치우고 싶은 마음은 간절했지만 그보다 더한 것은 수치심이었다.

그로선 동굴 입구에서 자신을 바라보던 사람들의 그 경악에 찬 눈동자를 잊을 수 없었다. 그에게 있어 그 일은 뼈가 조각나는 고통보다도, 창자가 빠져나오는 고통보다도 더욱 진한 아픔이었다. 그렇게 전전긍긍하던 그가 침상에서 몸을 일으킨 것은 해가 저문 다음이었다.

"끄응."

윗몸을 일으키자 이곳저곳이 쑤셔와 저절로 신음성이 터졌다. 얼마 지나지 않아 상세를 살피러 의원 온초가 들어왔다. 기실 온초는 혼절 상태에서 벗어났음을 낮 시간에 간파한 상태였다. 뛰어난 의원으로서 호흡과 눈썹의 움직임만 보고도 그 정도는 알 수 있는 것이다. 하지만 그는 환자를 배려하는 마음으로 모르는 척했으며 지금도 고의로 깜짝 놀라는 표정을 짓고서 기뻐했다.

"드디어 일어나셨군요. 축하드립니다. 대단한 정신력과 체력이 아닐 수 없습니다. 하지만 아직 몸을 움직이기엔 기력이 부족하니 좀 더 누워 계시도록 하십시오."

"네……"

이진구는 수치심으로 인해 눈도 마주치지 못했고 간신히 기어가는 소리로 대답했다. 분명 이곳으로 옮겨지게 되었을 때 비참한 모습을 이 의원도 보았을 것이다. 이진구는 겸연쩍은 표정으로 가볍게 고개를 끄덕인 후 가부좌를 틀고 운기행공에 들어갔다. 대화하기가 쑥스러운 데다가 몸 상태도 확인해 보고 싶었기 때문이었다.

'헉~ 이게……'

단전을 살피며 내기(內氣)를 움직이려 했던 이진구는 가슴이 철렁 내려앉았다. 어찌 된 일인지 단전은 텅 비어 있는 듯 조금의 내기조차 느껴지지 않는 것이다.

'설마…….'

당황한 마음에 얼굴이 벌겋게 달아올랐고 연신 힘을 기울여 내기(內氣)를 찾으려 했다. 하지만 처음과 마찬가지로 여전히 아무런 흔적조차 찾을 수가 없었다. 즉, 이 상태는 내공이 모조리 소실되었음을 의미했다. 얼마나 부단히 노력해서 쌓은 내공이었던가.

"내, 내 몸에 어찌 기가 전혀 느껴지지 않는 겁니까?"

초조함이 가득 서린 질문에 의원 온초는 이미 이런 질문을 예상하고 있었다는 듯 침착하게 입을 열었다.

"사실 이곳으로 오실 때 몸 상태는 말로 할 수 없을 만큼 최악이었답니다. 기는 몸 안에서 방향을 잡지 못하고 소용돌이쳤고, 폐와 위도 많이 손상된 상태였지요. 게다가 때독과 똥독에 몸이 이상 반응을 일으켰고 거기에 심리적인 충격까지 더해져 어느 것 하나 정상인 것이 없을 정도였습니다. 그런데 다행히도 이곳으로 옮겨진 후 몸이 회복돼 가면서 반대로 내공은 점점 사라져 갔습니다. 실제로 경락의 여러 곳이 막히고 허물어져 오히려 몸을 보호해야 할 내기가 몸을 손상시키는 증상이 나타났었답니다. 하지만 다행히 내기가 소실되면서 몸도 점점 정상으로 돌아오게 된 것이지요."

실로 청천벽력 같은 소리였다. 그로선 도무지 믿을 수가 없었다. 아니, 믿고 싶지 않았다. 이럴 순 없었다. 몸이 회복된들 무엇 하겠는가, 모든 내공을 잃어버렸다면 아무런 소용도 없는 것이다.

"어, 어떻게 다시 회복할 수 있는 방법이 없겠소이까?"

이진구의 음성은 떨리고 있었다. 하지만 온초는 가만히 고개를 저었다.

"회복이 문제가 아닙니다. 앞으로는 절대 내공을 익혀선 안 됩니다. 앞서도 말씀드렸다시피 이미 경락의 여러 부분이 손상되었기에 자칫 내공을 연마하게 될 시 그로 인해 더욱 곤란한 지경에 빠지고 말 것입니다. 그저 보통 사람으로 살아가시면 남은 여생은 별 탈 없이 지낼 수 있을 것입니다."

무인(武人)에게 있어서 무공의 소실은 사형 선고나 다름이 없었다. 특히 이진구처럼 남을 업신여기고 약자를 자신의 무공으로 억눌렀던 사람에게는 더 더욱 그러했다. 이제 그는 보통 사람이 돼버리고 만 것이니 앞으론 하다못해 동네 건달에게조차 얻어맞을지도 모르는 일이다. 그의 머리로 그동안 시비에 얽혀 괴롭히고 상케 했던 이들의 얼굴이 빠르게 지나갔고 그들을 처참하게 짓밟았을 때 그들이 남긴 말들이 귓가를 울렸다.

"언젠가 네놈에게 반드시 복수하고 말겠다."
"내게 잘못이 있다면 단지 힘이 없음이겠지."
"이진구, 이 간악한 놈아. 네가 그러고도 천벌을 면할 성싶으냐."

그는 고통스러운 듯 두 손으로 귀를 틀어막고는 도리질 쳤다.
"으아악… 그만… 그만……."
의원 온초는 불안한 마음이 몸을 망치는 것을 잘 알기에 얼른 침을 꺼내 이진구의 수혈을 찍었다. 목 언저리 수혈에 침이 꽂히자 이진구는 허물어지듯이 침상으로 쓰러졌다.
"음… 차라리 처음부터 무공을 익히지 않았다면 이렇게 괴롭지도 않을 것을… 쯧쯧, 어쨌든 정신이 들었으니 내일쯤엔 개방에 연락을 취해야겠구나."
　온초는 손으로 턱을 매만졌다. 평생 환자를 돌보며 살아온 그로선 왜 굳이 무공을 연마하려 하는지 이해할 수 없는 노릇이었다.

3장
선물 공세

선물 공세

온초의 연락을 받고 묵백을 비롯한 개방인들은 다시 병문안을 왔다. 그들은 지난번처럼 묵백분타주와 지타주, 그리고 당주들이었다. 이진구는 병실로 들어서는 분타주 묵백과 지타주 오선교를 보자 수치심과 함께 부글부글 울화가 치밀었다.
 '네놈들이 만약 구지경외자를 개방의 형제로 받아들이지만 않았어도 내 이런 지경에 처하진 않았을 것이다. 이 죽일 놈들 같으니.'
 그는 분노로 들끓었지만 마음속에 품은 것을 있는 그대로 다 표출할 수는 없었다. 언젠가는 반드시 둘에 대한 복수를 해야 하지만 아직은 힘없는 병자일 뿐인 것이다. 그렇듯 참담한 표정으로 앉아 있는 이진구를 향해 묵백이 물었다.
 "온 의원께 무공에 대한 이야기는 대충 들었다. 마음은 아프겠지만 너무 낙담하지 말거라. 그래, 몸은 좀 어떤 것 같나?"

'낙담하지 말라구? 너 같으면 내공을 다 잃고도 그런 말이 나오겠느냐.'

마음에서 울리는 소리와는 달리 이진구는 힘없이 대꾸했다.

"잘 모르겠습니다."

묵백이 이진구의 어깨를 토닥였다.

"고난이 다하면 좋은 일이 온다 하지 않았느냐. 비록 내공은 없어도 개방에는 네가 할 일이 많이 있으니 뒷일은 염려하지 말거라. 무슨 일이 있어도 희망을 저버려선 안 돼."

묵백의 말에 이어 다른 이들도 한마디씩 거들었다.

"힘을 내게."

"모든 게 잘될 겁니다, 지타주님."

"그럼요. 지타주님은 의지가 남다른 데가 있잖습니까."

"우리도 최선을 다해 돕도록 하겠습니다."

오선교 지타주를 비롯해 당주들이 힘을 북돋는 말을 했지만 지금의 이진구의 마음 상태에선 도리어 조롱하는 말로 의역되어 돌아왔다.

―너는 이제 끝이야, 임마.

―넌 그 처참한 지경에서도 살아났으니 앞으로 뭐든 못 먹고 살겠어! 킬킬킬.

―생활이 어려우면 언제든지 찾아와. 도와줄 테니까 말이야. 밥 한 끼 못 주겠느냐.

―멍청한 놈! 늘 해코지만 하더니 이젠 네놈이 당했구나.

아무리 좋은 말이라도 듣는 이가 어떻게 받아들이느냐에 따라 하늘과 땅의 차이가 나게 마련인 법. 이진구는 하마터면 서러움에 휩싸여 울컥하고 눈물을 쏟을 뻔했다. 하지만 그렇게 하면 더욱 추해질 것 같아 이를 악물고 간신히 참아냈다. 묵백이 다시 입을 열었다.

"도대체 무슨 일이 있었던 것이냐? 소문이 하도 얼토당토하지 않아 영문을 알 수가 없구나. 어떻게 하다가 동굴에 갇히게 된 거지?"

이진구는 입술을 깨물었다.

'그래, 먼저 구지경외자를 손봐주는 것이 순서라고 할 수 있겠지. 그놈이 개방에 온 것은 분명 계획적이었을 것이다. 절정의 무공을 가지고서 왜 개잡이나 거지 흉내를 내는지 밝혀야만 해.'

"자세히 말씀드리겠습니다. 제가 동굴에 갇히게 된 것은 순전히 구지경외자 때문입니다. 그는 사실 대단한 고수였습니다. 전 하마터면 그놈의 마수에 빠져 죽을 뻔했고 피하려다 그만 변을 당하고 만 겁니다. 그러니까 제가……."

이진구는 그날 소하산에서 일어났던 일을 장황하게 설명했다. 하지만 정작 자신이 몰래 표영을 죽이고자 양아치들을 동원했던 일과 그 다음 소하산으로 유인해서 죽이려 했다는 말은 쏙 빼놓았다. 그는 오히려 표영이 자기를 따로 보자고 했는데 엉겁결에 갔다가 공격을 당했고 너무 엄청난 고수라 당해내지 못해 도망치다 동굴에서 변을 당했다고 말했다. 나름대로는 거의 완벽에 가깝게 설명한 것이라 할 수 있었다.

"구지경외자를 조사해야……."

한참 장황하게 말하던 이진구는 어색한 분위기가 느껴지자 말을 멈추고 묵백 등을 바라보았다. 묵백을 비롯한 모두의 얼굴은 심각하게 일그러져 있었는데 개중엔 천장을 쳐다보며 길게 한숨을 내쉬는 이도 있었다.

'쯧쯧… 그래, 이해해야겠지. 정신적인 충격이 얼마나 컸겠어. 누

구나 그런 상황이 되면 말도 안 되는 핑계를 둘러대는 법이지.'

'이진구를 찾을 때 개방인들만 갔어야 했는데 무림인들에게 그런 꼴을 보였으니 답답하기도 할 거야. 그렇다고 이젠 환상까지 본다면 문젠데…….'

'아예 소설을 써라, 소설을……. 이놈이 상상력이 이렇게 좋을 줄은 몰랐군.'

'그런데 왜 하필 구지경외자를 끌어들이는 걸까. 꿈과 현실조차 구별하지 못하는 걸 보니 완전히 돌아버린 게로군. 쯧쯧… 불쌍한 사람.'

개방인들뿐만 아니라 그 옆에 있던 의원 온초조차 이해할 수 없는 노릇이었다. 그도 표영을 잘 아는 터였다. 어딜 봐서 무공을 익혔다는 것인가. 어느 정도 수준에 오른 의원이라면 무공을 익힌 흔적을 찾는 건 그리 어려운 것도 아니다. 더욱이 온초 정도 되는 의원이라면 말할 것도 없이 눈이 정확하다. 그런 그도 표영이 무공을 익혔다는 것은 도무지 납득할 수 없는 것이었다.

'이렇게 되면 정신 계열의 치료로 들어가야겠는걸.'

이진구는 모두의 표정에서 전혀 믿지 않음과 불쌍하다는 듯 바라보는 걸 보자 그릇 깨지는 듯한 소리를 질렀다.

"내 말을 믿지 못하겠다는 겁니까? 그 자식은 정말 대단한 고수란 말입니다. 불순한 목적으로 개방에 잠입한 게 틀림없다니까요. 당장 그놈을 잡아들여야 합니다."

분타주 묵백은 쓴웃음을 머금고 이진구의 손을 꼭 잡아주었다.

"너의 뜻은 충분히 알겠다. 휴~ 어쩌다……. 아직은 더 휴식이 필요할 것 같구나. 좀 더 안정을 취하도록 해라."

병실을 나온 묵백은 온초를 향해 살짝 고개를 숙여 작별을 고했다.
"힘을 다하시는 것은 알겠습니다만 조금 더 관심을 가져 주셔야겠습니다."
"저도 정신적 충격이 저 정도인 줄은 몰랐습니다. 정성을 더 기울여 보겠습니다."
온초까지 그에 동의하자 이진구는 눈이 뒤집어질 것만 같았다. 묵백은 다시 한 번 잘 부탁한다는 말과 함께 병실 복도를 걸었다.
이진구는 멍하니 있다가 썰물 빠지듯이 나간 빈자리를 바라보자 울컥하고 화가 치밀었다.
"야 새끼들아, 그냥 가면 어떡해. 거기 서지 못해. 난 미친 게 아니라구~ 야~"
감히 지타주로서 분타주에게 할 수 없는 말이었다. 하지만 묵백이나 모두는 그저 아무 말도 듣지 못한 듯 고개만 도리질하고 발걸음을 멈추지 않았다. 만일 이진구가 정상이었다면 다시 병실로 쫓아와 주먹을 날려주었을 것이다. 욕설은 그가 더욱 정상이 아님을 증거하는 것을 밝혀주는 것일 뿐이었다. 이진구는 병실문이 닫히고 욕설을 퍼부었음에도 아무 반응을 보이지 않자 마치 혼자 황량한 벌판에 서 있는 기분에 사로잡혔다. 그는 답답한 마음에 머리를 벽에 쿵쿵 찧어대며 절규했다.
"난 미친 게 아니라니까. 으아악~"
온초는 저러다 머리가 터질지도 모른다는 생각에 침을 꺼내 그의 수혈을 짚었다.
'한 시진 후부터 신경을 안정시키는 탕약을 달여야겠구나.'
이제 본격적인 정신 치료에 들어가고자 함이었다.

똑똑.

조심스럽게 병실문을 두드리는 소리에 이어 문이 열리고 두 사람이 들어왔다. 그들은 우마 신발점의 주인 여묵과 점원 호노자였다. 힘없이 침상에 누워 있던 이진구는 고개만 살짝 돌려 바라보았다. 어제 개방에서 다녀간 후 의원이 건넨 약을 두 사발 정도 마셨는데 어찌 된 게 온몸에 힘이 하나도 없었고 마음도 착 가라앉아 별다른 생각도 들지 않았다. 온초가 안정제의 성격을 띤 약을 먹였기 때문이었다.

우마 신발점 주인 여묵은 화사한 미소를 지으며 다가왔다.

"몸은 좀 나아지셨나요? 대협께 감사드리고자 이렇게 찾아뵙게 되었습니다. 저는 우마 신발점을 경영하고 있습지요."

이진구는 웬 뚱딴지 같은 소린가 하고 힘겹게 침상에서 윗몸을 일으키고 앉았다. 처음 보는 얼굴인데다가 신발 가게는 자신과는 아무런 연고도 없거늘 무엇이 감사하다는 것인지 이해할 수가 없었다. 뚱한 표정으로 바라보는 이진구에게 여묵이 다시 밝은 목소리로 말했다.

"아, 대협께서는 잘 모르시는 것이 당연할 겁니다요. 실은 대협으로 인해 우리 가게가 요즘 크게 번창하고 있지 뭡니까. 저로선 큰 은혜를 입은 것이기에 보답 차원에서 선물을 드리려 하는 것이랍니다."

"무슨 은혜를 입……."

이진구는 그 다음 말을 잇지 못했다. 여묵과 호노자가 상자를 신바람을 내며 개봉했기 때문이었다. 그리고 바로 안에서는 가죽 신발 10켤레가 찬란한 모습을 드러냈다. 이진구가 기가 막혀 말하다 말고 아연실색해서 입을 벌리고 있을 때 여묵이 호들갑을 떨며 말했다.

"이건 모두 최고급 소가죽으로 만들어진 것이랍니다. 대협께선 이번 일로 새 신발이 필요하실 것 같아 넉넉히 가져왔습니다."

여묵은 직접 한 짝씩 들어 보이며 자랑스럽다는 듯한 표정이었다.

"…이것들은 모두 특별히 제작된 것으로 씹어 먹거나 삶아 먹어도 위에 부담을 주지 않고 소화가 잘 되도록 만들었답니다. 저와 직원들이 삼 일 동안 밤을 새가며 얼마나 정성 들여 만들었는지 모릅니다. 모쪼록 약소하지만 받아주십시오."

이진구는 너무도 황당한 일이라 화도 내지 못했고 숨소리조차 내지 못한 채 그대로 굳어버렸다. 머리에서는 윙윙거리는 소리가 났으며 공기마저 순환을 멈춰 버린 것만 같아 질식할 것만 같았다. 이진구의 얼굴이 점점 창백해져 가는 것을 바라보며 여묵과 호노자는 꾸벅 허리를 숙였다.

"그럼, 몸도 불편하신데 오래 있으면 좋지 않을 테니 이만 가보도록 하겠습니다. 혹시라도 신발에 이상이 있으면 언제든지 찾아주시길 바랍니다. 대협께는 모두 무상으로 처리해 드리도록 하겠습니다."

이진구는 두 사람이 완전히 문을 나설 때까지도 그저 망연자실하게 지켜볼 뿐이었다. 그로선 자기 자신이 분명 존재하되 어디론가 사라져 버린 것만 같았다. 어찌 이런 병문안이 있을 수 있단 말인가. 그가 언제 이런 식으로 취급당해 본 적이나 있었단 말인가. 하지만 그의 절망은 겨우 시작에 불과했다. 가죽 신발의 충격이 채 가시기도 전에 이번에는 천월 만두점의 주인 도인경과 점소이 마충이 찾아왔다. 둘은 이진구가 초점없는 눈빛으로 멍한 표정을 짓고 있자 속으로 역시나라고 생각했다.

'소문이 틀리지 않았구나. 완전히 넋이 나갔지 않은가. 쯧쯧… 불쌍하군. 나이도 그렇게 많지 않은데 벌써 돌아버리다니. 이렇게 된 이상 제대로 된 만두라도 실컷 먹을 수 있도록 해주어야겠다.'

사실은 어제부터 이진구가 미쳐 버렸다는 소문이 돈 것이었다. 그 소문은 온초방에 입원해 있던 다른 환자가 퇴원하면서 알려준 소식이었다. 방금 전 방문한 우마 신발점의 여묵이 가죽 신발을 선물한 것도 제정신이 아니라는 말을 들었기 때문이다. 사람이 멀쩡하다면 도리어 조롱하는 것이 될 터이기에 이런 선물을 할 수는 없겠지만 돌아버린 이상 자신들이 해줄 수 있는 것은 최대한 마음을 쓰자고 생각했던 것이다. 만두집 주인 도인경이 점소이에게 눈짓을 보내고 하나둘 만두 접시를 꺼냈다. 10접시에 푸짐한 만두가 접시마다 넉넉히 담겨 있었다. 아까의 충격을 미처 수습하지 못하고 있던 이진구로서는 이젠 거의 경악하는 수준에 이르러 있었다. 그의 입은 귀밑까지 찢어졌다.

"좀 더 많이 가져다 드려야 하는데 너무 약소해 죄송할 따름입니다. 대협의 그 처절한 생명력으로 인해 많은 사람들이 만두를 아주 귀중하게 생각하게 되었습니다. 때만두를 먹고도 살아남았는데 우린 고기만두를 먹으면서도 얼마나 불평이 많았나 하며 반성하는 사람마저 있지 뭡니까. 그리고 덕분에 저희 만두 가게에서는 만두가 부족하리만치 많은 사람들이 찾아오고 있습니다. 이 모든 것이 다 대협의 공로가 아니겠습니까."

주인 도인경의 거창한 말에 옆에 있던 점소이가 살짝 끼어들었다.

"헤에~ 나리, 보아하니 무슨 말인지도 알아듣지 못하는 것 같은데 미친 사람한테 무슨 말씀을 그리 많이 하세요."

"에끼, 이놈아, 아무리 미쳤다고 사람이 아니더냐. 다 모두 소중한 것이야."

'미친 사람이라고? 때만두를 먹고도 살아남았다고? 처절한 생명력?'

이진구로서는 다른 때 같았으면 고래고래 소리쳤을 테지만 웬일인지 몸에 힘이 하나도 없는 게 아무것도 할 수가 없었다. 하지만 아예 변화가 없는 것은 아니었다. 여전히 꼼짝도 않고 있었지만 흰자위가 충혈되며 실핏줄이 더욱 튀어나오며 사방으로 뻗치고 있었으며 이마에는 땀이 송골송골 맺히다가 주르륵 흘러내렸다. 주인 도인경은 점소이 마충에게 야단을 치긴 했지만 자신이 생각해 봐도 더 이상 말해 봐야 소 귀에 경 읽기가 될 것 같아 말을 맺었다.

"대협! 부디 겸양치 마시고 마음껏 드십시오. 혹시라도 부족하면 언제든지 말씀하십시오. 대협께는 평생토록 고기를 꽉꽉 채운 만두를 공짜로 드리겠습니다. 그럼 부디 완쾌되시길 빌며 저희는 이만 가보겠습니다."

만두점 주인과 점소이가 나간 후 이진구의 눈은 이젠 아예 붉은 혈광을 분분히 뿌리고 있었다. 그 눈빛의 밝기는 캄캄한 밤중이라면 따로 등불을 켤 필요가 없으리만치 대단한 것이었다. 그는 연거푸 이런 일을 당하게 되자 정말 자신이 정상인지 아닌지도 헷갈리기 시작했다. 급기야 그는 복받치는 설움에 가슴을 움켜쥐고 침상에 엎드려 울부짖었다.

"으억… 으억… 으어어억……."

신경안정탕약을 복용했기에 망정이지 그렇지 않았다면 아마 가슴 가득 끓어오르는 분노로 온몸이 타버렸을지도 모를 일이었다. 이진구가 꺼억꺼억 울고 있을 때였다. 다시 삐그덕 하는 소리와 함께 문이 열리면서 두 사람이 들어섰다. 이번에는 추혼루의 주인과 점소이였다. 추혼루는 지난날 모기 눈알을 내오지 않는다고 호통 쳤던 바로 그 곳이었다. 추혼루의 주인도 소문을 들었고 안쓰러운 마음에 찾아온 것이었다.

'동굴에 갇혀 박쥐를 잡아먹었다니 이 얼마나 가슴 아픈 일인가. 그렇게도 모기 눈알이 먹고 싶었을까. 그날 어떻게든 구해주었어야 했는데 내가 너무했던 게야. 다른 사람은 왜 그가 동굴에 들어갔는지 모르고 있지만 난 누구보다 잘 알고 있지.'

주인장은 이진구가 모기 눈알을 못 먹게 되자 직접 동굴에 서식하는 박쥐나 박쥐의 똥을 채집하러 갔다가 그만 동굴이 무너져 내려 그와 같은 참변을 당한 것이라 굳게 믿고 있었다. 결국은 자신이 그렇게 만든 것이나 다름없으니 작은 위로라도 해주어야겠다고 생각한 것이다. 둘은 침상에 엎드려 짐승처럼 신음하는 이진구를 바라보자 죄스러운 마음까지 일었다.

"휴우… 다 내 죄로구나."

주인장은 한탄을 한 후 모기 눈알 한 접시를 침상 앞머리에 슬그머니 내려놓았다.

"대인, 여기 모기 눈알을 가져왔습니다. 마음껏 드십시오. 그날은 정말 죄송했습니다. 박쥐를 잡아서 드실 정도로 모기 눈알을 드시고 싶으셨음을 알고는 얼마나 마음이 아팠는지 모른답니다. 다 저희들이 사람의 마음을 헤아리지 못해 일어난 일이지요. 부디 정신을 차리시고 화를 내도 좋으니 온전한 모습으로 돌아오시길 빕니다. 그날이 되면 근사하게 제가 한턱 내겠습니다."

이진구는 눈물 범벅이 되었는데 소매로 닦을 생각도 않고 눈을 들어 두 사람과 모기 눈알을 번갈아 바라보았다.

"그럼 저희들은 이만."

두 사람이 떠난 후 침상에 놓인 모기 눈알을 본 이진구는 급기야 신경안정탕약의 효과를 뛰어넘어 버렸고 끝내 입에서 거품을 뿜고 쓰러졌다.

"난 이제 어떡해~ 푸르르르… 으윽……."

선물 공세는 여기에서 그친 것이 아니었다. 다음날이 되어 느닷없이 중원표국에서 표물을 전달하러 왔다며 찾아온 것이다. 중원표국의 두 표사 염장과 무포는 큰 상자를 여러 개 병실로 낑낑대며 옮긴 후 기쁜 어조로 말했다.

"하하, 기뻐하십시오. 어찌 그리도 사시면서 덕을 많이 쌓으셨습니까. 완쾌를 비는 마음을 가득 담은 선물을 각지에서 보내왔지 뭡니까. 저도 표사 생활을 한 지 내년이면 10년째지만 한 분에게 이렇게 많은 선물을 전달하게 되는 건 처음 해보는 일입니다. 물건을 옮기면서도 어찌나 마음이 뿌듯하던지요. 저로서도 여러 가지 깨달음을 얻은 표행이었습니다. 정말이지 살아가는 동안 많은 사람들에게 덕을 쌓고 살아야겠다는 생각이 절로 들지 않겠습니까. 대인의 덕망에 그저 감복할 따름입니다."

염장과 무포는 화사한 미소와 함께 부러운 시선을 짓고 돌아갔다. 이진구는 어제 받은 충격에서 간신히 헤어난 상태였다. 하지만 사람의 마음의 간사함이란 뒷간을 갈 때와 나올 때가 천양지차(天壤之差)이듯 변화무쌍하기 마련인 법. 그는 많은 선물 꾸러미를 보고 어안이 벙벙했지만 표사들의 극찬을 듣게 되자 한 가닥 기대하는 마음이 생겼다. 고통이 다하면 기쁨이 온다고 했다. 그리고 선물이란 그 이름만으로도 괜히 마음을 설레게 하는 것이지 않던가.

'내가 처참하게 살아남은 것에 그나마 감동한 사람이 있었던 것이로구나.'

사실 그가 이제까지 살아오면서 행한 일을 되돌아본다면 택도 없는 발상이었지만 그는 일말의 희망을 가지고 상자를 열어갔다. 원래 선물은 하나하나 개봉할 때마다 받은 사람의 얼굴이 화사하게 피어나는 게 정상이다. 하지만 이진구는 상자를 하나하나 열 때마다 얼굴이 점점 새까맣게 변해갔다. 그 내용물들은 가히 심장을 뒤집어놓고 염장을 가로지르기에 충분한 것들이었다.

선물들은 참으로 다양하기도 했다. 죽은 박쥐 열 마리, 대체 어떻게 죽였는지 거품을 물고 죽어 있는 쥐 50마리, 술병에 가득 담긴 오줌물, 때만두, 때국수, 심지어 항아리 가득 배설물을 담아 보낸 것도 있었다. 그것만으로도 심장을 멎게 할 만했지만 그보다 더한 괴로움은 선물과 함께 보내진 인사말이었다.

―넌 박쥐를 좋아하니 두고두고 맛있게 먹어라, 개자식아. 하하하.

쥐새끼 같은 놈! 너와 형제의 의를 맺은 너의 핏줄인 쥐 50마리를 보낸다.

―목마를 때 한 잔씩 따라 마셔라. 갈증을 푸는 데는 이보다 더 좋은 게 없단다. 참고로 이건 개 오줌이다. 킬킬킬.

―온 가족이 하루 내내 만든 만두이니 사양하지 말기를. 부디 잘 먹고 일찍 죽어주길 기원하는 바이다.

―5일 간 모은 똥이다. 더 모으려고 했지만 네놈의 양식이 떨어지지 않았나 염려스러워 더 이상 지체할 수가 없었다.

―제발 죽어주라. 네놈이 살아서 내뱉는 공기를 내가 마실까 두렵다, 이 썩을 놈아.

한마디 한마디가 송곳으로 가슴을 후벼 파는 듯했다. 약간의 희망을 품었던 마음은 더한 절망으로 뒤덮였다.
'어떤 놈들이 보냈을까? 대체 어떤 새끼가……'
그는 머리를 쥐어뜯으며 누가 보냈을지를 생각했다.
'지타주 오선교의 짓일까? 양아치들? 삼구절편 고천득? 서완우? 조천행? 목육갑? 한사후? 최인식? 권선웅? 노무각? 류천방?'
수많은 사람들이 스쳐 지나갔다. 그들은 그가 사는 동안 함부로 대하고 멸시했던 사람들이었다. 이진구가 누군지를 알아내기엔 너무도 어려운 문제였다. 그에게 괴롭힘을 당한 자가 너무도 많았던 것이다. 그렇다고 표사들을 쫓아가 물어볼 수도 없는 노릇이었다. 표물을 맡긴 자가 신분에 대해 비밀을 지켜줄 것을 요구할 경우 표국은 절대 발설해서는 안 된다는 법칙이 있는 것이다. 그건 윽박지른다고 될 일이 아니었다.
그의 머리 속은 복잡하게 얽히고 설키며 혼란하기만 했다. 여러 사람들이 손가락질하고 비웃는 모습이 선명하게 떠올랐다. 그는 순간 어지러움증을 느끼며 울컥하고 한 모금의 피를 토한 채 쓰러지고 말았다. 결국 그가 이제껏 살아온 동안 힘으로 억눌렀던 모든 사람들의 한(恨)이 그를 덮치고 만 것이다.

중원표국의 일이 있은 후 이진구의 병실 앞에는 새로운 팻말이 붙었다.

개방인들 외 면회 금지. 선물 전달 절대 금지.

온초에겐 이진구의 품행이 어떠했든 전에 어떤 악한 짓을 했든 간에 한 명의 환자이며 귀중한 생명으로 여겨졌기 때문이다.

이진구가 피를 토하고 쓰러진 후 자리에서 일어선 것은 삼 일이 지나서였다. 그의 눈은 퀭하니 들어갔으며 눈동자는 풀려 아무런 빛도 내지 못했다. 깨어난 그는 이젠 누군가가 문병을 올까 봐 전전긍긍했고 극도로 불안한 신경 쇠약 증세를 보였다. 심지어 의원인 온초가 병세를 살피러 들어올 때도 깜짝 놀라며 경기를 일으킬 정도였으니 그 정도의 심각성을 헤아릴 수 있으리라.

이렇게 되자 개방에서도 되도록 방문을 하지 않았는데 뜻밖의 손님이 그를 찾게 되었다. 그 방문자는 바로 표영이었다. 표영은 병문안을 함에 있어 어려움이 없었다. 첫째, 그가 개방인이었기 때문이고 둘째는 의원 온초가 표영의 열렬한 지지자였기 때문이다.

온초는 특별히 개를 좋아했는데 정도가 심해 의국에조차 서너 마리의 개를 키우고 있을 정도였다. 개들은 모두 사냥개 종류로 사납기가 여간 매섭지 않았다. 하지만 온초가 표영을 맘에 들어하는 건 사나운 개들이 마치 애완견으로 돌변한 듯 표영 앞에서 온갖 재롱을 떠는 것을 보았기 때문이다. 그로선 그런 모습이 그저 신비하게 여겨질 따름이었다.

"자, 여기네. 자네가 개방에 들었다는 말은 들었네만 이렇게 병문안을 올 줄은 몰랐군."

온초는 환한 웃음을 머금고 이진구의 병실로 인도했다.

"개방은 의리에 살고 의리에 죽는 곳이잖습니까. 그러니 어찌 어려움을 보고 나 몰라라 하겠어요. 하하하."

표영이 괜히 으스대듯 말하자 온초는 우스운지 킬킬댔다. 그는 원래 웃을 때 점잖게 미소 짓곤 하는데 이상하게 표영만 보면 괜히 기분이 좋아져 어린애처럼 웃곤 했다.

"근데 자네, 무슨 선물을 들고 온 것은 아니겠지? 정신이 온전하지 못해 작은 것에도 큰 충격을 받는단 말이야."

"거지가 돈이 어딨다고 선물씩이나 사 들고 오겠어요."

"하하 그렇긴 하군. 자, 들어가 보세나."

온초와 표영은 병실로 들어섰다. 이진구는 문이 열리는 소리에 화들짝 놀랐지만 바로 온초 의원의 얼굴을 알아보고 긴장을 풀었다. 하지만 그 뒤에 슬그머니 들어오는 사람의 얼굴을 확인하고는 그만 얼음처럼 딱딱하게 굳어지고 말았다.

"너는, 네가 왜… 이 나쁜 놈! 날 죽이려고 왔구나. 날 내버려둬……. 으아악! 살려줘!"

이진구는 설마 하니 구지경외자가 직접 병실로 찾아오리라고는 생각지도 못했던지라 두려움에 떨었다.

'날 죽이려는 것일까? 왜? 왜? 날?'

그날 표영이 소하산에서 얼마나 대단한 무위(武威)를 보여주었던가. 자신과는 가히 비교할 수 없을 만큼의 고수인 것이다. 이진구는 덜덜 떨며 침상 모서리 쪽으로 이동해 버둥거렸다. 표영은 고개를 절레절레 흔들며 온초를 보고 말했다.

"생각보다 심각한데요."

"음… 나도 그렇게 생각한다네. 하지만 이런 경우엔 갑자기 좋아지기도 하니까 기대를 져버려선 안 되는 법이지."

이진구의 떨리는 음성이 들렸다.

"이 나쁜 놈, 넌 대체 무슨 속셈이냐. 감히 이곳까지 찾아와 날 죽이려 하다니… 개방이 그렇게 허술하게 보이더란 말이냐. 여긴 중인들도 많으니 어디 한번 죽여볼 테면 죽여봐라."

온초는 더 이상 있다간 표영의 기분까지 잡칠 것을 우려했다. 구지 경외자의 성질을 건드려 봤자 개들만 두들겨 맞을 게 뻔하니까 말이다.

"안 되겠네. 오늘은 전혀 대화할 가망성이 없겠어. 다른 사람이 왔을 때는 저렇게까지 심하진 않았는데 자넬 보고는 너무 심하군. 그냥 오늘은 돌아가게나."

"아무래도 그래야겠어요."

표영은 온초에게 대답하고 문을 나서면서 고개를 돌려 이진구를 바라보며 입을 열었다.

"그럼 저는 이만 돌아가겠습니다. 몸조리 잘하세요."

이진구는 별일없이 돌아간다고 하자 안도의 한숨을 내쉬었다. 하지만 곧 표영의 괴이한 음성이 그의 귓가를 울렸다.

"그럼 이만… 어거거 어거거… 어거거거 어거거……."

이진구는 '어거거' 하는 소리에 파파팟 하고 정신이 번쩍 들었다.

'이 소리는 어디서 많이 들은 소린데… 헉! 이럴 수가…… 그때의 벙어리… 이런…….'

바로 동굴에 갇혀 있을 때 작은 구멍을 뚫고 때만두를 건네주었던 벙어리의 목소리였다. 이진구는 모든 신경이 곤두섬을 느끼며 참혹스런 괴성을 질러대기 시작했다. 그가 병실에 있으면서 가장 의문스럽게 여긴 부분은 벙어리의 정체였다. 나중에 그 만두가 때만두임을 알았을 때의 충격은 이루 헤아릴 수 없는 것이었다. 이제야 밝혀진 바 자신을 비참하게 한 원흉은 처음부터 끝까지 구기경외자였던 것이다.

"으아악~ 으아악~ 으아아아아아~~ 으아악~!"

그건 한 마리 짐승의 부르짖음과 같았다. 자신을 주체하지 못하고 그는 온 병실을 뛰어다니며 머리를 벽에 박았다가 다시 바닥을 떼굴떼굴 구르기도 하면서 난리가 아니었다. 거의 일 식경(30분) 정도를 지랄 발광을 하던 이진구는 힘이 다했는지 바닥에 대자로 뻗었다. 그의 입가엔 침이 질질 새어 나오고 있었고 눈은 헤롱헤롱해져 광기 어린 미소가 새어 나왔다. 이젠 진짜 정신이 미쳐 가고 있는 것이다.

"흘흘… 흘흘… 흐흐흐……. 헤에~ 벙어리… 벙어리……."

실없는 웃음을 날리는 이진구의 눈은 광기(狂氣)로 번들거렸다.

4장
소면탈혼

소면탈혼

 이진구는 여러 선물 공세와 표영의 '어거거' 충격 등의 우여곡절을 거친 후 5일이 지나 온초방에서 나오게 되었다. 온초 의원은 완전히 돌아버릴지도 모른다고 생각했는데 의외로 안정감을 찾자 한시름을 놓게 되었다. 하지만 병실을 나서기엔 몸이 아직 완전히 회복되지 않았기에 극구 만류했지만 이진구의 고집을 꺾진 못했다.
 이진구로서는 한시라도 빨리 나가고 싶은 마음뿐이었던 것이다. 사실 이진구가 겪고 있는 후유증의 심각성을 생각할 때 퇴방은 시기상조였다. 이진구는 수전증(手顫症)에 걸려 손을 쉴 새 없이 떨게 되었을 뿐만 아니라 허리를 약간 숙이고 두리번거리는 괴이한 습관도 생겨났던 것이다.
 이러한 이진구의 모습에선 거만을 떨던 과거의 그를 어디에서도 찾을 수 없었다. 게다가 무공은 폐지되고 동굴 사건에 대해선 모르는 사람이 없을 만큼 소문이 퍼졌으니 그저 앞길이 막막할 따름이었다. 만약 이진구가 표영만 건드리지 않았다면, 혹은 새로 발령받은 지역으로 속히 떠나 버렸다면, 거지 하나쯤 들어오는 것이 어떠하랴고 대수롭지 않게 생각했더라면 그의 삶이 이렇게 비참하게 되진 않았을 것이다.

하지만 그는 건드리지 말아야 할 사람을 건드리고 말았다. 그것도 개방 방주인 표영을 말이다. 어쩌면 그가 방주를 죽이려 했으니 당연한 형벌을 받은 것인지도 몰랐다. 어쨌든 이진구는 속히 온초방을 떠나면 모든 것이 해결될 것이다라고 생각했지만 사실 그건 또 다른 문제를 일으키는 계기가 되었다.

많은 사람들의 이목이 이진구에게 집중된 터라 곧 그가 온초방을 나온다는 소식이 빠르게 전파된 것이다. 그로 인해 이제껏 이진구를 한 번도 보지 못했던 사람들과 동굴 참상을 목격한 무림인들은 새벽부터 모여들기 시작했다. 어느덧 유명인이 돼버린 이진구를 보기 위해 모여든 온초방 주변은 말 그대로 인산인해를 이루어 발 디딜 틈도 없는 가히 흥분의 도가니를 이루었다.

"대체 어떤 사람일까? 난 아직 얼굴조차 모르는데… 벌써부터 가슴이 뛰는 것 있지."

"나도 정말 보고 싶어. 기적의 생환자이자 박쥐의 제왕, 때만두의 신화를 이룬 자는 뭔가 달라도 다르지 않을까?"

"천명(天命)이라는 게 있긴 있나 봐. 어떤 사람은 길 가다가도 어이없이 죽기도 하는데 그런 어려운 환경에서도 살아나기도 하니 말이야."

이진구의 얼굴을 모르는 사람들의 대화였다. 그들은 과연 자신들이 생각했던 것과 얼마나 같을지 궁금해 견딜 수 없었다. 또 한편에서는 당시 이진구의 동굴 참상을 목격한 무림인들이 한데 모여 이런저런 이야기를 나누었다.

"아직 죽지 않았나 보군. 킬킬킬… 나 같으면 진작 자살하고 말았다."

"이진구는 이제 걸인지존이 되었으니 앞으로 먹고 살 길은 훤히 뚫린 셈이군. 거지 생활만큼은 제대로 할 수 있지 않겠나."

"암, 그렇구 말구. 이 세상에 그가 먹지 못할 것이 뭐가 있겠나. 이미 먹는 것에는 지존의 자리에 올랐다고 봐야겠지. 앞으로 개방 방주가 될 사람은 이진구밖엔 없다니까."

"하하하, 하여튼 기구한 운명이야. 사람의 앞날은 한 치 앞을 모른다더니 어찌 이진구가 그런 지경에 처할 줄 알았겠나."

왁자지껄한 이야기가 진행되는 가운데 개방에서 이진구를 데려가기 위해 도착했다. 그들은 예상치 못한 인파에 헛바람을 들이켰다.

"뭐라고 해야 할지… 참나, 이렇게 되면 마차라도 하나 있어야겠군."

드디어 정오가 지나 이진구가 나오는 시간에 이르게 되었고 온초방의 정문에는 작은 마차가 준비되었다. 모인 무리 중 눈이 빠른 자가 놀란 음성으로 외쳤다.

"나온다, 나와. 저기 봐, 저기."

이진구가 개방 당주들의 부축을 받고 모습을 드러낸 것이다. 그러자 수많은 사람들이 술렁이더니 일제히 일어서서 앞으로 몰려들었다. 그리고 이어지는 함성.

"와! 걸인지존 만세."

"와와… 와와……!"

"걸인지존~ 사랑해요~!"

대단한 인기였다. 개중엔 평범한 모습에 실망한 사람도 있었다.

"그저 그렇게 생겼네 뭐."

아마도 괴물 같은 형상을 떠올렸으리라. 그런 와중에 싸우는 무리도 있었다.

"야, 새끼야! 앞에 안 보이잖아. 좀 비켜봐!"

"자리를 똑바로 잡았으면 됐잖아, 이 쌍놈의 자식아. 언제 봤다고 새끼라고 하는 거냐!"

"그럼 니가 새끼지 어른이냐, 쌍놈의 자식! 너, 몇 살 먹었어?"

"너보단 많이 먹었어, 호로자식아."

"야, 새끼들아! 싸우려거든 다른 데 가서 싸워, 이 개자식들아!"

"넌 또 뭐야, 쌰~"

이진구를 보려고 새벽같이 온 그들이었기에 조금 가려져 안 보이게 되자 서로 치고 받고 난리가 아니었다. 어느덧 마차에 오른 이진구는 이런 여러 가지 함성에 억장이 무너져 내리는 듯해 호흡하기조차 곤란할 지경이었다.

'흑흑흑… 내가 왜 이렇게 되었단 말인가… 흑흑흑.'

그는 마차 안에서 소리 죽여 눈물을 흘렸고, 그런 가운데서도 밖에서는 이진구를 향한 수많은 찬사와 조롱이 이어졌다.

급기야 이진구의 마차가 움직이기 시작하자 무수히 많은 사람들이 우르르 몰려들었고 개방에서는 그 뒤를 따르지 못하도록 급히 가로막았다. 추세로 보건대 막지 않는다면 한없이 따라올 것 같았기 때문이다. 마차는 이진구의 처소가 아닌 반대쪽으로 거침없이 달려갔다.

이진구가 거하게 된 곳은 운백산(雲伯山) 중턱에 자리한 개방의 비밀 처소 중 하나인 타봉루였다. 타봉루는 각 분타마다 하나씩 두었는데 분타 내의 지도자들이 모여 집회를 여는 곳으로 일반 개방인들 중에서도 존재 여부를 아는 자가 드물 정도로 은밀한 곳이었다. 분타주 묵백으로서는 이곳이 아니고서는 사람들의 눈길과 호기심에서 벗어나긴 힘들다 판단한 것이다.

이진구는 타봉루에 들어서서야 비로소 안식(安息)을 취할 수 있었다. 하지만 극히 혼란스런 정신 상태인지라 그는 일체 밖으로 나오지 않았으며 그곳에서 시중을 드는 개방 제자들만 식사를 전달할 때 들어오게끔 했다. 머리가 터질 것 같은 어지러움 속에 침상 위에서 뒤척일 때였다. 삐그덕 하는 소리와 함께 가만히 문이 열렸다. 방금 전에 식사를 끝낸 이진구의 안색이 급변했다. 식사를 가지고 올 때도 인기척을 내라고 일렀으며 긴급한 일을 전할 때도 반드시 문밖에서 어떤 연유인지 말하고 들어오라 했던 터였다.

'이 새끼들이 날 물로 보나.'

그는 반사적으로 몸을 일으키며 침상 옆에 있는 탁자 위의 술잔을 잡고 방문을 향해 던졌다.

"함부로 들어오지 말라고 했잖느냐?"

와장창.

술잔이 문에 맞아 깨지며 사방으로 튀었다. 무공을 잃어버린 그로서는 자신의 말이 무시당하는 것을 가장 두려워했다. 와장창 소리가 난 뒤 문이 완전히 열리며 들어온 사람은 귀밑머리가 희끗희끗하고 콧수염을 멋지게 기른 노인이었다. 노인의 얼굴엔 환한 미소가 감돌고 있었는데 어찌나 환한 미소이던지 누가 보더라도 마음이 밝아질 것만 같았다. 때려죽일 듯 노려보던 이진구는 노인의 얼굴을 알아보고 헛바람을 들이키며 침상에서 구르듯이 내려왔다.

"헉! 수, 숙부님!"

들어온 이는 다름 아닌 이진구의 숙부 이요참이었다. 이요참은 개방의 집법장로로 강호에서는 소면탈혼(笑面奪魂)이라 불리웠다. 집법장로란 법을 집행하는 개방의 어른이라는 뜻으로 방의 규율에 어긋나는 일을 하는 사람이나 그런 행위들을 엄격히 관리하는 이를 의미했다. 이요참은 환하게 웃으면서 입을 열었다.

"잘 지냈느냐?"

너무도 자상한 말이었지만 이진구는 되려 불안함에 휩싸여 몸을 떨어야만 했다. 그는 숙부가 밝게 웃을 때야말로 가장 심사가 뒤틀려 있을 때라는 것을 잘 알고 있었던 것이다. 오죽했으면 강호에서 불리우길 '웃으면서 영혼(靈魂)을 취한다' 는 소면탈혼이겠는가. 어느 누구라도 그 웃음을 정면으로 대한 자는 무사하긴 틀린 것이다. 이진구는 털썩 바닥에 무릎을 꿇고 머리를 땅바닥에 쿵쿵 찧었다.

"그동안 별고 없으셨는지요."

"허허허… 잘 지냈느냐?"

이요참은 다시금 환한 웃음을 지었다. 하지만 그가 '잘 지냈느냐?'의 '냐' 자를 끝낼 때는 어느덧 그의 발길은 이진구의 머리통을 향하고 있었다. 밝은 웃음소리와는 도무지 어울리지 않는 사나운 기세였다.

머리를 숙이고 있던 이진구는 이마를 정통으로 얻어맞고는 무릎 꿇은 자세 그대로 뒤로 한 바퀴 회전하며 나자빠졌다. 그나마 내공을 실어 날린 발길질이 아닌지라 목숨엔 지장이 없음이 다행이라면 다행일까.

"잘못했습니다, 숙부님. 어억… 용서해 주십시오."

식은땀을 연신 흘리며 이진구는 용서를 구했다.

"허허허… 네가 무슨 잘못을 했단 말이냐. 허허허……."

그의 얼굴에 미소가 남아 있음은 아직 용서하지 않겠다는 뜻이었다. 다시 매서운 발길질이 가해졌다.

퍽퍽, 퍼퍼퍽, 퍽퍽.

방 안에는 이요참의 웃음소리와 이진구의 맞는 소리, 그리고 비명소리가 도무지 어울리지 않게 한데 섞인 채 요란하게 울려 퍼졌다. 그렇게 일 다경(15분) 정도가 지나 이진구가 바닥에 뻗어버린 후에야 이요참은 웃음을 거두었다. 이제야 어느 정도 화가 풀린 것이다.

"일어나라."

이진구는 몸이 말을 듣지 않았지만 언제 아팠냐는 듯 번개같이 무릎을 꿇고 앉았다. 이요참은 비로소 웃음을 거두고 정색을 한 채 조카의 몰골을 살폈다. 눈동자는 불안하게 이리저리 굴리고 살이 쏙 빠져 피골이 상접한 것이 영 사람다운 기색을 찾을 수 없었다.

"쯧쯧."

예전의 당당하고 거만하기까지 하던 모습을 조금이라도 엿보려 했지만 그런 것은 어디에도 없었다.

"…오는 길에 분타에 들러 자세한 내용은 들었다. 넌 도대체 정신이 있는 거냐, 없는 거냐. 동굴에 갇힌 것도 모자라 이젠 헛소리까지 해대다니… 방과 가문에 먹칠을 하겠다는 수작이냐?"

이요참의 냉엄한 말에 이진구는 무슨 뜻으로 하는 말인지 알아듣고 얼른 그 말에 답했다.

"숙부님, 제가 미친 것이 아닙니다. 구지경외자에 대해 하는 말씀이시라면 그는 실제 대단한 고수였습니다. 그가 저를 죽이려 한 건 한 치의 거짓도 없는 사실입니다. 그는 뭔가 비밀스런 뜻을……."

하지만 이진구의 말은 더 이상 계속되지 못했다. 이요참이 손을 날려 이진구의 뺨을 갈긴 것이다.

짝—

"이런 바보 같은 녀석. 내 앞에서조차 여전히 헛소리를 지껄이겠다는 것이냐. 구지경외자인가 뭔가 하는 놈은 그저 거지일 뿐이었다. 무슨 수작을 부리려 하는 게냐!"

그는 이곳에 오기 전 표영을 만나고 온 터였다. 혹시나 해서 면밀히 살펴보았지만 무공을 익힌 흔적은 어디에도 찾아볼 수 없었다. 그저 약간 맛이 간 거지 녀석일 뿐, 그 외는 더도 덜도 아니었다. 이요참 같은 고수조차 표영이 익힌 비천신공이 자연과 일체되어 버리는 특징을 가지고 있기에 알아차리지 못했다. 표영의 강한 내공의 힘조차도 비천신공은 안으로 갈무리해 놓은 터였다.

"너에게 듣기 위해 묵백에게는 묻지 않은 것이 있다. 구지경외자란 녀석은 어떻게 개방 제자가 되었느냐?"

이진구로서는 진실을 말해도 숙부조차 믿지 않자 답답함을 금할 수 없었다. 자신의 사정은 구지경외자를 빼곤 이야기가 안 되는데 그것을 말할 수 없게 되자 어찌해야 할지 몰랐다. 하지만 숙부가 꺼낸 말을 듣자 이진구는 번뜩 기막힌 생각이 머리를 스쳤다.

"아까 했던 말에 대해서는 죄송합니다. 기만하려 함이 아니라 사실대로 말하기가 두려워서 구지경외자를 끌어들였던 것뿐입니다. 사실은 이번 일이 있기 전 저는 분타주와 지타주로부터 따돌림을 당하고 있었습니다. 사건의 발단은 묵 분타주와 오 지타주가 느닷없이 거지인 구지경외자를 개방 제자로 받아들이면서 시작되었습니다. 저로선 개방이 거지들의 소굴이 아니기에 들여서는 안 된다고 말했습니다. 하지만 그들은 오히려 저를 이상한 사람으로 몰며 언짢은 기색을 숨기지 않았습니다. 저로선 어찌해 볼 수가 없어 마음으로만 전전긍긍하고 있었고 그런 와중에 소하산에 마음을 달래러 올라가게 되었습니다. 그런데 그때 느닷없이 복면을 쓴 네 사람이 길을 가로막더니 저를 공격하는 것이 아니겠습니까. 그들의 무공이 너무도 강해 계속 맞설 수 없게 된 저는 급한 김에 동굴로 피신하게 되었습니다. 근데 그때부터 문제가 생겼습니다. 어이없게도 갑자기 동굴이 무너져 내리면서 갇혀 버리게 된 것이랍니다."

이진구로서는 구지경외자에게 원한이 깊었지만 어차피 묵백과 오선교를 손봐주게 되면 구지경외자도 자연 그 영향을 받을 것이라 생각했다. 그런 그의 생각은 어느 정도 효과를 거두었다. 이요참이 이야기를 다 듣자 비로소 고개를 끄덕인 것이다.

"음… 묵백과 오선교가……."

묵백과 오선교를 읊조리는 이요참의 눈빛이 번뜩였다.

"복면인들이 누구인지는 모르겠습니다. 하지만 제 생각으론 묵백 분타주가 마음에 걸립니다. 그는 언젠가 제게 '한번 단단히 혼이 나야겠다' 고 중얼거린 적이 있었으니까요."

"네 말은 사실이렷다."

"제가 어찌 두 번씩이나 숙부님을 기만하겠습니까. 믿어주십시오 묵백은 분명 과거 오의파로서의 개방을 동경하고 있음이 분명합니다."

"호호호, 그렇다면 가만 놔둘 수야 없지. 근데 너는 왜 내게 찾아와 일을 해결할 생각을 하지 않았느냐, 바보 같은 녀석. 처음에 바로 내게 달려왔다면 네 녀석도 이런 꼴을 당하지 않았을 것이 아니더냐."

이진구는 아무 말도 못하고 송구스런 표정을 짓다가 슬그머니 물었다.

"숙부님, 부탁드릴 것이 있습니다."

"뭐냐?"

"사실 이번 일로 모든 내공을 잃고 말았습니다. 이 조카를 불쌍히 여기셔서 다시 무공을 찾을 수 있도록 도와주십시오."

그로선 삶의 모든 것이 달린 문제였다. 하지만 이진구의 마음과는 달리 이요참은 고개를 설레설레 저었다. 그는 온초방에서 온 의원으로부터 조카의 몸 상태를 들은 터였다.

"그건 쉬운 일이 아니다. 너의 무공을 회복할 방법은 현재로선 불가능하다. 하지만 설사 네가 무공을 회복했다고 해도 넌 더 이상 개방에 남을 수 없다. 아니, 개방뿐만 아니라 강호를 다닐 수 없을 것이다. 구지경외자가 거지 같다고 하지만 너야말로 구지경외자란 놈보다 더 거지같이 행하지 않았느냐. 그러니 어찌 다시 강호를 활보할 수 있겠느냐."

"숙부님! 제발 이 조카를… 흑흑."

이진구의 눈에는 눈물이 글썽거렸다. 사실 이진구가 두려워하는 것은 무공을 잃었다는 것보다 그를 노리는 원수들이었다. 그동안 괴롭힌 자들이 한둘이 아니기에 언젠가 그들이 찾아온다면 속수무책으로 당하게 될 게 분명했으니 말이다. 이미 그들은 선물까지 표국을 통해 보내오지 않았던가. 글썽이는 모습을 보고 이요참은 혀를 끌끌 차며 말했다.

"눈물을 거두어라. 무공을 다시 회복할 순 없어도 너의 복수는 내가 반드시 해주겠다. 일단 몸이 어느 정도 회복되는 대로 고향에 내려가 있어라. 하지만 그곳에도 오래 머물기는 힘들 것이다. 일단 그곳에 있으면 내 조만간 연락을 주겠다. 그때는 다른 외진 곳으로 옮겨 농사를 짓고 평범한 농부로서의 삶을 살도록 해라."

"네? 노, 농부라뇨?"

농사꾼이 되라니…… 이진구로서는 하늘이 무너져 내리는 것만 같았다. 아직은 팔팔한 나이다. 그런데 이렇게 인생을 의미없이 살아야 하다니……. 오직 그가 있어야 할 곳과 죽어야 할 곳은 강호라고 생각하며 살아오지 않았던가.

"쓸모없는 놈. 이 모든 게 다 네놈이 섣불리 행동한 것 때문이니 누굴 탓할 것이 못된다."

"숙부님!"

"더 이상 긴말할 필요 없다. 나는 지금 당장 총타로 가 적절한 조치를 취해야겠다."

이요참은 냉정하게 방을 나갔고 이진구는 망연자실한 표정으로 아무런 말도 하지 못한 채 숙부가 떠나는 뒷모습만 바라보았다. 앞날이 창창하던 이진구는 이제 평범한 농부로 돌아가게 되었다. 하지만 이렇게 된 것은 그에게도 강호에도 좋은 일임이 분명했다. 평범 속에 자신을 돌아보아 남은 여생을 땀을 흘려 수고롭고 보람되게 산다면 그보다 값진 것은 없으리라.

5장
뇌옥

뇌옥

 망창산은 그 산세가 험하기로 이름 높았다. 봉우리마다의 위용은 가히 하늘을 찌를 듯했고 여러 화가와 문인들은 그 산세를, 그리고 풍광을 시로 읊기를 주저하지 않았다. 보통 사람들이 다니는 산행로는 길게 이어지며 나름대로 평평하게 이루어졌지만 그 외의 길은 사람이 지나기에 어려운 점이 많았다. 하지만 지금 망창산의 산행로가 아님에도 불구하고 험준한 산악을 마치 평지를 달리듯 오르는 이가 있었으니, 그 빠르기가 마치 원숭이가 나무를 타고 기어오르듯 하는 것이 놀라움을 주기에 충분했다.
 그는 황금빛 장포를 둘렀는데 멀리서 볼 것 같으면 햇빛을 받은 옷이 번쩍번쩍 빛나 마치 반짝거리는 황금빛이 이동하는 것만 같았다.
 "이제 곧 도착하겠구나."
 그는 산 위를 바라본 후 고집스럽게 보이는 입을 움찍거리며 중얼거리면서 연신 발을 옮겼다. 그가 향하는 방향으로 보건대 낭아봉 정상이 목적지인 듯했다.

낭아봉은 망창산의 서북쪽에 위치한 봉우리로 이리의 이빨처럼 생긴 형상 때문에 붙여진 이름이었다. 이윽고 낭아봉 정상에 오른 그는 길게 심호흡을 하고 주위를 둘러보았다. 깎아지른 듯한 절경이 햇살 아래 찬연하게 빛나고 있어 절로 마음에 호연지기를 일으켰다.

"언제나 봐도 아름다운 곳이야."

한줄기 바람이 불어오자 그의 황금빛 옷이 펄럭이며 뒤로 펼쳐졌다가 다시 내려앉았다. 그는 한동안 주변을 거닐다가 절벽의 끝자락으로 천천히 이동했다. 그리곤 풀숲을 향해 오른손을 대각선으로 살짝 뻗었다. 그러자 풀숲에서 차르륵 하며 뱀의 형상 같은 밧줄이 손으로 빨려들었다. 그가 펼친 수법은 허공 중에서 물건을 취하는 격공섭물이었다.

그곳에 이미 밧줄이 놓여 있음을 잘 아는 듯한 행동으로 보아 자주 이곳에 다녀갔음을 알 수 있었다. 밧줄을 쥔 그는 몇 차례 당겨보아 튼튼한지 여부를 살폈다. 묵직한 반탄력이 돌아오는 것으로 밧줄이 쇠말뚝에 단단히 고정돼 있음이 확인되자 그는 절벽 아래로 몸을 날렸다.

수직으로 낙하하는 그의 몸을 따라 밧줄이 곡선을 그리며 활짝 펴졌다가 그 줄이 다해 절벽의 중간에서 팽팽히 당겨졌다. 출렁하며 그의 몸이 낙하하다가 멈춰 섰고, 신형이 기이하게 뒤틀리면서 벽 쪽으로 부딪쳐 갔다. 누가 보았다면 참으로 괴이한 취미가 있는 사람이구나라고 생각했으리라. 하지만 그의 몸은 절벽에 부딪치지 않고 벽 속으로 빨려들듯이 들어가 버렸다. 사실 밧줄의 길이가 다한 그곳 절벽엔 큰 구멍이 뚫린 동혈이 자리하고 있었던 것이다. 어느 누가 이런 곳에 동혈이 있으리라 생각했겠는가. 알았다고 해도 그곳으로 내려가 볼 엄두는 내지 못했으리라. 그가 절벽에 뚫린 동혈에 내려서자 동혈 입구에 앉아 있던 두 사람이 누군지 알아보고 황급히 자리에서 일어나 머리를 조아렸다.

"속하, 방주님을 뵙습니다."

마치 한 사람이라도 된 양 그들의 말은 똑같이 튀어나왔다. 황금빛 옷을 입고 내려선 이는 바로 현 개방 방주 노위군이었던 것이다.

"그래, 별일들 없겠지?"

"네. 방주님의 보살핌에 따라 이곳은 아무런 문제도 없습니다."

"좋다."

노위군은 흡족한 듯 고개를 끄덕이고 안쪽으로 발걸음을 옮겼다. 동굴의 입구는 좁았지만 안으로 들어갈수록 더욱 넓어졌고 길이 또한 의외로 길었다. 이 은밀한 처소는 무엇이며 과연 어떤 목적을 지니고 만들어진 곳일까. 사실 이곳은 개방의 비밀 뇌옥으로 반구옥(反狗獄)이라 불렸다. 개방 내의 반역자들이나 범죄자들을 수용하는 곳으로 방주와 장로들을 제외하곤 아무도 모르고 있는 곳이었다.

이곳은 표영의 사부 엽지혼이 있을 때는 존재조차 없던 것이었으나 노위군 때에 이르러 새로 만들어진 곳이었다. 이곳이 은밀함을 유지해야 하는 이유는 과거 방주였던 엽지혼을 따랐던 오의파의 개방 고수들이 대부분 감금되어 있기 때문이었다. 당시 노위군을 반대했던 이들은 외부적으로는 개방을 떠나 은거한 것으로 알려졌지만 실제로는 이곳에 모두 감금되어 있던 터였다. 그중에는 방주 노위군의 사형인 장산후도 갇혀 있는 상태였다.

동굴을 따라 한참을 걷자 나무로 좌우가 밀폐된 공간이 보였고 그 곳마다에는 자물쇠가 단단히 채워져 있었다. 그 안에는 햇빛도 받지 못한 채 진정한 개방을 꿈꾸는 이들이 피폐한 몰골로 아무렇게나 뒹굴고 있었다. 그곳에는 과거 대단한 명성을 지닌 자도 있었고 뛰어난 고수들도 많았지만 현재는 힘없이 갇혀 있을 뿐이었다.

이미 그들은 연골산에 중독되어 내공을 일으키지 못하게 되었기에 그저 하루 한 끼 넣어주는 밥으로 간신히 생명을 유지하고 있을 뿐 그 삶은 비참하기 이를 데 없었다.

동굴 끝자락으로 이동한 노위군은 열쇠를 열어 밀폐된 감옥 안으로 들어섰다. 그가 횃불을 밝히자 어두운 내부의 광경이 드러났다. 퀴퀴한 냄새가 코를 찔렀고 여기저기 웅크리던 쥐들은 불빛에 놀라 구석으로 숨느라 정신이 없었다. 감옥 안 한가운데에는 사람이 들어온 줄도 모른 채 힘없이 한 사람이 누워 있었다. 노위군은 코를 틀어막으며 은근히 내공을 실어 말했다.

"장 사형, 잘 계셨소이까?"

동굴 안인데다 밀폐된 공간인지라 소리가 웅웅 하고 울렸다. 엎드려 있던 장산후는 요란한 소리에 정신이 든 건지 힘없이 자리에서 일어났다. 그의 몰골은 해골처럼 비쩍 말라 있었고 길게 자란 머리에 가슴까지 수염이 자라나 있었다. 그런 모습은 그가 얼마나 오래 이곳에 갇혀 있었는지를 쉽게 짐작할 수 있게 해주었다. 장산후는 몸을 뒤로 해 벽에 기댄 후 노위군을 바라보며 입을 열었다.

"클클… 싸가지없는 놈이 왔구나. 넌 그동안 더 싸가지가 없어진 것 같구나."

노위군은 일순 얼굴이 굳어졌지만 금세 언제 그랬냐는 듯이 껄껄대며 답했다.

"사형은 언제나 저를 무시하시는구려. 제가 대접이 좀 소홀했습니까?"

"소홀할 것까진 없지. 그래도 꼬박꼬박 밥을 들여주지 않느냐. 거지가 하루 밥 한 끼면 사실 적다 하긴 힘들지. 하지만 내가 말하는 건 네놈의 그 썩은 혀와 눈, 그리고 심장을 말하는 것이야. 클클클."

장산후의 조롱에 노위군이 잔인한 미소를 풍기며 그 앞에 쭈그리고 앉았다.

"너무 박대하지 마시구려. 나도 사형에게 이렇게 하고 싶지는 않소이다. 내게 사형은 오직 한 명뿐이잖습니까."

"그래도 언제나 꼬박꼬박 사형이라고 말하는구나. 미친놈, 오늘도 비천신공 때문에 온 것이렷다!"

"하하하⋯⋯."

노위군은 어색한 웃음을 날리고는 말을 이었다.

"어찌 비천신공 대문만이겠습니까. 사형의 건강도 점검하고 인사도 드릴 겸 왔습니다."

"클클클⋯ 역시 미친놈이 분명해. 네놈에겐 정말이지 염치라는 단어는 존재하지 않는 모양이로구나."

둘의 대화는 실실거리면서 말하고 있었지만 그 속엔 포악스럽게 말하는 것보다 더한 살기들이 어려 있었다.

"하하, 제게 비천신공의 숨겨진 구결만 알려준다면 당장에라도 사형을 태상장로로 모시도록 하겠습니다. 자꾸 고집부리지 마시고 속시원하게 털어놔 보십시오."

노위군은 삼 개월에 한 번씩 이곳에 들러 장산후에게 비천신공에 대해 물어보았다. 노위군에게 있어 가장 취약한 부분은 내공 방면이었다. 내공을 보강하지 않으면 더 이상의 무공 상승을 기대하긴 힘들다 여긴 그는 마지막으로 비천신공에 기대를 걸고 있었다.

"네놈을 돕고 있는 그 사악한 놈들에게 가서 부탁하지 그러느냐? 그놈들은 네놈 말이라면 들어주지 않는 것이 없을 것처럼 자상하게 널 대하고 있으니 말이야. 사부님도 죽인 놈들이 그까짓 내공심법 하나 주지 않는다는 것은 좀 말이 안 되지. 암."

노위군의 눈빛이 작게 일렁였다.

"흥, 내가 사부를 죽였다니? 왜 자꾸 그런 소리를 하는 것이냐. 나는 네가 개방을 어지럽힐 것을 염려해 이렇게 가두어두었을 뿐이다. 헛된 말로 마음을 격동시키려 하느냐, 이 배신자!"

"개자식! 재롱을 떠는구나. 하지만 네놈의 연기력은 너무 부족해. 크게 실감나지가 않는단 말씀이야. 그래서는 누구도 속이기 힘들지. 클클."

노위군은 허리춤에서 번개같이 단도를 꺼내 그의 눈앞에 들이밀었다.

"정녕 죽고 싶은 게냐!"

이글이글 타오르는 눈빛으로 쏘아보는 것이었지만 장산후는 전혀 동요됨이 없었다. 오히려 손뼉을 치며 웃었다.

"하하… 맞아맞아, 이제야 너답구나. 역시 넌 그렇게 본색을 드러내야 어울려. 암, 그렇구 말구. 게다가 타구봉이 아닌 단도라니. 하하하, 타구봉이 어울리지 않는다는 것은 잘 알고 있긴 하나 보구나. 녀석아, 어서 날 죽여라. 나도 사부님이 계신 곳으로 가고 싶으니까 말이야. 으하하하!"

그 말에 노위군은 더 참을 수 없어 멱살을 쥐고 장산후를 들어 올렸다. 비쩍 마른 장산후는 힘없이 들려 대롱대롱 손에 매달린 상태가 되었다.

"흥, 쉽게 죽게 할 순 없지. 네놈은 사형 대접을 해주면 덥석 움켜쥐며 고맙습니다 할 것이지, 스스로 화를 부르는구나."

노위군은 단도를 장산후의 어깨 밑의 비파골에 쑤셔 넣었다. 순간 단도는 어깨를 뚫고 지나가 등 뒤로 튀어나왔다.

"으윽."

장산후는 괴로운 신음성을 참으려 했지만 워낙 허약해진 터라 어쩔 수 없이 입술 사이로 신음이 터져 나왔다. 하지만 그는 끝내 옅은 미소를 머금고 말했다.

"클클… 썩을 놈, 꼭 올 때마다 같은 곳을 찌르는구나. 하여간 잔인한 놈이라니까. 이제 아물만 하다 싶으면 꼭 이런다니까. 클클."

노위군은 단도를 잡고 비틀어 돌리기 시작했다. 양면으로 날이 선 칼날이 뼈와 살을 후볐고 말로 표현 못할 고통이 전신으로 퍼졌다.

"으아악~"

잠시 후 어찌나 고통스럽던지 비명을 내지르던 장산후가 힘없이 말했다.

"말하겠다. 그만 해라. 비천신공……."

눈을 반쯤 흡뜬 채로 장산후는 고통스러워했고 노위군은 의기양양해졌다.

"…비, 비천신공은… 거, 거지로서의 삶에 충실하여… 으윽… 인간과 자연을 느껴 몸 안에 받아들이면 세상에서 가장 강력한 무공이 된다……."

뇌옥 77

"또 그 소리냐? 끝까지 날 조롱하겠다는 것이구나, 이런 개자식!"

그가 바라는 가치있는 것은 폼나고 멋있으며 세련된 그 무엇이었다. 진정한 진리는 허리를 숙인 자에게 발견된다는 것을 알지 못하는 그는 들을 귀가 없어 세상에 둘도 없이 소중한 신공을 스스로 걷어차는 꼴이 돼버리고 말았다.

노위군은 다시 단도를 장산후의 살 속으로 후볐다.

"으으윽… 네놈에겐 역시… 헉헉… 쥐약이 최고야. 어억!"

말을 끝냄과 동시에 장산후는 이를 악물고 혼절해 버렸다. 그제야 노위군은 단도를 뽑고 한쪽 구석에 장산후를 내던졌다.

"언제까지 말을 하지 않나 보자. 앞으론 말을 하지 않을 때마다 사지(四肢)를 하나씩 잘라주마."

그는 잔인한 얼굴로 노려본 후 뇌옥을 나섰다.

6장
노위군의 약점

노위군의 약점

 과거 개방의 방주실은 따로 없었다. 있다 해도 그저 초라한 움막 같은 것이 고작일 정도일까. 새도 둥지가 있고 여우도 굴이 있지만 거지에겐 천하가 내 집이고 모든 길과 모퉁이가 잠자리라 생각한 까닭이다. 하지만 노위군이 방주가 된 뒤로는 보기에도 거창한 방주의 처소가 마련되었고 아름다운 치장이 이루어져 어느 누가 보아도 거지 왕초의 집이라고 할 수 없는 규모를 갖추었다.
 뇌옥에서 돌아온 노위군은 내실 한가운데에 좌정하고 앉은 채 비천신공의 구결을 따라 기를 운행해 보았다. 하지만 아무리 노력해 보아도 별다른 느낌을 받을 수가 없는데다 내공은 일정 수준 외에는 더 이상의 진보가 없었다.
 "흥, 거지 같은 사부가 날 무시하더니 이젠 멍청하기만 한 사형이라는 녀석도 헛소리만 해대고 있지 않은가."

노위군은 운기행공을 거두고 투덜대며 번민에 잠겼다.
'내가 익힌 육절신공으로는 초절정 고수로 나갈 수 없다. 정녕 비천신공을 익힐 순 없단 말인가.'
그가 상념에 잠겨 고민하고 있을 때 밖에서 수하의 인기척이 나면서 음성이 들렸다.
"곡함님이 찾아오셨습니다."
그 말에 노위군은 자리에서 일어나며 밖을 향해 말했다.
"안으로 모셔라."
이미 곡함이 올 것이라 알고 있었음에도 불구하고 노위군은 약간 긴장하는 눈빛이 되었다.
"노 방주, 그동안 잘 지내고 있었나?"
인사를 건넨 곡함의 용모는 두 눈썹이 짙고 두 눈 사이에 작고 붉은 반점이 자리했는데 거기에 턱이 네모로 각진 것이 강인한 인상으로 비쳐졌다. 노위군의 입술이 가늘고 턱이 뾰족한 것과는 대조적인 모습이라 할 수 있었다.
"하하, 자네도 신수가 아주 훤하군."
밖에서 들으면 둘도 없는 친구가 화기애애하게 인사를 나누는 것으로 들릴 테지만 정작 둘의 표정은 말과는 달리 딱딱하게 굳어 있었다. 대외적으로는 친구로 칭하고 있었지만 실질적으로는 은밀한 거래를 주고받는 사이였기 때문이다.
"자리에 앉게나. 오래간만일세."
"그러게 말이네. 자네같이 큰 방파를 맡고 있는 사람을 내 어찌 사사로운 일로 자주 찾아올 수 있겠나. 부르심없이는 감히 만나러 올 수가 없단 말이네. 껄껄껄."

곡함은 자리에 앉으면서 소리 내어 껄껄거렸지만 여전히 얼굴은 경직된 채였다. 그리고 말이 끝남과 동시에 전음으로 다른 말을 했다.

"곡주께서는 노 방주에 대해 심히 염려하고 계시오. 그대는 어찌하여 화산파를 무너뜨릴 수 있는 정보를 알려주지 않는 것이오이까? 우리가 약조한 것을 잊었단 말이오?"

노위군은 전음을 듣고 안색이 급변했지만 입으로는 천연덕스럽게 다른 말을 했다.

"자, 술 한잔하세. 친구와 함께 술을 마셔야 진정한 제 맛이 우러나는 법이지 않겠나."

하지만 그도 말이 끝남과 동시에 전음을 날렸다.

"혈곡과 약조한 것은 잊지 않았소. 하지만 화산파는 그리 녹록한 곳이 아니지 않소이까. 자칫 우리의 행보가 노출되기라도 하면 남은 세 가지 정보를 전해주지 못하게 될 것이 아니겠소."

"허허, 가득 따라보게나. 역시 자넨 내 마음을 아는군. 오자마자 술을 주니 말일세. 오늘 한번 제대로 취해보세."

"흥, 그래도 잊지는 않았구려. 혈곡에서 그대를 방주로 세우기 위해 절정의 살수 천참단 5무인이 희생당한 것을 가볍게 여기지 마시오. 우린 큰 희생을 감수하고 그대의 사부를 죽여주었고, 그로 인해 방주가 되었으니 허튼 생각일랑 하지 않는 것이 좋을 것이오. 여차하면 모든 진실을 강호에 다 알려버리고 말 테니까 말이오."

노위군의 안면이 작게 일그러졌다.

'개자식들. 천참단의 수고만 생각하느냐? 내가 미리 사부에게 독을 풀지 않았다면 너희들이 성공할 수 있었겠느냔 말이다.'

하지만 노위군은 곧 침착함을 유지했다.

"어이구, 이런! 잔이 넘쳤군 그래."

"가까운 시일 내로 극상의 정보를 전해주겠소. 하지만 한 가지 부탁이 있소이다."

"자자, 자네도 한잔해야지."

"또 누군가를 죽여달라는 것이오? 이제 당신은 방주가 되어 소원을 이루었고 방 내에서 거역하는 무리들까지 다 뇌옥에 처넣었는데 누가 또 문제될 사람이 있소이까?"

비꼬는 전음이 노위군의 심사를 뒤틀리게 했지만 그렇다고 화를 낼 순 없는 노릇이었다. 그가 혈곡을 벗어나기엔 너무나 큰 약점이 잡혀 있는 것이다.

"자, 내게도 한잔 따라보게나."

"말이 너무 심하구려."

"어쩌다 나온 말이니 괘념치 마시오. 그래, 그 부탁이란 것이 무엇인지 들어봅시다."

"내공심법을 얻고 싶소이다. 정종심법에 가까운 것으로 말이오. 혈곡은 사파의 최정상이니 그런 비결이 있지 않겠소."

"자, 드세나."

"허허, 그것이 부탁이오?"

일순 곡함의 얼굴에 비웃음이 일었다.

'이런 자가 개방의 방주라니……. 개방은 참으로 운이 없구나.'

속으로 혀를 차면서 전음을 날렸다.

"이거 참으로 어려운 부탁이구려. 하지만 내 힘써보겠소."

"요즘은 어디를 주로 다니나?"

"고맙소."

둘의 이러한 대화를 화가가 그림으로 그린다면 어떤 그림이 나올까? 아마도 등 뒤에 비수를 쥐고 앞에서는 웃는 인피면구를 쓰고 있지만 실제 얼굴은 살기 어린 모습을 띤 그림을 그리지 않을까. 게다가 지금 둘은 술을 주거니 받거니 하는 말을 내뱉고 있지만 실제로는 전혀 술을 따르지도, 다시지도 않고 있었다. 단지 말을 그렇게 하고 있을 뿐인 것이다. 이런 광경은 참으로 섬뜩함을 주기에 충분했다.

"개방은 요즘 날로 그 성세를 더해가는 것 같아서 자네의 친구로서 정말 보기가 좋네그려."

"화산파와 무당파, 그리고 곤륜파의 순서라는 것을 잊지 마시오. 혈곡이 당신을 도운 것은 개방의 정보력 때문이오. 부디 과거의 빚을 망각하는 어리석음은 범치 마시구려."

냉랭하게 들려온 전음에 노위군은 얼굴을 실룩거리며 꾸미는 말도 생략한 채 전음으로 바로 답했다.

"자꾸 날 어리석은 사람 취급하지 마시오. 아무리 혈곡이 대단하다고 해도 내가 두려워하는 줄 아시오? 나도 노력하고 있으니 가만히 지켜보시길 바라오."

"이 친구, 술만 마시지 말고 이야기 좀 하세나. 뭘 그리 마셔대나."

"흐흐, 난 당신을 만날 때가 사실 제일 기분이 더러워. 꼭 마시지도 않는 술을 마시는 것처럼 꾸며야 하고 간사한 당신의 눈동자를 들여다봐야 하니 말이야."

번개라도 내리꽂힐 것같이 눈을 번뜩이며 곡함이 말하자 노위군은 더 이상 대화를 계속하고 싶지 않았다.

"이 사람아, 술이 이렇게 많이 남았는데 벌써 가려고 하나. 아까까지만 해도 오늘 마시고 죽을 사람처럼 하더니 말이야."

"이만 가보도록 하시오."

"하하, 사실 나도 바쁜 몸이라네. 그래도 자네니까 내가 이렇게 술이라도 하지 않았겠나."

"조만간 곡주님께 당신의 부탁을 여쭙고 다시 찾아오겠소. 좋은 소식이 있길 기대하시오."

"다음에 또 봄세."

둘은 서로를 마주 보며 눈에 불꽃을 튀기며 자리에서 일어났다.

"멀리 가지 않겠네."

"우리 사이가 굳이 멀리까지 나와야 할 사이는 아니잖은가."

"하하하, 그렇지."

곡함이 내실을 나간 뒤에 한동안 노위군은 곡함이 나간 문을 뚫어져라 응시하다가 씨익 하고 미소를 지었다. 그 미소는 잔인함이 가득 배어 있었다.

7장
친구들에게 돌아가고 싶다

친구들에게 돌아가고 싶다

집법장로 이요참은 방주 노위군 앞에 공손히 시립한 채 말을 맺었다.
"이제까지 말씀드린 것이 섬서분타에서 일어난 사건의 전말입니다."
그는 조카 이진구를 만나고 부랴부랴 총타로 달려와 방주에게 진상을 늘어놓은 것이다. 노위군은 이틀 전 혈곡의 고수 곡함을 만난 뒤로 마음이 뒤숭숭하니 엉켜 있던 터에 이와 같은 말을 듣자 활화산 같은 분노를 일으켰다.
"묵백, 이 개 같은 자식이 감히 방의 규율을 그리도 가벼이 여겼더란 말이냐!"
이요참은 머리를 숙이고 용서를 빌었다.
"다 저의 못난 소치입니다. 제가 집법장로로 있으면서 그런 움직임조차 포착하지 못한 때문입니다. 벌하여 주십시오."

마음에도 없는 소리로 벌해달라 말하는 이요참에게 노위군이 살기 어린 목소리로 말했다.

"분명 묵백은 반역에 뜻이 있음이 분명하다. 이 장로! 호 장로, 계 장로와 함께 당장 길을 떠나도록 하라. 묵백과 오선교를 잡아 내 앞에 끌고 오라. 내 직접 놈들을 심문하겠다!"

노위군은 자신이 사부를 배반하고 반역하여 방주의 자리에 오른 만큼 자신의 자리에 도전하는 것처럼 보이는 행위들에 대해서는 민감하기 그지없었다. 게다가 얼마 전 혈곡으로부터 조롱 아닌 조롱을 당하고 난 터라 분노의 감정을 다스릴 수 없었다.

"속하 방주님의 지엄하신 분부를 거행하겠나이다."

이요참은 깊숙이 머리를 숙인 후 자리를 떠났다.

'묵백, 기다려라. 감히 내 조카에게 모질게 굴다니 백 배로 갚아주마.'

묵백은 요즘 분타에 머물지 않고 허운 지타에 내려와 있었다. 그건 이진구 파동으로 인해 술렁대는 지타를 어느 정도 안정시켜야 한다고 생각했기 때문이다. 개방인들은 그런 묵백을 보며 심난할 것이라고 여겼지만 지금의 묵백의 마음은 작은 설레임으로 가득했다. 제대로 잠도 오지 않아 뜬눈으로 밤을 지새울 때가 많았는데 원인을 말하자면 집법장로 이요참이 다녀간 때문이라고 할 수 있었다.

'이제 곧 나는 친구들에게 돌아갈 수 있을 것이다. 그동안은 많이 부끄러웠지.'

이요참이 떠나면서 쏘아본 눈빛의 의미를 묵백은 잘 알고 있었다. 이제 곧 어떤 방법으로든 보복이 있을 것이다. 하지만 그가 잠을 이루지 못하는 것은 보복에 대한 두려움 때문이 아니었다. 그건 야유회를 기다리는 어린아이의 기대와 설레임 같은 것이었다. 지난날 함께했던 친구들과 이제 다시 만날 수 있다는 기대감이 그의 가슴을 뛰게 한 것이다.

'잠도 오지 않으니 산책이나 할까.'

늦은 밤이라 어디 갈 데도 마땅치 않았지만 밤바람이라도 쐴 겸 밖으로 나갔다. 휘영청 떠오른 달을 보며 한참을 걷던 그는 문득 앞을 바라보다가 '허허' 하고 헛웃음을 날렸다. 스스로도 느끼지 못한 사이에 어느덧 표영의 거처 앞에 이르렀던 것이다.

'그것 참.'

그의 발길이 표영에게로 옮겨진 것은 어쩌면 당연한 것인지도 몰랐다. 개방이 정의파의 길로 돌아섰을 때, 그 길에 순응하며 자신의 행동을 합리화시켰던 마음을 돌아보게 하고 떠나기로 결정짓게 했던 계기가 바로 표영으로 인해 생겼으니 말이다.

묵백은 조용히 표영을 불렀다.

"흠흠, 안에 있나?"

'묵 타주가 야심한 밤에 웬일이지?'

묵백이 헛기침과 함께 문을 열고 들어설 때, 표영은 이미 인기척을 느끼고 깨어 있었지만 짐짓 자는 척했다. 묵백은 고른 숨소리를 통해 표영이 깊이 잠들었음을 알고 잠시 머뭇거렸다.

'곤히 잠들었는데 괜히 깨우는 것은 아닌지 모르겠군. 하지만 오늘이 아니면 앞으로 영영 만날 수 없을지 모르잖는가.'

묵백은 침상으로 다가가 표영을 흔들어 깨웠다.

"이보게, 구지경외자. 좀 일어나 보게나."

따뜻한 손길로 어깨를 흔들자 표영은 그때서야 눈을 비비고 잠에

못 이기는 척 몸을 비틀며 짜증 섞인 말과 함께 상체를 일으켰다.

"누군데 잠을 깨우고 난리야, 난리긴. 개한테 물리고 싶어 안달이 난 거냐."

그러다 묵백을 정면으로 보고 황급히 침상에서 내려와 허리를 숙였다.

"아이고, 이런! 분타주님께서 오셨군요. 그런 줄도 모르고 그만 헛소리를 질러대다니… 아이고, 너무 죄송합니다요."

"허허허, 아무 연락도 없이 늦은 밤에 불쑥 나타난 내가 잘못된 거지 자네가 무슨 잘못이 있겠나. 오히려 내가 미안하게 됐네."

묵백은 표영에게 말할 때 마구 하대를 하지 않았다. 개방의 서열로 보자면 까마득하여 '~해라, ~그랬다' 식으로 말할 수도 있을 터이나 그는 표영에게서 삶의 교훈을 얻은지라 마음으로는 작은 스승과도 같이 여긴 터였다.

"나는 내일쯤으로 해서 잠시 산에 올라가 수련을 할 생각이라네. 오랫동안 못 볼지도 몰라 잠깐 이야기 좀 할까 해서 말이야."

뜬금없는 수련 이야기에 표영은 뭔가 심상치 않음을 느꼈다. 하지만 겉으론 대수롭지 않다는 듯 답했다.

"지금도 무공이 세신데 거기에다가 더 수련을 하신단 말씀이세요? 욕심이 지나치신 거 아니십니까?"

"하하하. 이번 수련은 마음을 정양하기 위함이지. 마음이 성취를 이루면 무공도 성장하는 것이니 자네 말이 틀린 것은 아니로군. 잠깐 나랑 바깥바람이나 쐴까."

"좋죠."

둘은 밖으로 나와 외진 길을 걸었다. 밤바람을 맞으며 걷다가 먼저 말을 꺼낸 것은 묵백이었다.

"사실 내가 자네를 보자고 한 것은 고맙다는 말을 하려고 함이네."

"……?"

표영이 의문스런 눈빛을 답변 대신 보내자 묵백의 말이 이어졌다.

"…내겐 친구들이 있었다네. 아주 좋은 친구들이었지. 자넨 친구들이 있나?"

"친구요? 음……."

어릴 적 집에 있을 때는 게으름으로 인해 또래 친구를 사귈 겨를이 없었던 표영이다. 하지만 곰곰이 생각해 보니 친구가 없는 것은 아니었다. 원구협 개사부, 사부 엽지혼, 그리고 자기를 따르는 개들, 스승들이며 부하들이지만 모두들 거리낌없이 대해주었던 좋은 친구들이기도 했다.

"헤헤… 좋은 친구들이 몇 명 있긴 하죠."

"자넨 복을 받았나 보네. 한 명의 좋은 친구를 얻는다는 것은 나라를 얻는 것보다 어려우니까 말이야. 그런 의미에선 나도 복받은 사람 중 하나였지. 하지만 난 내 친구들에게 있어 과연 좋은 친구로 남았는지… 생각해 보면 그렇지 못했다네. 난 그들과 함께 힘든 길을 가지 못했거든."

묵백은 과거 정의파로 돌아서는 개방에 반대해 죽거나 잡히게 된 친구들을 생각하며 부끄러움을 느꼈다. 이런 이야기는 누구에게도 하지 못한 말이었지만 웬일인지—그 상세한 내막까지는 아니라 할지라도—표영에게는 자연스럽게 말이 나왔다.

"난 그동안 친구들이 많이 그리웠어. 하지만 그전까지는 억지로 생각하지 않으려고 했었지. 그러던 차에 자네를 만나게 되자 그리움이 너무 커져 버렸다네. 친구들은 모두 자네같이 보잘것없는 외양과 소탈한 삶을 살아갔었거든."

표영은 처음에는 무슨 소린지 도통 알 수가 없었지만 '모두 자네같이 보잘것없는 외양과 소탈한 삶을 살았거든' 이라는 말을 듣자 어렴풋이 감을 잡을 수 있었다.

'묵 타주는 지금 개방 이야기를 하고 있는 것이 아닌가!'

묵백으로서는 표영을 철저한 거지로 생각하고 있었을 뿐 정작 전대 방주인 엽지혼의 제자로서 개방의 변천 과정을 잘 알고 있다는 것을 알지 못했다. 묵백 스스로는 독백하듯이 말하는 것이었지만 표영은 속으로 신경을 곤두세우고 말의 전후를 추측하느라 분주했다.

"이젠 나도 그런 친구들처럼 마음 편하게 살고 싶네. 잘만하면 곧 친구들에게 갈 수 있을지도 모르겠어?"

"친구 분들이 어디에 있는 줄 알고 계시나요?"

표영은 그곳이 대사형이 되는 장산후 등을 만날 수 있는 곳일지도 모른다고 여겼다.

"글쎄… 어디에 있을까? 그건 나도 모르지. 하지만 곧 친구들에게 나를 데려갈 사람이 오지 않을까 싶네."

"와~ 정말이십니까? 좋으시겠네요. 거기에 저도 같이 가면 안 될까요? 재밌을 것 같은데."

"허허허."

묵백은 잠시 걸음을 멈추고 표영을 보며 웃었다.

'그곳은 음습한 뇌옥일 텐데… 이 친구는 어디 평화로운 곳인 줄로 생각하는가 보군.'

묵백은 직위가 분타주인만큼 노위군이 방주가 되면서 많은 반대자들이 사로잡혔음을 알고 있었다. 비록 그곳의 위치가 어디인지는 모르지만 결코 편안한 처소가 아님은 분명할 것이라 추측했다.
"하하, 너무 좋은 곳이라 자네하고 가긴 좀 아까운걸. 자넨 데려가지 않는 게 좋겠어."
"야~ 이거 너무하시는군요. 그러실 줄은 몰랐는걸요."
"서운해도 어쩔 수 없어. 영원히 자네는 데려가지 않을 셈이네. 껄껄껄."
그 말에 표영은 뾰루퉁하게 입술을 내밀었다. 하지만 마음만은 심각하기 이를 데 없었다.
'음… 사부님을 따르던 이들이 어딘가에 있긴 있나 보구나. 그렇다면 묵 타주는 반기를 들 셈이란 말인가? 아니면 스스로 옷을 벗겠단 말인가? 언젠가는 내가 그들을 모두 찾아야겠군. 그들이야말로 진정한 개방인들이 아닌가.'
"숨으신다고 제가 못 갈 것 같으세요? 제가 꼭 천안통을 익혀서라도 분타주님이 가신 곳을 찾아내고야 말겠습니다."
"허허… 거참."
순진무구한 말에 묵백은 따스함을 느꼈다.
'이 친구처럼 나도 순수했다면 좋았을 것을……. 난 너무 많은 시간을 허비하고 말았구나.'
묵백의 마음에 잔잔한 파문이 일었고 그는 표영과 한참을 더 걸으며 이런저런 이야기를 나누다가 작별을 고했다. 묵백으로서는 마지막 인사였다.

8장
하극상

하극상

 산들바람이 얼굴을 스쳤다. 묵백은 소하산 회심봉 정상에 앉아 있었다. 가만히 하늘과 땅이 만나는 지평선을 바라보고 있자니 절로 마음이 풍요로워졌다.
 "이런 편안함을 느껴본 지가 언제였던가. 그래, 십 년 전에는 꼭 이런 마음이었지."
 묵백이 소하산 정상에 온 지 오 일째. 그는 정상에서 몰아치는 상쾌한 바람에 몸을 맡기며 그 바람결에 그동안의 부끄러움과 수치심을 한 꺼풀씩 날려 버렸다. 바람이 휘감아 돌 때마다 그의 마음은 깃털마냥 가벼워졌다.
 "이 정도 시일이 지났으면 도착할 때가 된 것도 같은데 이 장로는 너무 꾸물거리는구나."
 그는 오 일 전 수하들에게 마음을 닦고자 소하산 회심봉 정상에 있을 것이라 말해 놓은 터였다. 그리고 찾는 사람이 있거든 이곳으로 올라오도록 일러두기도 했다. 개방에 느닷없는 큰일이 벌어지지 않는 이상 단 한 사람을 제외하고는 딱히 찾아올 사람은 없을 것이다. 그 한 사람은 바로 집법장로 이요참을 가리킴이었다. 그러던 차에 호랑이도 제 말 하면 온다고 했던가. 묵백이 혼자 중얼거릴 때 작은 인기척이 들리며 산을 오르는 여러 발자국 소리가 들렸다.

"허허… 역시 쌍놈들이었군. 말이 떨어지기 무섭게 들이닥치다니."

묵백은 자리에서 일어나 그들이 정상에 모습을 드러내길 기다렸다. 얼마 되지 않아 다섯 사람이 모습을 드러냈다. 그들 중 세 명은 묵백이 잘 알고 있는 사람들이었다. 그들은 장로들로서 집법장로 이요참과 무공을 전수하는 일을 맡는 전공장로 호노작, 그리고 키가 유난히 작아 난쟁이처럼 보이는 총원장로 계주억이었다. 나머지 두 명은 언뜻 본 기억은 나지만 정확히 누군지는 알 수가 없었다. 짐작컨대 총타에서 활동하는 장로들의 수하로 한 번씩 다녀갈 때 얼굴을 스친 것이리라. 그중 한 명의 등엔 큰 봇짐이 들려 있었는데 늘어진 형상으로 보건대 분명 어떤 사람이 들어 있는 것 같았다.

"어서들 오시오. 어찌 된 일로 세 분 장로님들께서 이 험한 곳까지 오셨습니까?"

호탕하게 말하는 소리에 이요참이 소면탈혼이라는 별호답게 웃음을 잔뜩 머금고 말했다.

"으하하하, 그래도 멍청한 편은 아니었군. 자신이 어떻게 될 것이란 것을 알고 있긴 한 모양이니 말이야. 수하들에게 피 터지는 꼴, 사나운 모습을 보이긴 싫었나 보지?"

이요참이 유난히 밝게 웃는 것으로 보아 그가 얼마나 단단히 노리고 있는지를 알 수 있었다. 그는 분노가 클수록 더욱 밝게 웃는 소면탈혼이니 말이다. 이요참의 말이 끝나기 무섭게 그 옆에 선 전공장로 호노작이 엄한 목소리로 물었다.

"그대는 정녕 방의 뜻을 거스르려 한 것이더냐? 아직 늦지 않았으니 지금이라도 지난날의 죄과를 반성하고 돌아오도록 하라. 생면부지의 거지 하나 때문에 모든 것을 버릴 참인가."

그 말에 이요참이 끼어들었다.

"하하하, 호 장로께서는 무슨 여지가 있다고 반성 운운하는 것이오. 하하하. 분명 방주님께서 노하시고 계심을 모르신단 말씀이오? 말이 필요없소이다."

"그래도 본인 입으로 직접 말을 들어봐야 하지 않겠소."

호노작의 말은 그 옆에 있던 키 작은 계주억 장로의 말로 인해 무산되었다.

"이 장로의 말씀이 옳소이다. 그의 행동은 명백하니 길게 시간 끌 필요 없지요."

작은 키답지 않게 카랑카랑한 목소리가 듣는 이의 고막을 울릴 지경이었다. 묵백은 호노작의 호의적인 말에 가만히 머리를 숙여 보이고 말했다.

"호 장로께서는 크게 마음 쓰지 않으셔도 됩니다. 한낱 보잘것없는 거지를 받아들인 것 때문만은 아니지요. 사실대로 말하자면 제 마음이 과거 오의파의 길을 걸었던 친구들이 보고 싶어졌답니다. 저로선 그들이 어디에 있는지 모르는지라 세 분 장로님께서 수고로우시겠지만 저를 데려다 주시길 바라는 마음 간절합니다."

"흐음… 정녕 그대는……."

전공장로 호노작이 신음을 발하며 안타까워했다. 이요참은 묵백이 변명을 늘어놓으면 어떻게 하나 걱정했는데 의외로 순순히 수긍하자 기분이 더없이 좋아졌다. 이젠 계획대로 그를 밟아주면 되는 것이다.

"하하하, 속 시원하게 털어놓으니 아주 좋구만. 자자, 가타부타 할 것 없소이다. 배반자에겐 엄한 형벌이 기다리고 있을 뿐. 묵백! 너는 순순히 우릴 따라가겠느냐, 아니면 손을 쓴 후에 따라가겠느냐?"

묵백은 크게 너털웃음을 터뜨렸다.

"하하하하, 지렁이도 밟으면 꿈틀거린다는 말이 있지 않소이까. 그러한데 어찌 만물의 으뜸인 사람으로서 그냥 곱게 따라갈 수가 있겠소. 게다가 예전의 친구들은 하나같이 힘을 다해 싸우다 잡히거나 죽었으니 저 또한 그 길을 따라야겠지요."

총원장로 계주억이 고개를 갸웃거렸다. 키가 작은 데다가 목이 굵고 짧은 그가 갸웃거리는 모습은 노인의 모습이면서도 어찌 보면 귀엽게 보이기도 했다.

"그대는 우리와 맞설 수 있다고 생각하는가? 아니면 따로 믿는 구석이라도 있나?"

"세 분을 상대함은 실로 불가능한 일입니다. 하지만…… 하는 데까진 해보아야겠지요."

"하하하, 점점 듣기 좋은 소리만 하는구나. 좋다. 나 또한 배반자를 편안하게 끌고 가고 싶진 않았던 터라 마음에 딱 맞는 말이로다."

이요참의 느글거리는 말에 묵백이 바로 말했다.

"상대하기 전에 한 가지 부탁이 있소이다. 지타주 오선교와 구지경외자 표영이라는 거지는 건드리지 말길 바라오. 오선교야 지타주로서 무슨 힘이 있겠으며 구지경외자는 무공도 모르는 일개 거지에 불과하니 내버려 둬도 아무 문제 없을 것이지 않겠소."

"하하하, 오선교라……."

이요참이 뒤를 향해 손짓을 하자 큰 보자기를 둘러맨 개방 제자가 잽싸게 다가와 쿵! 하고 이요참 앞에 그것을 내려놓았다. 이요참은 발로 보자기를 툭툭 건드리며 이죽거렸다.

"흐흐흐, 오선교는 이미 이곳에 들어가 있으니 너무 염려하지 않아도 될 거야. 환도뼈가 조금 부러지고 허리가 삐끗했지만 살아가는 데는 지장이 없을 것이야. 너 혼자 데려가기엔 왠지 외로울 것 같아서 말이야. 동행이 있으면 오순도순 좋지 않겠나. 하하하."

묵백은 길게 한숨을 내쉬었다.

'내가 이요참을 너무 안일하게 생각했구나. 이렇게 되면 표영이라도 멀리 피하라고 했어야 했어. 장로라곤 해도 손속이 잔인해 무공을 모르는 이라고 그냥 넘기지 않을 것 같으니 걱정이구나. 휴~ 이것도 운명이라면 운명이겠지. 그저 하늘의 가호가 있길 바라는 수밖에.'

묵백은 말해 봐야 더 이상 소용없음을 알고 기를 끌어올리며 말했다.

"그럼 한번 판을 벌여봅시다."

기를 끌어올리자 소맷자락이 기운에 의해 터질 듯 부풀어 오르고 발 아래 흙먼지가 회오리쳤다. 세 명의 장로들은 진형을 부챗살처럼 펼쳐 공격을 기다렸다. 원래 강호의 법칙대로 하자면 일 대 일의 싸움이 되어야 하지만 방의 배반자를 압제함이 목적인지라 굳이 그런 법칙에 속박당할 필요가 없다고 여긴 터였다.

묵백은 내기(內氣)가 극상으로 끌어올려지자 신형을 날려 중앙에 있는 호노작을 향해 그의 장기인 오운장법(五雲掌法)을 시전하며 장력을 날렸다.

쑤웅—

바람을 가르는 소리와 함께 다섯 가닥의 구름 같은 기운이 호노작을 향했다. 호노작은 예상밖으로 자신을 향해 공격이 다가오자 약간 의외라 여겼다. 삼 대 일의 대결같이 다수와의 대결은 외곽을 돌며 공격하는 것이 기본인 것이다. 중앙을 공격하게 되면 좌우의 협공까지 한꺼번에 받는 결과가 생겨 힘도 제대로 써보지 못하고 끝이 나기 십상이다. 결과야 어떻게 나오든 호노작으로서는 맞받아쳐야 했다. 다가오는 기세를 보아 결코 쉽게 상대할 수 없다 여긴 그는 파장권(把掌拳)을 이용해 주먹을 교차하며 맞받아쳤다.

하지만 묵백의 공격은 호노작을 노린 것이 아니었다. 그 오른쪽에 있는 이요참이 주 목적이었던 바, 신형을 급격히 틀어 이요참을 향해 장력을 전환시켰다. 약간 여유를 가지고 있던 이요참은 자신에게 장력이 쏘아오자 훌쩍 몸을 솟구쳐 뒤로 물러났다. 묵백은 달려가는 기세를 늦추지 않고 힘을 다해 장력을 뻗었다. 허나 그 순간, 묵백은 양 어깨가 거대한 독수리의 발톱에 뜯긴 것 같은 충격을 받아야만 했다. 난쟁이 계주억 장로가 응조수를 이용해 어깨를 할퀴어 버린 것이다. 당연히 이요참을 향하던 장력의 기세는 수그러들었고 마침 이요참이 반격한 장력에 가슴을 얻어맞았다.

퍼펑!

"으윽!"

비틀거리며 뒤로 다섯 걸음을 정신없이 물러난 묵백은 속으로 중얼거렸다.

'엽지혼 방주님! 보고 계십니까. 이 고통은 당신께 사죄하는 아픔

입니다.'

그는 이미 자신의 몸이 상케 되는 것을 각오한 터였다. 그리고 맞는 가운데 지난날 친구들을 떠나 평안하게 지냈던 날에 대한 대가를 하나씩 지불하고 평안함을 얻고자 했다. 기혈이 진탕되며 충격에 숨을 고르기도 힘들었지만 묵백은 한소리 기합을 내지르며 다시 몸을 가다듬고 손을 뻗었다.

그의 공격은 장로 중 어느 누구의 몸도 맞히지 못한 채 그저 공허로이 허공을 격하고 말았다. 어느새 호노작의 신형이 솟구쳐 올라 연환퇴의 수법으로 묵백의 머리를 쓸어갔다. 강맹한 기세라 제대로 맞는다면 목이 통째로 뜯겨 나갈 것이 분명했다. 급격히 허리를 숙여 피하는데 호노작의 발이 기이하게 꺾이면서 묵백의 등판을 찍었다.

퍽!

"욱~"

한소리 신음과 함께 묵백의 몸이 바닥으로 엎어졌다. 먼지를 풀풀 날리며 한동안 거친 숨을 몰아쉬던 묵백은 다시 서서히 몸을 일으켰다.

'이번은 친구 소천의 몫이다.'

비틀거리며 일어선 묵백은 흐트러진 몸 그대로 손을 뻗었다. 거기엔 어떤 위협도 담겨 있지 않았고 그저 맥없이 내뻗는 주먹질에 불과했다. 이미 대결은 끝난 셈이었다. 계주억과 호노작은 더 이상 공격할 필요를 못 느끼고 가만히 지켜보았지만 이요참은 달랐다. 연신 미소를 머금고 천천히 다가가 주먹을 손으로 젖히고 목을 움켜쥐어 들어 올렸다. 대롱대롱 매달린 묵백은 힘없이 손을 저어보았지만 그저 허공만 맴돌 뿐이었다.

"넌 너무 어리석은 짓을 하고 말았구나, 묵백. 하하하."

이요참은 묵백의 몸을 공중으로 솟구치게 한 뒤에 떨어져 내리는 것을 제대로 조준하고 두 바퀴를 돌며 힘을 실어 복부를 걷어차 버렸다. 거의 절벽의 끝자리까지 주르르 밀려나며 묵백은 간신히 숨만 깔딱거렸다.

'이번엔 후공우의 몫이다. 친구여, 날 보아라.'

그는 몸이 망가져 갈수록 마음은 더없이 기쁨에 찼다.

호노작과 계주억은 이쯤 하면 됐겠다 싶어 이요참을 말렸다.

"이 장로, 그만 하고 압송하도록 합시다. 더 이상 그에게 모욕을 줄 필요는 없을 듯하이."

"그래. 그동안 함께한 정이 있지 않소이까."

하지만 이요참은 빙긋 웃으며 고개를 저었다.

"글쎄, 이 정도로는 너무 약하지 않겠소? 두 분은 일이 끝난 모양이오만 나는 조금 남았으니 잠시 기다려 주시오들."

이진구가 잔인한 품성을 지닌 것은 분명 핏줄 탓인 모양이다. 오히려 이요참에 비하면 이진구는 새 발의 피 같은 입장이 아닐까. 이요참은 한 발 한 발 다가가 묵백 앞에 이르러 뒷덜미를 잡고 일으켜 무릎을 꿇렸다. 다시 머리카락을 움켜쥔 이요참은 발길질로 가슴을 강타했다.

퍽!

"으읍……!"

'개방이여, 날 용서하라. 나의 그동안의 어리석음을…….'

"묵백, 사실 나는 오늘 널 땅에 묻어버리고 싶다. 하지만 아직 너의 명이 다한 것은 아닌 것 같구나. 허나 내가 우선 섭섭하니 임시로 땅에 묻어주마. 하하하."
 이요참은 묵백의 머리를 땅에 닿게 하고 발을 들어 그의 머리통을 밟았다. 입과 코와 눈이 땅에 닿은 채 묵백은 뒤통수에서 압박하는 힘에 의해 땅으로 처박혔다. 건조하기 이를 데 없어 딱딱해진 땅에 얼굴이 서서히 박히기 시작했다.
 "으라차! 으라차! 으라차!"
 이요참이 신이 나서 으라차를 외치며 발에 힘을 가했고 기합이 터질 때마다 묵백의 머리는 땅으로 점점 들어가 박혔다. 급기야 온전히 머리가 다 들어가고 목에서부터 다리까지만 밖으로 나온 채로 묵백은 혼절해 버리고 말았다.
 "하하하하… 언젠가는 온몸을 땅에 묻어주마."
 이요참은 한동안 기분 좋게 웃다가 뒤에 있는 개방 제자들을 손짓해서 불렀다. 그러자 한 명이 품에서 보자기를 펼치더니 땅에 처박힌 묵백을 끌어내 보자기에 넣었다. 정신을 잃고 보자기에 넣어지는 묵백을 바라보며 이요참이 중얼거렸다.
 "미련한 놈 같으니… 평안한 길을 두고 험한 가시밭길을 가겠다니… 쯧쯧."
 '다음은 구지경외자 차례로군. 흐흐.'
 그의 얼굴에 다시금 환한 미소가 피어 올랐다.

 허운 지역의 오백여 마리의 개들은 정기 소집일을 맞이하여 외곽 토지묘 공터에 모였다. 훈련을 목적으로 매번 한 달에 한 번 소집되곤 했는데 늘 같은 훈련이었지만 표영의 철학 '적어도 1년가량은 습득해야 훈련의 성과는 이루어진다'에 따라 지겹지만 모이지 않을 수 없었다.

"요즘 들어 제군들의 질서 정연한 모습에 본좌는 기쁘기 그지없다. 도둑놈들도 부쩍 줄어들어 치안에 대한 염려가 없어진 것은 실로 치하할 만한 일이다."

한참 신나게 연설하는데 끝 부분에 있던 개들이 요란하게 짖어대는 소리가 들렸다.

"본좌가 말을 하는데 어떤 개새끼가 시끄럽게 떠드는 거냐. 죽고 싶은 게냐!"

표영은 기분 잡쳤다는 듯 고함을 치고 멀리 눈을 들어 바라보았다. 개들이 괜히 짖는 것은 아니었다. 개들 뒤로 두 사람이 다가오고 있던 것이다. 이곳은 사람들이 다니는 길도 아니고 특별히 자신을 찾아올 사람도 없기에 표영은 고개를 갸웃거리다가 안력을 높여 점점 다가오는 두 사람을 살펴보았다. 이미 내공이 경지에 오른 표영의 안력은 대단했다. 어지간한 곳까지는 사람의 외양은 물론이거니와 입고 있는 옷의 무늬가 어느 쪽으로 휘고 꺾였는지조차 알 수 있을 정도였다.

"저 노인은 전에 본 적이 있는 것 같은데… 아하, 그렇군. 개방 총타에서 왔다는 장로로구나."

표영에게 다가온 이는 집법장로 이요참이었고 함께 온 이는 그의 수하였다. 전공장로 호노작과 총원장로 계주억은 표영은 안중에도 없는지라 함께 오지 않았다.

이진구 사태가 벌어진 후 이요참은 표영을 만나러 온 적이 있었다. 그때 몇 가지를 물어보았으며 무공의 여부를 살핀 터였다.

표영은 왠지 꺼림칙한 기분이 들었지만 대수롭게 생각지 않고 가만히 그들이 다가오기만을 기다렸다. 이요참은 어느새 표영의 눈앞에 이르러 너털웃음을 터뜨렸다.
"허허허, 이거 개들이 많이 모였군. 소문이 헛되지만은 않았는걸."
그의 표정은 밝았다. 전에 보았을 때는 무표정이었는데 지금은 화사하기 그지없었다. 그저 인심 좋은 노인의 모습이랄까. 하지만 이렇듯 웃음을 머금고 있을 때야말로 가장 잔인한 마음을 품고 있을 때라는 것을 표영은 알지 못했다.
"아, 지난번에 오셨던 장로님이로군요. 귀한 발걸음을 이 누추한 무명소졸에게 옮기시다뇨. 정말 황공하기 이를 데 없습니다요."
표영이 고개를 숙여 황송함을 표하자 이요참이 고개를 살래살래 저었다.
"장로님이라… 뭐, 듣기 싫은 소리는 아니지만 네놈에게 그런 칭호는 더 이상 듣지 못할 것 같구나."
"아하하, 그게 무슨 말씀이십니까요. 혹시 장로님께서 개방을 떠나신다는 말씀이신가요? 어라? 그러시면 안 되는데……."
이요참의 얼굴이 더욱 밝아졌다.
"껄껄껄, 내가 개방을 떠난다고? 껄껄껄. 아니야, 떠날 사람은 바로 너란다. 넌 오늘 부로 개방인이 아니다. 그저 개 잡는 거지일 뿐이지."
"그, 그게 무슨 말씀이신지……."
표영은 묵백의 방문을 받은 후 무슨 일이 일어나려 한다는 것을 짐작했었다. 그리고 지금 그 무슨 일이라는 것이 바로 이요참의 등장으로 인해 벌어지고 있음을 대략 알 수 있었다.
"너는 그저 거지로 살았다면 좋을 뻔했구나. 하긴, 생각해 보면 네놈이 들어온 것이 꼭 나쁜 것만은 아니로구나. 네가 아니었으면 어찌 배반자 묵백과 오선교를 추려낼 수 있었겠느냐."
"배, 배반자라뇨?"
"껄껄껄… 네놈이 알아들을 수 있는 말이 아니니 들어봐야 소용없는 일이다. 어쨌든 둘은 이제 형벌을 받게 되었다. 마지막으로 남은 것은 네놈인데, 네놈은 조용히 사라져 주어야겠다. 개방은 거지를 받아들이는 곳이 아니거든. 껄껄껄."
표영은 고의로 두려운 척하며 덜덜 떨었다.
"사, 사라지다뇨? 그럼 절 죽이시겠다는 겁니까?"
"껄껄껄. 네놈의 더러운 피를 꼭 내 손에 묻힐 필요까지야 없겠지. 단지 너로 인해 개방의 위상이 실추되었으니 그에 대한 적절한 보상은 있어야 하지 않겠느냐. 자, 그럼 이제 퇴출식을 거행해 보도록 할까."
"퇴출식이라니, 그런 것도 있나요?"
"아무렴. 어느 조직에서든 들어올 때는 쉽지만 나가는 것은 어려운 법이란다. 그냥 가면 내가 섭섭하지."
연신 웃고 있는 모습이었지만 표영의 눈엔 더 이상 그의 모습이 인심 좋은 할아버지로 보이지 않았다. 도리어 역겨운 모습에 토악질이 날 것만 같았다. 이요참은 실실거리며 가만히 손을 들었다. 죽이고자 함은 아니었지만 그에 비견되는 고통을 안겨주리라 다짐한 터였다.
'네놈이 개방에 들어오지 않았다면 내 조카가 그 지경이 되진 않았을 것이다.'
그의 몸에서 살기가 피어 올랐다. 표영은 온몸으로 살기를 느꼈다. 어떤 대책이 필요한 순간이었다. 하지만 그러한 살기는 표영만 감지한 것이 아니었다. 본능적 감각을 지닌 개들은 심상치 않은 기운을 느끼고 늙다리를 바라보았다. 개들의 입장에서는 이 늙다리를 이해할 수 없었다. 감히 견왕에게 깝죽대다니……. 개들은 분노에 차 우렁찬 소리로 짖기 시작했다.

으르르릉. 으르르릉.

「이 새끼가 죽을려고 환장을 했나.」

와르르왈왈.

「늙으려면 곱게 늙어야지, 어디 와서 주책이냐. 감히 견왕 앞에서 살기를 피우다니.」

콰르콸콸.

「우리가 정녕 눈에 들어오지 않는단 말이냐! 미친놈 같으니라구.」

월월! 월월!

「저런 놈들 때문에 견왕께서 화내시고 우리한테 화풀이가 돌아오는 거 아니냐구. 썩을 놈!」

하지만 표영은 개들이 오백여 마리나 있다고 해도 개방의 장로를 대적할 수 없다는 것을 잘 알고 있었다. 괜히 어줍잖게 달려들게 해봤자 개들만 죽어갈 뿐이었다. 표영은 개들을 돌아보며 크게 외쳤다.

"자, 오늘 교육은 여기서 마친다! 모두 돌아가도록!"

말과 함께 양손을 들어 교차하자 개들은 의아함에 가지도 못하고 그저 멍하니 표영을 바라보았다.

"이놈들, 가라고 하는 말 못 들었어!"

주먹을 쥐고 곧 때릴 듯한 기세를 보이자 개들은 못내 서운한 듯 하나둘 발길을 각자의 집으로 옮겼다. 한 번씩 뒤돌아보는 것이 도무지 이해할 수 없다는 표정들이었다. 이요참은 손을 들어 치려다가 그러한 꼬락서니를 보고 기가 막힌지 그저 허허거렸다. 구지경외자라고 하더니만 그런 별명이 왜 생겼는지 알 것 같았다.

"허허, 그래도 개들을 아끼는 마음이 가상하구나."

하지만 모든 개가 다 떠나간 것은 아니었다. 허운 지역 개들 중 서열 1위인 바둑이와 2위인 흰둥이, 3위인 똘똘이는 여전히 표영 주위를 맴돌았다. 이들은 견왕에게 깝죽대는 노인을 그냥 보아 넘길 수 없었다. 아무리 견왕께서 돌아가라고 했지만 들어야 할 말이 있고 듣지 말아야 할 말이 있다고 생각했다. 개들에게도 충성심은 있는 것이다.

으르릉.

세 마리의 개들은 쫙 가라앉은 저음으로 상대방에게 위협을 준 후 맹렬한 기세로 달려들었다. 하지만 그건 애초부터 말이 되지 않는 공격이었다. 계란으로 바위 치기 같은 것이 이러할까. 흰둥이와 똘똘이는 뛰어오른 기세 그대로 이요참의 손아귀에 모가지가 잡혀 낑낑대었고 뒤이어 솟구친 바둑이는 발길질 한 방에 저만큼 나가떨어져 몇 번 몸을 떨더니 축 처져 버렸다. 모양새를 보아하니 죽은 것이 분명했다.

끼깽— 끼깽—

흰둥이와 똘똘이의 고통에 겨운 버둥댐도 오래가지 못했다. 이요참이 살짝 손아귀에 힘을 주자 목뼈가 으드득 부러지며 그 자리에서 죽음을 맞았다.

"무슨 짓이오!"

표영이 쌍심지를 켜고 소리쳤다.

"어쭈, 화를 내는 것이냐? 하하하."

표영은 잠시 생각했다. 과연 여기에서 본신의 힘을 다해 맞서 싸울 것인지 아니면 나중을 기약해야 할 것인지에 대한 것이었다.

'내가 여기서 맞서 싸운다면 과연 승산이 있을까. 하지만 잘못된다면 여기서 목숨을 잃게 될 확률이 높지 않은가. 그렇게 되면 모든 것이 수포로 돌아갈 것이다. 그래, 일단 힘이 닿지 않으니 맞서지는 말기로 하자.'

"아이야, 어서 덤벼보거라. 내가 먼저 손을 쓰긴 조금 난처하지 않겠느냐. 나는 너의 충성스런 부하를 죽였으니 어서 복수를 해야지. 껄껄껄."

표영은 분노한 기색으로 동네 건달들이 주먹을 날리듯이 어줍잖게 뛰어가 주먹을 뻗었다. 거기엔 조금의 내공도 실려 있지 않았고 초식이라는 개념도 없었다. 그저 막싸움에서나 볼 수 있는 건달의 주먹질이었다. 표영은 가장 허술하게 보이는 쪽을 택한 것이다. 그래야만 피해도 최소한으로 줄일 수 있는 것이다. 이요참은 어이가 없는지 피식하고 웃었다.

"허허, 거참… 기분이 안 나는걸."

하지만 말과는 달리 그의 손은 매섭게 뻗어갔다. 다가오는 주먹을 어깨 위로 흘리면서 정권으로 복부를 강타했다. 표영으로서는 호신강기를 전혀 일으키지 않았을 뿐만 아니라 자연적으로 반응하는 내공력까지 제어한 상태였기에 충격이 적지 않았다. 명치 끝에서부터 찌르르하니 전해오는 충격은 숨을 쉬기조차 힘들게 했다.

"우읍."

그리고 그 자리에서 서서히 허물어졌다. 이요참은 거기에서 멈추지 않고 느리게 허물어지는 표영의 뒤통수를 손날로 가격했다.

퍽.

급격한 충격에 표영은 쿵! 하는 소리와 함께 땅에 개구리처럼 뻗어 버렸다.

"껄껄껄, 일어나라."

표영은 몸을 부르르 떨었다. 당장에라도 진기를 일으켜 파옥장을 펼치고 싶은 마음이 간절했지만 이를 악물고 참았다.

'이 자식, 두고 보자. 언젠가 백 배로 갚아주고 말겠다!'

꾸역꾸역 몸을 일으키자 어느새 이요참이 날린 발이 턱을 강타했다. 어찌나 쾌활한 발놀림이었던지 표영의 몸은 공중으로 솟구쳐 세 바퀴를 돌고서 땅으로 풀썩 하고 떨어져 내렸다.

"껄껄껄, 잘도 도는구나. 그러니까 거지는 거지답게 살아야 하는 법이야. 개방에는 왜 기웃거렸느냐. 불쌍한 녀석."

'너의 이름이 이요참이라고 했지. 기억해 두마. 이요참, 이요참.'

표영은 혼절하는 척하지 않았다. 오기가 발동해 덜덜 떨면서 몸을 일으켰다.

"그래도 깡다구가 있긴 하구나. 하지만 그런 깡다구는 개들에게나 통하는 법이란다. 껄껄껄."

이요참은 웃으면서 오른발을 땅을 스치듯이 날리며 표영의 발을 쓸었다. 다시 표영의 몸이 공중으로 붕 뜨며 허리부터 쿵! 하고 땅에 찧었다.

"정말 너무 재미없는걸. 이렇게 싸워서야 아무런 흥이 나질 않아. 이젠 마무리를 해야겠지."

이요참은 표영의 허리춤에 매달려 있는 견왕봉(타구봉)을 보았다.

"오호, 이건 개들을 다스리는 막대기로구나. 껄껄껄. 이것으로 개들을 많이 후려팼나 보지? 자, 그럼 이것으로 네놈도 한번 맞아보려무나?'

'그래, 마음껏 웃고 마음껏 패라. 언젠가는 너의 얼굴에서 웃음을

제거할 날이 오지 않겠느냐.'

표영이 이를 갈고 있을 때 이요참의 몽둥이질이 가해졌다.

"슉~ 퍽!

바람을 가르는 소리와 함께 표영의 오른쪽 다리뼈가 부러졌다. 표영은 이를 악물고 신음을 토해내지 않을 수도 있었지만 너무 반항하는 모습을 보이다간 아예 죽을 수도 있는지라 신음성을 참지 않고 토해냈다.

"으윽!"

"아프냐? 이것 가지고 아프다고 하면 곤란하지. 이번에는 발목이다."

숙~ 퍽!

"으으읍."

발목뼈도 어긋나 버렸다.

"이번에는 발가락 차례로구나."

"이번에는 팔목!"

"이번에는 손목!"

"손가락!"

"이번엔 갈비뼈 차례구나."

"이번에는 턱? 아하, 아까 부쉈지. 하하. 두 번은 너무 과하니 그냥 놔두도록 하지."

이로 인해 표영의 몸은 오른쪽에 있는 뼈라는 뼈는 모조리 부러져 버렸다.

"왼쪽은 나중에 손을 봐주기로 하마. 언젠가 또다시 소란을 피우거나 혹여 개방 제자라고 사칭하고 다닌다면 그땐 모든 뼈가 제자리를 찾긴 힘들 것이다. 하하하. 하긴 살아남을지도 의문이긴 하다만. 하하하."
 이요참은 함께 온 수하를 돌아보고 말을 이었다.
 "보자기에 싸서 야산 깊숙한 곳, 사람들의 발길이 닿지 않는 곳에 버리도록 해라. 짐승의 먹이가 되든 굶어 죽든 알아서 하도록 말이다. 껄껄껄."
 "네, 분부대로 따르겠습니다."
 수하가 보자기에 표영을 우겨넣었다. 시커먼 짐승의 아가리 같은 보자기에 들어가면서 표영은 이를 갈았다.
 '이요참, 너의 이름은 나의 뼈에, 나의 살에, 나의 피에 새겨넣어 주마.'
 전대 방주인 엽지혼의 제자로 진정한 방주인 표영은 개방 장로 이요참에 의해 철저히 부서졌다. 힘없는 방주는 맥없이 보따리에 싸매어진 채 이제 야산에 버려지는 것이다. 하지만 표영의 가슴속 깊은 곳엔 이요참의 웃음과 잔인함이 깊이 각인되었다. 최고의 기재이자 현 개방 방주인 표영에게 이요참은 제대로 찍힌 것이다. 그런 마음을 알 리 없는 이요참은 표영을 담은 보자기가 멀리 멀어져 가는 것을 바라보고 마음이 홀가분해졌다.
 "이 정도면 됐겠지. 이젠 묵백과 오선교를 총타로 데려가 고문하는 것만 남았구나. 클클클. 어서 가자. 오랜만에 재밌는 일이 벌어지겠어."
 그의 얼굴엔 평온한 미소가 번졌지만 그의 눈엔 따뜻함이 담겨 있지 않았다.

9장
새로운 다짐

새로운 다짐

표영은 보자기 안에서 이동 중 혼절하고 말았다. 아무렇게나 우겨 넣어진 데다가 옮겨지며 흔들리는 충격은 말로 표현할 수 없는 극심한 통증을 전해주었던 것이다. 표영이 정신을 차리고 눈을 떴을 땐 등바닥부터 차가운 한기가 스멀스멀 올라오고 있었다. 어딘지도 모를 야산의 험준한 곳에 버려진 것이었다.

'제길.'

가슴 깊은 곳에서부터 울분이 치밀어 올랐다. 생각만으로도 화가 머리끝까지 솟구쳤다.

'죽일 놈. 내 용서하지 않겠다!'

표영은 보자기에 감싸인 채 한동안 온갖 욕을 해대며 마음을 추슬렀다. 어떤 방식으로든 마음에 쌓인 것을 털어내는 것이 정신을 안정시키는 데 일조하는지라 잠시 후엔 어느 정도 마음에 안정을 찾을 수 있었다. 그때부터 표영은 누운 채로 운기행공에 들어갔다. 다행히 경락은 손상된 부분이 없었고 내장도 파열되지는 않았다. 크게 반항하지 않은 덕분에 이요참도 내력을 사용해 공격을 가하진 않았던 것이다.

표영은 보자기에 감싸여 낮인지 밤인지 구별하지 못하는 것이 답답했다. 성한 왼손 손끝에 기를 모으고 천을 쭈욱 그었다. 손이 가는 대로 보자기는 마치 칼로 오려낸 듯 길게 양쪽으로 갈라졌고 그제야 바깥이 훤히 보였다. 때는 어슴푸레한 햇살이 나무들 사이를 파고드는 아침이었다.

'먼저 뼈를 맞춰야겠지.'

조금만 움직여도 부러진 뼈에서 후끈함이 일며 통증이 몰려왔다. 아픔 때문인지 환히 웃어 보이던 이요참의 얼굴이 다시 떠올랐다.

'아마 묵 타주님도 이런 지경에 빠졌을 것이다. 무공을 모른다고 여긴 나에게조차 이 정도로 손을 쓸 정도면 대체 얼마나 큰 곤욕을 당했을까. 잔인한 놈. 내 너를 잊는 일은 없을 것이다.'

표영은 다시금 이를 바드득 갈고 어긋난 뼈를 하나씩 맞추었다. 이미 인체와 혈도에 대한 공부를 한 터라 뼈의 구조에 대해서는 온전히 이해하고 있었다. 근육과 뼈에 대한 공부 없이는 혈의 위치와 혈의 방향성을 이해할 수 없는 것이다.

만일 이요참이 이러한 표영의 행동을 보았다면 기겁을 하였으리라. 그로선 표영을 한낱 거지로 여겼기에 한쪽만 부러뜨려 놓아도 꿈쩍 못하고 야산에서 죽어가리라 생각했던 것이다. 어설픈 자비를 베푼 것이 표영에겐 복이 되었고 이요참에게는 큰 후환을 남겨놓은 일이 되고 말았다.

표영은 손으로 턱뼈를 먼저 맞추었다. 그리고 다음으로 어깨, 팔목, 손목, 손가락, 갈비뼈 등의 순서로 차례차례 맞춰 나갔다. 그나마 다행인 점은 뼈가 부러졌을 뿐 으스러진 곳이 없다는 것이었다. 만일 으스러지기라도 했다면 회복하는 데 많은 시간이 소요될 것이고 죽진 않더라도 길고 힘든 시간을 보내야만 했을 것이다. 지금의 상태로 짐작컨대 대략 보름 정도 지나면 어느 정도 몸을 움직일 수 있을 것 같았다.

표영으로서는 이번 일로 황량한 야산에 버려지는 곤욕을 당했지만 그렇다고 꼭 손해만 입은 것은 아니었다. 외부로부터 큰 충격을 받게 되자 아직까지 온전히 깨어나지 못하고 있던 힘, 즉 천년하수오와 묵각혈망의 내단의 기운이 왕성하게 활동하게 되어 기를 북돋았고 차츰 전신으로 퍼져 나가게 되는 계기가 된 것이다.

그뿐만이 아니었다. 뼈와 근육의 통증은 여전했지만 비천신공도 한 단계 성숙되게 되어 몸 안을 감도는 기운은 더없이 청명하고 거센 힘을 나타냈다. 비천신공의 특징이 비천함 가운데 그 내력이 솟구치는 지라 애매한 가운데 고난을 받은 이번 일로 인해 더욱더 큰 힘을 얻게 되는 기회가 되었다. 표영은 몸 안을 회오리치듯 요동 치는 비천신공의 힘을 느끼고 사부의 음성을 떠올렸다.

"비천이라 함은 자신의 우매함과 욕심으로 인해 고난을 당하는 것을 말함이 아니다. 비천함에 이른다는 것은 그저 아무 죄 없이 애매히 고난을 당할 때야 비로소 비천함이라 할 수 있는 법. 그런 경우에 처하게 될 때 비천신공은 한 발자국 더 나아가게 될 것이며 큰 힘을 발휘하게 될 것이다."

표영에게 있어 이번 일이야말로 애매하게 고난을 당한 것이 아니던가. 신공의 성장은 만성지체의 틀을 깨는 데도 적지 않은 힘을 발휘해 이제 거의 구 할 정도 그 틀에서 벗어나게 되었으니 과거의 모습과 비교한다면 하늘과 땅의 차이라고 할 만했다.

한편 표영은 가만히 이번 일을 되새기면서 떠난 사부의 마음을 헤아려 보았다.

'지금의 내 마음이 이렇듯 답답한데 사부님의 마음은 어떠했을까. 나는 어느 누구도 개방 방주로 알아주지 않는 가운데 모욕을 당했지만 사부님은 믿었던 이들로부터 배신을 당했지 않는가.'

표영은 아직 구체적으로 확인된 것은 아무것도 없었지만 사부를 공격했던 이들은 분명 개방 내부 인물의 소행일 것이라 생각했다. 그중 유력한 인물로는 단연 현 방주인 노위군을 지목했다. 사부가 정신 착란을 일으킨 것도, 몸에 받은 충격도 충격이겠으나 분명 제자에게 당한 배신감으로 인해 심적 타격이 너무 큰 탓일 것이라 여겼다.

'노위군, 이요참. 지금은 안전하다 생각하겠지만 언젠가는 사부님이 당한 고통보다 더한 고통을 맛보게 해주마.'

운기행공을 하며 몸의 회복을 돋우다 보니 어느덧 해가 저물었다. 울적한 심사를 한숨 소리와 함께 달래고 있을 때 멀리서 컹컹 하는 개 짖는 소리가 들렸다.

'어라, 웬 개 떼들이지?'

개 짖는 소리는 점점 가까워졌다. 얼마 지나지 않아 약 50여 마리의 개들은 어느새 표영의 눈앞에 이르렀다. 개들은 모두 허운 지역에서 함께했던 표영의 부하들이었다. 한결같이 꼬리를 흔들며 반가움을 표하는 한편 주위를 빙 둘러 마치 호위하듯이 섰다. 그중 흑구(黑狗)

는 입에 견왕봉을 물고 와 표영의 손 옆에 얌전히 놓았다. 표영은 개들이 자신의 냄새를 맡고 이곳까지 찾아온 것에 가슴이 뭉클해졌다.
 '이 자식들 보게. 어떻게 알고 찾아온 것이지…….'
 한낱 짐승에 불과했지만 어줍잖은 강호인들보다 의리가 있는 놈들이었다. 표영은 마음이 뜨거워지며 눈물이 왈칵 쏟아질 것만 같았다. 하지만 대장으로서 눈물을 보일 수는 없는 법. 표영은 입을 굳게 다물고 눈을 꼭 감았다.
 '어지간한 사람보다 네놈들이 더 낫구나.'

 개들이 이곳까지 오게 된 경위는 이러했다. 표영의 명령으로 돌아간 개들은 하루가 지나 아침이 되어 토지묘로 가보았다. 거기엔 서열 3위까지의 개들이 축 늘어져 죽어 있는 끔찍한 광경이 펼쳐져 있지 않은가. 게다가 견왕의 신물인 견왕봉이 덩그러니 아무렇게나 놓여 있는 것을 보고 뭔가 심상치 않은 일이 벌어졌음을 직감했다.
 개들은 불안을 감추지 못하고 견왕의 거처로 가보았다. 하지만 그곳에도 견왕의 흔적은 찾을 수가 없었다. 분명 그 노인에게 당한 것임을 직감한 개들은 뛰어난 추적술을 가진 50여 마리의 개들이 대표로 견왕을 찾아 나선 것이다. 표영을 찾는 것은 그리 어려운 일이 아니었다. 워낙 냄새를 많이 풍기는 표영인지라 후각을 이용해 그리 어렵지 않게 찾아온 것이다.

 개들은 표영 주위를 어슬렁거리며 안타까운 듯 힝힝… 하는 소리를 냈다. 수도 없이 얻어터지고 매를 맞았던 개들이었지만 표영을 왕으로 여기고 있는 그들이기에 이 먼 곳까지 쫓아온 것이다. 아직 턱뼈를 맞춘 지 얼마 되지 않아 말하기가 어려운 표영이었지만 왼손을 뻗어 개들을 하나씩 어루만져 주었다.

개들은 견왕의 손길에 그저 감지덕지했다. 언제 이런 따스한 손길을 받아보았던가. 개들은 표영에게 다가가 혀로 핥다가 지네들끼리 월월 하며 뭐라고 의사 소통을 하더니만 다시 어디론가로 뿔뿔이 흩어졌다. 잠시 후 개들이 한 마리씩 돌아왔는데 저마다 입에 무언가를 물고 있었다.

바둑이는 근처에서 칡뿌리를 캐왔고, 점돌이는 집에서 자기가 먹을 개밥을 밥그릇째 입에 물고 왔다. 또한 백구는 밭에서 무우를 캐와 슬그머니 표영의 머리맡에 놓았다. 그 외에도 괴이하게 생긴 약초며 자질구레한 먹을 것들이 가득했다.

표영은 일단 허기를 면하기 위해 개밥과 칡뿌리, 그리고 약초를 씹어 먹었다. 개 사부 밑에서 지겹도록 먹었던 개밥이었지만 그때의 맛과는 비교할 수 없는 감동적인 맛이 느껴졌다. 다시금 눈물이 날 것만 같았다.

'짜식들… 날 감동시키다니…….'

그때였다. 표영의 마음 깊은 곳에서 뜨거운 것이 울컥하고 솟아오르더니 기도를 타고 입으로 솟구쳤다. 그건 검붉은 핏덩이였다. 개들은 저마다 놀라 뒷걸음질쳤지만 표영은 되려 피를 토하자 마음이 평온해졌다. 그리고 한 줄 비천신공의 구결이 머리에 떠올랐고, 어느 순간 표영은 스르르 잠에 빠졌다.

"진정한 아름다운은 무엇이던가. 눈에 보이는 것에 착념함은 오래가지 못하고 보이지 않는 아름다움을 볼 줄 알게 되었을 때 또 다른 세상과 또 다른 힘을 얻을 것이다. 진흙 속에 파묻힌 진주를 볼 줄 알아야 하건만 진정 세속에 물든 이는 진흙을 건드리거나 가까이 하지도 않으려 하니 어찌 진주를 얻을 수 있으리오. 칼이 진흙에 젖는 수고를 아끼지 않고 손이 더러워짐을 두려워하지 않는 자는 비천신공의 힘을 더하여 얻을 것이다."

표영은 시련을 겪은 후 비천신공이 발현되어 몸 안에서 일촉즉발의 상태가 되었는데 개들을 바라보며 깨달은 바가 있어 '흙 속의 진주'에 대한 각성을 이루었다. 1차 각성 때도 피를 토했던 것처럼 이번에도 검붉은 피를 토해낸 것은 마음에 잔재되어 악한 기운이 밖으로 뿜어져 나온 때문이었다.

예상했던 보름이 채 되기도 전인 10일째가 되자 표영은 몸을 자유롭게 움직일 수 있게 되었다. 비천신공의 발현으로 회복 속도가 놀랍도록 빨라진 것이다.

"야하~ 날아갈 것 같구나."

진기가 전보다 더욱 충만해져 손과 발의 놀림이 마치 깃털처럼 가볍게 느껴졌다. 더불어 만성지체를 타고난 흔적으로 남은 푸르스름한 흰자위는 거의 9할 정도가 사라진 상태가 되어 세밀하게 살피지 않는 한 감지할 수 없을 정도가 되었다. 표영은 그동안 수고한 개들을 둘러보며 말했다.

"너희들의 노고가 적지 않았다. 어디를 가든지 너희의 충성스런 마음을 잊지 않으마."

표영은 일일이 머리를 쓰다듬어 주고 등을 쓸어주면서 격려를 아끼지 않았다. 개들은 이게 꿈인지 생시인지 구별할 수 없을 만큼 감격스러움에 젖었다. 자신들이 한 일은 견왕에게 당연히 해야 할 일을 한 것뿐인데 이런 은총(?)을 입을 줄은 생각지도 못했던 것이다. 표영은 쓰다듬기를 마친 후 조용히 말했다.

"이제 나는 먼길을 떠나고자 한다. 너희는 내가 없더라도 항상 자신이 맡은 바 사명을 잊지 말고 최선을 다해 주인에게 충성하도록 하여라. 자, 해산~"

표영으로서는 새로운 길, 새로운 힘이 절실히 필요했다. 비록 개들이 충성스럽다고 해도 개방을 개혁함에 있어서 개들을 데리고 고수들과 맞서고 작전을 펼치며 강호를 누빌 수는 없는 노릇이었다. 하지만 개들은 표영의 기색만 살필 뿐 도무지 떠날 생각이 없는 듯했다.

끼깅. 깅.

흐응. 흥.

그저 끙끙대며 아쉬움에 가득 차 있을 뿐이었다. 표영은 씨익 웃었다. 가라고 했을 때 모두 등을 돌리고 가버렸다면 서운했을 것만 같았다.

'자식들… 나도 어느새 정이 들어버렸는걸.'

하지만 데리고 다닐 수도 없었고 그렇다고 계속 허운 지역에 머무를 수도 없는 노릇이었다.

"모두 돌아가라. 이 말을 듣는 것도 충성이랄 수 있다."

표영은 다시금 손을 들어 교차하며 각기 집으로 돌아가라는 신호를 보냈다. 그제야 개들은 고개를 푹 숙이고 하나둘 돌아서서 산을 내려갔다. 혹시나 견왕의 마음이 바뀔까 싶어 한번씩 뒤돌아보기도 했다. 하지만 여전히 보이는 것은 돌아가라는 신호뿐이었다.

표영의 시야에서 개들이 하나둘 사라지고 마지막 백구의 뒷모습도 시야에서 멀어졌다. 이제 완전히 혼자였다. 숲속에 덩그러니 홀로 남아 나뭇잎 사이로 하늘을 바라보자 문득 외로움이 밀려들었다. 사부가 떠나고 혼자가 되었을 때의 외로움이 떠오르자 도리어 마음에서 불덩이 같은 열화가 피어나며 귓가로 한 음성이 울렸다.

"넌 개방의 방주다. 개방의 방주야!"

마지막 세상을 하직하던 사부의 절규였다.
'그래, 나는 개방의 방주다. 난 반드시 개방을 변화시킬 것이다. 사부님의 시대처럼 반드시 개방을 돌려놓고야 말 테다. 반드시!'
표영은 두 팔을 위로 쳐들고 크게 외쳤다.
"나는~ 개방의~ 방주다~ 산이여! 땅이여! 들리는가~ 나는 개방의 방주! 들리는가, 강호여~ 들리는가~ 개방이여~ 여기 이곳에 방주가 있다~!"
목이 터져라 부르짖는 소리는 산을 쩌렁쩌렁 울렸다. 어찌나 소리가 크던지 근처 나무 위에 있던 새들이 우수수 하늘로 날아올랐다. 표영의 외침은 계속 이어졌다.
"사부님~ 사부님~ 제가 해낼 겁니다~ 이 제자가 해낼 거라구요~ 들리시죠~ 이 제자가 해낼 거란 말입니다~!"
표영은 거의 반 시진(1시간)에 이르도록 고함을 질렀다. 답답하게 맺혔던 마음이 소리를 통해 해소되었고 한소리 한소리 외칠 때마다 마음 가득 호연지기(浩然之氣)가 일었다. 얼마나 외쳤을까. 어느덧 외로움과 막막함이 사라지고 마음 깊은 속에서 하나의 울림이 전해졌다.

'나는 개방의 방주다. 내가 방주인데 굳이 개방에 들어갈 필요가 무엇이던가. 내가 있는 곳이 개방이며 나와 함께하는 이들이 곧 개방의 제자들이다. 진정한 개방은 내가 만든다. 새로운 개방, 진정한 개방이다. 가짜 개방은 이제 필요없다. 오로지 강호엔 진정한 개방, 진 개방이 있을 뿐이다.'

가슴 가득 뿌듯함이 밀려오며 힘이 용솟음쳤다. 진정한 개방, 즉 진 개방이 만들어지는 순간이었다. 표영은 방향을 가늠해 보고 풍운보를 시전하여 남쪽으로 신형을 날렸다. 그건 한줄기 바람이 지면을 스치는 듯한 빠름이었다.

10장
부자의 한탄

부자의 한탄

　표영은 밤과 낮을 가리지 않고 남쪽으로 남쪽으로 이동했다. 목적지는 남방 해안에 위치한 섬. 표영은 이제껏 살아오면서 바다 근처에도 가본 적이 없었다. 단지 남쪽으로 이동하면 바닷가에 다다를 수 있다는 것만 알고 있을 뿐이었다. 그러기에 지금 가고자 하는 섬이 특별히 어떤 섬인지 알고 있는 것도 아니었고 과연 마땅한 섬이 있을지도 막연하기 그지없었다. 하지만 표영은 강호인들이 모르는(더 구체적으로 표현하자면 개방인들이 모르는) 은밀한 장소가 필요했다.
　개방이 비록 진정한 거지의 길은 걷지 않는다 해서 뛰어난 정보 수집력이 사라진 것은 아닐 테니 말이다. 표영이 찾게 될 섬은 이제 진 개방의 근거지가 될 것이며 새로운 개방의 제자들을 거지답게 훈련시키는 장소가 될 것이다. 발걸음을 옮기는 표영의 마음엔 굳은 각오가 서려 있었다.

'시급히 힘을 키워야 한다.'

강호에서 개방의 눈을 피해 제대로 된 거지들을 훈련시킨다는 것은 쉬운 일이 아닐 터. 그래서 내린 결론은 무인도(無人島)였다. 장소가 있다고 하여 조직이 이루어지는 것이 아닌 것은 분명하다. 하지만 표영이 찾고자 하는 장소는 개방의 본부와 같은 입장은 결코 아니었다. 진정 개방인의 거처는 천하이며 중원의 모든 길바닥이라는 데는 변함이 없었다. 오직 그곳은 훈련이라는 목적만을 이루면 되는 것이다.

"음하하하! 그 섬은 새로운 강호 역사를 만들어내는 곳이 될 것이다."

생각만 해도 기분이 좋아졌다. 오늘날처럼 거지가 거지답지 않게 변해 버린 입장에서는 어쩔 수 없이 거지 훈련이 절대적으로 필요했다.

표영은 방향을 가늠하고 일직선으로 남쪽으로 향했다. 가는 길에 산이 있으면 산을 넘었고 마을이 있으면 마을을 지났다. 산을 지날 땐 사냥으로 끼니를 때웠으며 마을을 지날 때는 구걸을 하며 해결했다. 새로운 각오를 되뇌이며 개방 방주를 선언한 표영이었지만 거지라는 데에 있어서 달라진 것은 없었다. 방주는 더욱더 거지의 본분을 잊어서는 안 되는 것이라 생각했기에 거지 행각에 온 심혈을 기울였다.

이동 중에 구걸은 이제껏 해온 것인데다 전문 분야인지라 어려움이 없었다. 혹여 영 여의치 않을 때도 있었지만 사방에 널리고 널린 게 개밥인지라 먹을 것은 풍족하기만 했다.

한 달이 채 되지 않을 즈음에 표영은 호남성 중부에 위치한 각회(覺悔)라는 지역에 이르게 되었다. 이제 조금만 가면 광동성에 이를 것이라 생각하니 마음도 한결 가벼워졌다. 표영은 그곳에서 저녁 식사 시간이 다가오는지라 허기를 면하고자 마을 이곳저곳을 다니며 구걸했다. 거렁뱅이 춤을 추며 거나하게 밥을 얻어먹고 불러오는 배를 툭툭 두드리며 길가를 거닐었다. 배가 두둑한 것이 세상이 다 내 것만 같았다. 배도 꺼지고 대충 눈을 붙일 곳이 없을까 싶어 강가를 따라 걷던 표영은 한 사람이 강둑에서 몸을 이리 비틀 저리 비틀 대는 것을 보고 혀를 끌끌 찼다.

"술을 마셨으면 일찍 들어가서 잠이나 잘 것이지, 위험하게 저러고 있는 거야. 쯧쯧."

그때였다. 비틀거리던 사람이 표영의 말을 듣기라도 한 것처럼 몸의 균형을 잃더니 강둑에서 데구르르 굴러 버리는 것이 아닌가.

"저런저런!"

표영은 말을 뱉음과 함께 신형을 날렸다. 15장(약 50미터) 정도 떨어진 거리였으나 표영에겐 그를 구하는 데 있어 크게 문제될 만한 거리는 아니었다. 번개같이 신형을 날려 비탈의 중간에서 사람을 붙잡고 보니 얼마나 술을 마셨는지 냄새가 코를 찔렀다.

일단 몸을 부축해 강둑으로 올라선 표영은 그를 자세히 살폈다. 그는 40세는 족히 넘어 보이는 중년 남자였다. 결이 고운 비단옷에 목걸이며 팔찌 등이 꽤나 고급스럽게 보였다. 게다가 턱에 축 늘어져 세 겹으로 접힌 두꺼운 비계에 뚱뚱한 체구는 그가 부자라는 것을 알려 주었다.

"이보시오, 부자양반. 좋은 집 놔두고 여기에서 뭐 하는 겁니까? 우리 개방에라도 들어올 심산이오? 키키킥."

표영은 자신이 말해 놓고도 우스운지 킬킬댔다.

"방금 한 말은 농담이고… 키키킥… 자자, 어서 일어나 보시오. 내가 집으로 모셔다 드리리다."

마구 흔들어대는 통에 뚱보 중년 남자는 희멀겋게 눈을 떴다. 하지만 눈은 떴지만 그의 눈에는 온 땅과 하늘이 뱅뱅 돌 뿐 표영도, 그리고 표영의 음성도 보이지도 들리지도 않았다.

"사는 게 무엇이냐. 누가 인생에 대해 답을 알고 있느냐. 엿 같은 세상! 콱 다 죽어버렸으면 좋겠다!"

비몽사몽간에 정신이 오락가락하며 연신 헛소리만 질러댔다.

'이런, 뭔가 마음에 맺힌 게 많은 모양이로군. 그렇다고 다 죽어버렸으면 좋겠다고 해서야 쓰나. 음… 이거 어떻게 하나?'

표영은 얼른 방법이 떠오르지 않아 다시 뚱보 중년인의 몸을 흔들었다.

"자자, 어서 정신을 차리세요."

하지만 뚱보는 이제 노래를 불러대기 시작했다.

"엿 같은 세상이여! 무엇을 위해 사는가. 나는 무엇이고 삶이란 무엇인가……."

음정도 박자도 무시한 노래였다. 원래 이런 노래가 있었던 것인지 오늘 새로 만들어진 것인지는 모르겠지만 듣는 입장에서는 곤혹스러운 일이 아닐 수 없었다.

"일단 술이 깨야 할 텐데… 어떻게 한담. 음……."

표영은 머리를 긁으며 골똘히 생각하다가 눈에 이채를 띠었다.

"그래, 한번 해보자. 안 되도 손해날 것은 없으니까 말이야."

표영은 가만히 뚱보의 등 뒤 명문혈에 손을 대고 소량의 기를 불어넣었다. 손으로 기를 조종하며 세심하게 중년인의 단전에 기가 모이게 했다. 그런 후 일거에 단전에서부터 기가 온몸으로 퍼지게 했다.

뚱보 중년인의 몸 안에서는 순간 내기가 소용돌이치며 내장과 혈맥에 들어찬 술기운을 밖으로 몰아냈다. 급기야 몸 전체의 땀구멍에서는 술기운이 일순간에 땀과 함께 빠져나왔다. 대체 얼마나 퍼마셨는지 주변이 싸하게 마치 안개처럼 술 수증기가 가득 퍼질 지경이었다. 표영은 생각보다 훨씬 효과가 있자 주변을 바라보며 입을 벌렸다.

"하하, 이렇게 응용하니 신공이 술을 깨는 데도 기가 막힌 효용을 발휘하는구나. 역시 대단한걸."

표영이 자신이 한 일을 감탄하고 있을 때 뚱보 중년인은 술기운을 쏟아내고 한차례 부르르 떨더니 이제껏 먹었던 것을 바닥에 좍좍 소리와 함께 여실히 드러내느라 정신이 없었다. 그는 대여섯 번 꾸억꾸억 소리와 함께 토한 후에 얼떨떨한 상태가 되어 주변을 돌아보았다.

캄캄한 밤인데다가 급작스럽게 술이 깬 나머지 여기가 어디인지를 분간할 수가 없었다. 또한 갑작스럽게 빠져나간 술기운으로 인해 몸이 붕 뜬 듯 표현하기 힘든 기괴한 기분에 사로잡혔다. 그는 옆에서 씨익 웃고 있는 거지를 발견하고 의아한 시선으로 물었다. 그 표정은 '넌 뭐 하는 놈이고 왜 여기에 있느냐'는 뜻이었다. 표영이 얼른 답했다.

"하하하, 지나가다 대인께서 허우적거리며 강으로 빠져들려 해서 제가 황급히 달려와 부축했지 않겠습니까. 근데 갑자기 배를 움켜쥐시고 몇 번 토하시더니만 이제 정신이 드나 보군요."

표영의 말에 중년인은 멍한 시선으로 자신이 토해놓은 내용물을 살펴보고 고개를 끄덕였다. 지금 그는 극심한 허전함에 사로잡혔다. 원래 그가 술을 마신 것은 울적한 마음을 달래기 위함이었는데 갑자기

술기운이 한순간에 빠져나가자 몸 안에 내장이 다 사라져 버린 것만 같았고 머리는 두둥실 하늘에 떠 있는 것만 같게 된 것이다.

너무나 급작스럽게 술에서 깨어난 후유증이었다. 급기야 뚱보 중년인은 갑자기 기분이 울적해지며 온 천지에 혼자만 외로이 존재하는 듯한 기분에 사로잡혔다. 그는 누군가가 조금만 건들기라도 하면 당장에라도 눈물을 쏟을 것만 같은 표정이 되어 침울하게 강물이 흐르는 것만을 바라보았다. 표영은 그의 표정을 보며 아까부터 연신 비관하던 말들을 떠올렸다.

'무슨 사연인지 한번 들어나 볼까.'
"대인께서는 사는 게 힘드신가 봅니다."

뭐, 특별할 것도 없는 말이었다. 하지만 뚱보 중년인의 눈에선 어느새 굵은 눈물이 뚝뚝 흘러내렸다. 느닷없는 반응에 표영은 눈이 동그래졌다.

'헉! 뭐야! 내가 말을 잘못했나. 그건 아닌 것 같은데……'

돌이켜 봐도 크게 마음에 상처줄 말은 아니었다. 하지만 뚱보 중년인은 급기야 꺼억꺼억거리며 서글프게 소리 내어 울어대기 시작했다.

"어이구… 내 인생아……."
"힘을 내세요. 오늘 당장 죽는 것도 아니잖습니까."

표영은 어른처럼 등을 토닥거려 주었다. 초라한 거지와 비단옷을 입은 부자가 나란히 강둑에 앉아 있는 것도 어울리지 않는 풍경이었지만 거지가 등을 토닥거리며 위안하는 모습은 괴이쩍기 그지없었다. 하지만 뚱보 중년인은 그런 것에 전혀 개의치 않고 여전히 울음을 멈추지 않았다.

"어엉… 어어엉… 난 진짜 서글픈 놈이야. 내 인생은 왜 이렇게 되었을까…….”
　표영은 어떻게 위로해야 할지 몰랐기에 그저 마음속에 담고 있는 것을 들어주기라도 해야겠다고 생각했다. 뭐든 마음에 담아두는 것보다 말로 토해내면 크게 마음이 여유로워지는 법이니 말이다. 표영은 천음조화를 시전하기로 했다. 천음조화는 모든 만물의 소리를 조화롭게 운용해 사람의 희로애락을 자극하는 것이다. 어떻게 보면 최면술과도 비슷한 경향이 있다 할 수 있겠으나 그 공능은 가히 비할 바가 아니었다. 표영은 부자의 마음 깊숙이 갈무리된 고통을 끌어내기 위해 천음조화의 인(引)자결을 사용해 말했다.
　"무엇이 그리도 마음을 슬프게 하나요?"
　잔잔한 음색의 표영의 목소리는 중년인의 고막을 파고들며 뇌파를 자극했다. 부자는 아주 어릴 적 할아버지의 구수하고 넉넉한 음성을 듣는 것처럼 편안해지며 저절로 입을 열었다.
　"다 돈 때문이지, 돈 때문이라구. 난 그놈의 돈 때문에 슬퍼. 돈이 원수지, 돈이 원수야."
　표영이 고개를 갸웃거리며 물었다.
　"집에 도둑이라도 들었나요?"
　뚱보 부자는 징징거리면서 답했다.
　"도둑은 무슨 도둑. 우리 집의 호위 무사가 얼마나 쨍쨍한지 모르고 있군."
　그건 마치 어린아이가 입을 삐죽이며 말하는 것과 비슷했다. 천음조화의 묘용에 걸린 탓에 가식을 걷어낸 말을 하고 있었기 때문이다.
　"오호, 무사들이 그렇게 대단한가요?"
　뚱보 부자는 눈물 어린 눈동자로 헤벌쭉 웃었다.

"놀랐지? 히히."

"네. 헤헤."

둘은 이제 아주 오랫동안 사귄 사람들처럼 말을 주고받았다.

"그러고 보니, 내 이름도 말하지 않았군. 난 우조환이라고 해. 넌 이름이 뭐지?"

"헤헤… 저는 표영이라고 해요. 남들은 대부분 이름 대신 거지라고 부른답니다. 그냥 거지라고 부르세요."

"거지라… 하하하… 거참, 특이한 직업일세."

우조환은 턱살을 출렁거리며 환하게 웃었다. 그는 이제껏 누구에게도 마음에 있는 바를 제대로 이야기해 본 적이 없었다. 하지만 지금 옆에 앉은 이가 거지라 하니 왠지 마음이 편해졌고 말이 통할 것만 같았다.

"이런 말은 솔직히 해본 적이 없는데 말이야, 사실 난 거지 정도는 아니었지만 무척이나 가난했었어. 말 그대로 가랑이가 찢어질 만큼 가난했었지. 그때가 고작 5년 전이었으니 그리 오래된 것도 아니군. 근데 지금 생각해 보면 그때가 훨씬 행복했던 것 같아……."

우조환은 과거를 회상하는지 고개를 들어 별빛을 바라보았다. 그의 눈빛이 아련해졌다. 그가 상념에 잠겨 있을 때 표영이 감탄사를 발하며 끼어들었다.

"우와~ 놀랍네요. 그럼 고작 5년 사이에 대단한 부자가 되신 거로군요. 금맥(金脈)이라도 발견하신 건가요?"

"금맥? 케케케… 금맥이라……. 뭐, 틀린 말은 아니군. 사실 그건 대단한 행운이었어. 그럼 그렇고 말고. 말 그대로 행운이었지. 하지만 지금 생각해 보면 그게 과연 행운이었는지 악운이었는지 모르겠지만 말이야……."

　우조환은 웃다가 말 끝 부분에서는 길게 한숨을 내쉰 후 계속해서 그동안의 사연을 말하기 시작했다. 그의 이야기는 대략 이러했다.

　우조환은 40세가 되어갈 때까지 변변치 않은 삶을 꾸려가고 있었다. 그는 많이 배우지도 못했고 그렇다고 특별한 기술이 있는 것도 아니었다. 그렇기에 힘든 막노동을 해가며 하루하루 연명해 나갈 뿐이었다. 하지만 그에겐 진주나 보석은 없었지만 진주같이 맑고 사랑스러운 아내가 있었으며 보석같이 소중한 아들이 있었다.

　일은 무척이나 힘들어 날마다 허리를 움켜쥐어야 했지만 저녁이 되면 아내와 아들을 볼 수 있다는 것은 어떤 힘든 일도 참아낼 수 있게 하는 원동력이 되었다. 간혹 일하는 중에 마음 상하는 일이 있더라도 집에 돌아와 아들의 얼굴을 보면 언제 그랬냐는 듯 새로운 힘이 솟아나곤 했다. 어서 돈을 벌어 작은 집이라도 내 집을 가져야겠다고 생각하는 우조환에게 아내는 몸이 건강한 것이 최고이며 지금도 불만 같은 것은 하나도 없다고 말하며 위로해 주었다.

　그럴 때마다 그런 말 한마디 한마디가 얼마나 그에겐 큰 힘이 되었는지 모른다. 또한 15살 먹은 아들은 아빠를 세상에서 가장 훌륭한 사람으로 여기며 자랑스러워했고 모난 구석 없이 잘 자라주었다.

　그렇게 하루하루 마음의 위안을 삼고 고된 나날을 보내던 우조환이 전환점을 맞은 것은 일을 마치고 돌아오던 5년 전 어느 날이었다. 이 날은 급여를 받은 날인지라 크게 마음먹고 고깃집에 들러 삼 인분의 고기를 들고 발걸음도 신나게 집으로 향하고 있었다.

　함께 일하던 동료들은 오늘 같은 날은 술이라도 한잔해야 하지 않겠냐며 붙들었지만 과감히 뿌리친 터였다. 그로선 동료들과 술을 마심보다 가족들과 함께 오붓하게 저녁 식사를 하는 것이 더한 기쁨이었던 것이다.

그의 발걸음이 거의 집에 이르게 되었을 때였다. 그의 눈에 무거운 짐을 머리에 이고 걸어가는 할머니가 보였는데 다리를 비틀거리며 한 발 한 발 떼는 것이 곧 쓰러질 것만 같아 위험스럽기 짝이 없었다. 우조환은 일터에서 힘들게 일하고 꽤나 몸이 쑤셨지만 못 본 체하고 그냥 지나칠 수 없었다.

"어이구, 할머니, 어디로 가시는 길입니까? 가는 길이 같으니 제가 가는 동안이라도 들어들이겠습니다."

"고맙수다. 이제껏 많은 사람이 지나갔지만 모두들 자기 갈 길만 바빠 갑디다. 정말 박한 세상이지요. 댁처럼 사람들이 다 자비롭다면 얼마나 좋을까."

우조환은 짐 하나를 들어주고 지나친 과찬을 듣자 왠지 기분이 우쭐해졌다. 하지만 그는 겸손함을 잃지 않았다.

"다들 바쁜 일이 있었겠지요. 저야 뭐, 같은 길이니 크게 대단할 것까진 없습니다."

"그래도 그게 어디유."

할머니의 보폭에 맞춰 느리게 걷던 우조환은 거의 집 가까이에 이르게 되자 걱정이 앞섰다.

'사방이 캄캄하고 이대로 계속 가면 외곽 지역이라 험한 길만 나올 텐데 할머니 혼자 보낼 수는 없지 않겠는가.'

아무리 생각해 보아도 할머니 혼자 보내는 것은 도리가 아닌 성싶었다.

"저기 보이는 곳이 제가 사는 곳이랍니다. 비록 누추하지만 저녁이 되었으니 함께 식사도 하시고 오늘 밤은 저희 집에서 묵도록 하시지요."

그 말에 할머니는 몇 번을 사양하며 괜찮다고 했다. 하지만 그냥 보내기엔 우조환의 마음이 편치 않는 걸 어떡하겠는가. 거의 끌려가다시피 해서 할머니는 우조환의 집으로 향하게 되었다.

"난 옷도 지저분해서 괜히 집 안만 어지럽힐 것 같구먼. 또 댁에 있는 분들이 날 어떻게 생각할지도 모르겠고……."

할머니는 말끝을 흐리는 것이 영 부담스러운 듯했다.

"그런 것은 걱정하실 것 없습니다. 아내나 아들도 모두 반가워할 테니까요."

"그러면 좋겠수다만."

"하하, 염려 마시라니까요."

할머니의 걱정은 기우에 불과했다. 우조환의 아내 모가영은 낯선 할머니를 반갑게 맞아주었던 것이다. 마음을 졸이던 할머니는 환한 미소를 지으며 우조환과 모가영, 그리고 그들의 아들 우경을 바라보았다. 그건 주름이 가득한 미소였지만 주위를 밝게 비추는 등불처럼 환하게 느껴지는 것이었다. 식사를 마친 후 도란도란 이야기를 나눈 후 단칸방에서 평소보다 이불 하나를 더 펴 할머니를 주무시게 했다.

그렇게 밤이 지나고 아내 모가영이 이른 아침 식사를 준비하기 위해 일어났다. 모가영은 어슴푸레한 햇살을 통해 할머니가 보이지 않는 것을 보고 의아하게 생각했지만 곧 대수롭지 않게 여겼다.

'나이 드신 분들은 역시 아침잠이 없으시구나.'

할머니가 어제저녁 가지고 왔던 짐이 그대로 있었던지라 잠깐 나간 것이라 생각하고 곧 돌아올 것이라 여겼다. 하지만 할머니는 우조환이 일터로 나갈 시간까지도 돌아오지 않았다. 조금 고개가 갸웃거리긴 했지만 짐 때문에라도 멀리는 가지 않았을 것이라 생각했다. 하지만 그날 밤이 되어서도 다음날이 되고 또 다음날이 대도 할머니는 돌아오지 않았다.

그렇게 한 달이 지나자 우조환은 참으로 괴이한 일이 아닐 수 없다고 여겨 할머니를 찾을 단서를 찾아보기로 했다. 혹시나 짐 속에 할머니가 가고자 했던 목적지가 적혀 있지 않을까 싶어 짐을 풀어보았다.

'쪽지라도 나와야 할 텐데…….'

보자기를 풀고 사각형의 큰 상자가 열자 팔찌 하나와 작은 서신이 보였다. 그 팔찌는 언뜻 보기에 크게 값어치있어 보이진 않았다. 할머니의 행색이 워낙 초라한지라 설마 하니 대단한 보물일 것이라는 생각은 들지 않은 것이다. 하지만 팔찌 아래에 놓여 있는 서신을 읽어본 우조환은 깜짝 놀라지 않을 수 없었다. 서신의 내용은 믿을 수 없는 것이었다.

나는 가족들을 모두 떠나보내고 소중하게 여긴 보물을 받을 만한 사람을 찾고 있소이다. 나의 남은 날이 얼마 남지 않음을 느낀 터, 진실로 이 보물을 소유할 만한 사람은 어디에 있을까. 혹여 어느 집에 머물다가 내가 떠나고 짐만 남겨놓았다면 그 집이야말로 내가 보물을 건넬 만한 사람으로 여긴 것이니 부디 적절히 사용하여 후세에 덕을 세우길 바라는 바이외다.

뜻하지 않는 글인지라 두 부부는 당혹스러움을 금치 못했다. 결국 보물을 받을 만한 사람으로 뽑힌 것이 아닌가. 하지만 우조환이나 모가영은 여전히 이 팔찌가 그리 대단한 것은 아닐 것이라 여겼다.

보물이라는 말에는 진짜 보물이어서 보물이라고 말하는 것도 있지만 각자에게 소중하게 여기는 것(그것이 비록 하잘것없게 보일지라도)이 있기 마련이니 말이다.

어떤 이에게는 믿고 모시는 신(神)이 보물일 수도 있고 또 어떤 이에게는 부모님이 남기신 유언이 보물이 될 수도 있는 것이다. 우조환에게 있어서 보물이 아내와 아들인 것처럼 말이다.

여기까지 말한 우조환이 길게 한숨을 내쉬었다.

"휴우~ 그때까지는 아무런 문제가 없었지."

표영은 아주 특이한 이야기인지라 잔뜩 호기심이 일어 귀를 쫑긋 세우고 경청했다. 우조환의 말이 이어졌다.

"난 그 뒤 몇 달 동안 그 팔찌에 대해 잊고 있었다네. 그러던 중 우연히 집 안을 정리하다가 할머니가 남겨놓았던 상자를 다시 보게 되었고 팔찌를 꺼내 보았지. 근데 문득 호기심이 일더란 말일세. 과연 이것이 값어치가 나가는 것일까 하고 말이야. 난 바로 팔찌를 들고 마을에서 가장 큰 보물상에 팔찌를 보여주었어. 허허허, 그랬더니 갑자기 보물상 주인의 얼굴이 사색이 되어버리지 뭔가. 난 그 순간 이 팔찌가 사실은 대단한 보물이로구나 하고 직감했지. 난 보물상 주인에게 이 팔찌의 1할을 줄 테니 처분해 달라고 했다네. 사실 나로선 금화 대여섯 냥 정도만 나가주었으면 하고 속으로 얼마나 빌었는지 모른다네. 보물상 주인은 그 말을 듣더니 너무 좋아하더군. 사실 팔찌의 값어치는 하나의 성을 사고도 남을 정도였지 뭔가. 만약 그 당시 보물상 주인의 마음이 조금만 악했더라면 난 아무것도 모르는지라 은전 몇 냥만으로도 좋아했을 것이네."

왠지 우조환의 말에는 보물상 주인의 왜 그리도 마음이 선했는지 오히려 안타깝다는 뜻이 담겨 있었다. 표영은 행복한 가정이니만큼 돈이 생겼으면 더욱 행복해질 것이건만 왜 이리도 한탄하는지가 궁금해졌다.

"그런데 그 뒤로 무슨 일이라도 생긴 겁니까?"

"난 바로 큰 부자가 되었지. 하지만 문제는 그때부터 생기기 시작했어. 돈이라는 것이 참으로 묘하더란 말이야. 돈이 많이 생기다 보니까 헛된 욕심이 동했지."

그날로부터 우조환의 삶은 180도 달라졌다. 그는 마을 사람들이 갑자기 생긴 큰돈에 의아해할까 봐 다른 지역으로 옮겨 그곳에서 큰 장원을 사들였다. 다 쓰러져 가는 움막집, 그것도 단칸방 신세에서 이젠 수십 개의 방이 딸리고 무수히 많은 나무들이 병풍처럼 두른 거대한 집을 얻게 된 것이다. 처음에는 도무지 믿어지지 않아 얼마나 많이 자신의 살을 꼬집었는지 몰랐다. 우조환은 더 이상 힘들게 일할 필요도 없었다. 그저 쓰기에도 시간이 모자랄 지경이었던 것이다. 정녕 그 액수는 500년 동안 있는 힘껏 쓴다 해도 다 쓸 수 없을 만큼의 돈이었다.

그렇게 살기를 6개월 정도 지나자 점점 우조환은 졸부의 근성을 보이기 시작했다. 최고급 술을 마셔대기를 물 마시듯 했고 근사한 주루에 나가 아름다운 여자들에 눈이 홀리기 시작한 것이다. 한번 맛을 들이자 아내는 눈에 들어오지도 않았다. 도박에 술에 여자에 취해 날이면 날마다 방탕한 생활을 즐겼고 그래도 돈은 마를 줄을 몰랐다. 그가 최고급 술과 음식과 옷을 입고 다니며 즐길수록 반대로 그의 마음은 썩어갔다.

또한 돈의 위력은 대단했다. 강호의 큰 힘을 가진 무사들도 돈 앞에서는 무기력했고 권력도 대단한 것이 아니었다. 그가 말하는 것은 어떤 것도 이루지 못할 것이 없게 된 것이다. 하지만 변화는 우조환에게만 일어난 것이 아니었다. 우조환이 밖으로만 나돌자 남편밖에 모르고 지내던 아내 모가영도 차츰 변하기 시작했다. 그녀는 남편이 없는 빈자리를 귀금속과 사치스런 고급 옷들로 채우느라 바빴다. 그뿐만이 아니었다. 점차 외출도 잦아지며 집안일은 전혀 안중에도 없었다.

"흠… 잘은 모르지만 짐작하기엔 따로 남자가 있을지도 모르지."

아내에 대해 말하던 우조환의 얼굴엔 착잡함이 가득했다. 표영은 뭐라고 말을 해줘야 할지 몰라 그저 고개만 끄덕이고 심각하게 들어줄 뿐이었다.

"집사람은 2년 전부터는 도박을 하기 시작하더군."

모가영은 유유상종이라고 비슷한 상류층 여인들과 어울리며 도박에 맛을 들였다. 우조환은 우조환대로, 또 안살림을 책임지는 모가영은 모가영대로 밖으로 나도니 한참 민감해질 시기의 아들 우경이 바르게 자랄 수는 없는 노릇이었다.

우경은 처음에는 부모에 대한 반항심으로 술을 마시기도 하고 주루를 드나들기도 했지만 그것이 이젠 습관으로 굳어져 수준이 거의 아버지 우조환의 경지(?)에까지 이르고야 말았다. 예전에 소박한 꿈을 가진 소년의 마음은 어느덧 황량한 바람이 부는 광야로 돌변해 버린 것이다. 20세의 나이에 성격은 거만하기 이를 데 없어 사람 알기를 벌레처럼 여겼고 얼굴엔 교만함이 가득했다.

우조환이 다시 한탄했다.

"일이 이 지경까지 이르자 우리 집안은 콩가루가 돼버리고 만 거야."

우조환이 술에 만취해 죽고 싶다고 소리 질렀던 이유는 바로 이런 까닭이었다.

"아마도 그 할머니는 악귀가 변신해서 나타난 것은 아닐까? 재물이 없었다면 지금 나는 훨씬 행복했을 텐데 말이야. 날 왜 이렇게 고통스럽게 만든 거냐구."

이야기를 다 들은 표영의 얼굴은 심각하기 이를 데 없었다.

'그 할머니가 악귀는 아니었을 것이다. 오히려 복을 건네주려 했겠지. 할머니가 남겼다는 서신의 내용을 보자면 보물을 올바르게 사용할 사람, 즉 가치있게 쓸 수 있는 사람을 찾고자 함이 아니었던가. 할머니는 이 사람의 성실함과 가정을 아끼는 마음을 보고 충분하다고 생각했겠지. 하지만 이 사람은 큰돈을 사용하는 법을 몰랐구나.'

우조환이 울먹이며 말했다.

"이젠 정말 돌이킬 수가 없어. 나도 모르겠단 말이야."

표영은 우는 모습을 바라보며 자신이 거지라는 게 은근히 자랑스러웠다. 아무것도 가진 것이 없지만 사실 모든 것을 가진 것이나 다름이 없지 않은가. 문득 사부가 들려준 말이 떠올랐다.

"제자야, 사람은 살면서 돈을 벌기 위해 일생을 살기도 하고, 명예를 쫓아 달려가기도 하고, 권력을 향해 혼신의 힘을 기울이기도 한단다. 그렇게 되면서 점점 자기 자신을 잃어가고 결국엔 돈과 명예와 권력의 종이 되고 말지. 하지만 인간이 규율과 관습에 얽매이지 않은 채 더불어 무엇도 소유하지 않는 자라면 사실 모든 것을 가졌다고 할 수 있을 것이다. 가진 자는 그것을 지키려 하고 또한 그것에 만족함이 없으니 늘 마음이 불안할 수밖에 없다. 진정 하늘을 아비 삼고 땅을 어미 삼아 살아가는 삶이라면 무슨 걱정이 있겠으며 무슨 부족한 것이 있겠느냐. 소유하려 하지 말고 지키려 하지 말고 마음껏 너의 나래를 펼쳐라. 어떠한 틀에도 얽매이지 않고 어떠한 장소나 시간에도 구애됨이 없는 삶. 그것이 바로 진정한 인생이며 걸인이란다."

'그래, 이 사람은 그만 돈의 종이 되고 말았구나. 어떻게든 도와주어야겠어.'

표영은 말을 들은 이상 그대로 지나칠 수만은 없었다. 표영은 천음조화를 풀고 쾌활하게 말했다. 천음조화는 이제껏 우조환의 심령을 파고들며 제압하고 있는 터였다.

"헤헤헤, 대인! 그렇게 돈이 많으시면 저 같은 거지에게 좀 나눠주시면 안 될까요? 헤헤… 구걸하기도 여간 힘든 게 아니라서 말이죠. 조금만이라도……."

천음조화의 억제에서 풀리자 우조환은 마음에서 우러나오던 생각이 닫히고 눈앞에 현실로 돌아섰다. 시간도 적절히 지난 터라 술에서 갑자기 깨어나 그 후유증으로 울적해져 있던 마음도 어느 정도 가신 상태였다. 그는 고리눈을 부릅뜨고 표영을 노려봤다.

"떼끼! 이런 거지 같은 놈을 봤나. 어디서 감히 돈을 뜯으려 하느냐! 노력해서 돈 벌 생각은 않고 거저 얻어먹는 것이 버릇이 되었구나. 이놈아, 난 친척들에게도 돈을 주지 않아. 이런 썩을 놈 같으니!"

실제 우조환은 일가 친척들과의 관계도 원만하지 못했다. 가질수록 욕심은 더욱 커져 여기저기서 뜯어가려는 이들이 눈엣가시처럼 여겨질 뿐이었다.

"정말 욕심도 많으시군요. 하하하."

표영은 하하하 웃으면서 일순 손을 어지럽게 움직여 우조환의 혼혈을 짚었다. 우조환은 어찌 된 노릇인지도 모른 채 뜨끔함을 느끼고 고개가 축 처졌고 이어 몸을 옆으로 누이며 쓰러졌다.

"자, 그럼 본격적인 작업에 들어가 볼까."

표영은 우조환을 반듯이 눕히고 가만히 손을 그의 머리끝에 위치한 백회혈에 가져갔다. 표영은 눈을 감고 그 할머니에 대해 생각했다. 잠시 후 대략적인 생각을 마치고 천음조화를 시전하며 노한 음색으로 말했다. 그것은 여지껏 말하던 표영의 목소리가 아니었다. 늙수그레하며 쉰 듯한 할머니의 음성이었다.

"네 이놈! 나는 너의 겸손함과 나같이 불쌍한 자를 돕는 가상한 마음을 보고 너에게 귀한 보물을 주었건만 너는 마음을 다스리지 못하고 헛되이 재물을 사용하였구나. 모든 사람을 이롭게 하고 가난한 사람을 도우라는 뜻이었건만… 쯧쯧, 내가 사람을 잘못 봐도 한참 잘못 본 게야. 고얀 놈 같으니. 내 너에게 열흘 간의 말미를 주겠다. 그동안 너희 세 식구가 적당히 살아갈 돈만 남겨두고 모두 어려운 사람을 위해 재산을 나눠주지 않는다면 너의 목숨과 가족의 목숨을 취하도록 하겠다!"

표영은 처음엔 직접 재산을 다 털어버릴까도 생각했었다. 하지만 다시금 생각해 보니 그렇게 되면 결코 마음으로 깨달을 수 없으리라 여겼다. 재물이 문제가 아니라 결국 마음이 문제가 아니던가. 천음조화를 통해 그의 심령에 할머니의 음성을 새겨놓아 스스로 돌이킬 수 있는 기회를 주는 것이 옳은 일임이라 결론지은 것이다.

표영이 심어놓은 말은 우조환이 잠들어 있을 땐 꿈을 통해서, 길을 걸을 때는 누군가 옆에서 말을 걸어온 것처럼 들릴 것이며, 식사를 하다가도 불현듯 머리를 울릴 것이다. 표영은 너무 약한 것이 아닌가 싶어 좀 더 구체적으로 그의 심령에 자리 잡을 수 있도록 음성을 심었다.

"아직도 정신을 차리지 못하고 있는 것이냐. 나는 하늘의 지성존자(至聖尊者)로 이 땅의 한 사람을 통해 여러 사람을 이롭게 하고자 했다. 하지만 너의 어리석음으로 인해 도움을 입어야 할 수많은 사람들이 힘겹게 살아가게 되었을 뿐만 아니라 어떤 이는 죽음에까지 이르게 되었으니 너의 죄가 결코 적지 않다. 만일 정녕 네가 돌이키지 않는다면 너와 네 식구들은 생명이 땅에서 끊어질 뿐 아니라 죽음 이후에도 억겁의 고통을 받게 될 것임을 명심하여라."

표영은 말을 맺고 만족스러운 듯 고개를 끄덕였다. 아무리 생각해봐도 할머니가 하늘의 지성존자라는 말은 아주 잘 지어낸 것 같았다.

'이 사람은 기막힌 우연과 행운으로 신비로움 속에 재물을 얻었으니 그것을 해제하는 것도 어찌 보면 마음에 자리한 신비로움을 이용해 풀어야겠지. 표영아! 너는 아주 똑똑하구나. 흐흐흐……'

표영은 웃음을 머금고 다시금 여러 차례 반복하여 그의 심령에 심어준 후 그의 혼혈을 풀었다. 우조환은 몸을 꿈틀거리며 서서히 잠에서 깨어났고 그사이 표영은 번개같이 신형을 날려 그 자리를 벗어났다. 홀로 강둑에 앉은 우조환은 주위를 두리번거리며 고개를 갸웃거렸다.

"내가 깜박 잠이 들었었나 보구나. 헌데 아까까지 있던 거지는 어디로 갔지? 설마 꿈이었을까?"

그는 머리가 복잡해지자 손으로 머리카락을 쥐어뜯었다.
"에구, 이제 술은 그만 마셔야지. 이게 대체 무슨 꼬락서니란 말인가."
그는 술에 취해 괴상한 시간을 보냈다고 생각하고 황급히 집으로 돌아갔다.

11장
행복은 어디에 있는가

행복은 어디에 있는가

표영은 담 너머로 살짝 고개를 내밀고 장원 안을 들여다보았다. 이곳은 화도장원으로, 홀로 사는 과부 고춘의 거처였다. 어젯밤 우조환에게 그간의 사정을 들은 후 사람들에게 물어 그의 집을 알아두었었다. 그리고 지금 이곳에 오게 된 것은 우조환의 부인 모가영의 뒤를 밟아 따라온 터였다. 대낮인데도 방에서는 왁자지껄하니 여인들의 음성이 새어 나왔다.
"뭐 하는 거야. 어서 패를 돌리지 않고."
"알았어, 이년아. 오늘따라 왜 그리 다그치는 거냐."
"잡년, 말하는 것 하고는……."
표영은 여인들의 속된 말에 위장이 뒤집어지는 것 같았으나 가까스로 마음을 추스르고 주위를 둘러보았다.
'음… 앞에 두 명, 왼쪽에 한 명, 오른쪽에 두 명이로군.'

장원 안에는 무사들이 경계를 서고 있었다. 그중 두 명은 화도장원의 호위 무사들일 것이고 나머지 세 명은 아마도 아낙네들을 따라온 무사들일 것이 분명했다. 다른 무사들도 있을 것으로 추정되나 그들은 다른 내전에서 쉬고 있는 것이리라.

'차라리 오는 길에 덮칠 걸 그랬나?'

사람들의 이목을 피하려고 이곳까지 몰래 따라온 것이었는데 의외로 여러 명이 있자 약간 망설여졌다. 제압하는 것이야 어려울 것이 없겠으나 되도록이면 얼굴을 드러내지 않는 것이 여러모로 효과적일 것이기 때문이었다.

'하는 데까지 해보자.'

표영은 장원 앞을 지나는 사람들의 왕래가 없어지길 기다려 장원의 대문을 두드렸다.

똑똑똑.

"누구요?"

"……"

표영이 아무런 대답도 하지 않고 다시 문을 두드렸다.

똑똑똑.

"누구시오?"

"……"

대답 대신 또다시 문을 두드렸다.

똑똑똑.

"어떤 놈이 장난을 하는 것이냐?"

대문 곁에 있던 두 무사는 짜증난다는 듯이 벌컥 문을 열고 나왔다.

"뭐야, 아무도 없잖아. 이런 제길."

두 무사가 두리번거리며 인상을 구길 때 표영은 이미 대문 위쪽으로 몸을 옮긴 상태였다. 두 무사가 막 돌아서려 할 때 표영이 훌쩍 뛰어내리면서 둘의 마혈과 혼혈을 찍었다. 두 무사의 무공 수준은 그리 대단한 것이 아니었기에 미처 '으악' 하는 신음 소리도 내지 못했다. 그들은 동네 건달 같은 입장에서 바라본다면 상당한 수준일지 몰라도 강호의 고수들에 비할라치면 여러모로 손색이 많다 할 수 있었다.

두 무사는 마혈이 찍혀 몸이 그대로 굳어버림과 동시에 혼혈이 찍혀 정신을 잃고 말았다. 굳이 혼혈과 마혈을 동시에 찍음은 몸을 굳게 하여 대문을 바라보게끔 세워두기 위함이었다. 혹여 누군가 지나가다 보더라도 크게 이상하게 여기진 않을 것이리라. 이제 남은 인원은 세 명이다. 표영은 대문 밖에서 허리에 차고 있던 타구봉을 장원 안으로 세차게 던졌다. 획— 하는 소리와 함께 타구봉이 마당 한가운데 꽂히자 세 명의 무사들이 달려들었다.

그 찰나 표영은 풍운보를 시전해 바람처럼 몸을 솟구쳐 그들 머리 위를 넘었다. 무사들은 뭔가가 머리 위로 지나가는 것을 느낀 순간 등이 뜨끔해지며 그대로 바닥으로 주저앉고 말았다.

"흐흐흐… 남의 물건을 탐하면 곤란하다구."

표영은 작게 중얼거리며 타구봉을 갈무리하고 내전으로 가까이 접근했다. 안에 있는 여인네들은 밖에서 무슨 일이 일어났는지도 모른 채 도박에 온 힘을 쏟고 있었다. 표영은 문틈 사이로 살며시 안을 들여다보며 모기만한 소리로 모가영을 불렀다.

"모가영."

우조환의 아내 모가영은 한참 마작에 온 힘을 쏟고 있다가 자신을 부르는 소리를 듣고 귀찮다는 듯이 말했다.

"왜 그러는데. 왜 불러."

아마도 마작을 하는 다른 여편네가 부른 것이라고 생각한 것이 분명했다. 그녀는 오늘따라 패가 좋게 돌아와 많은 돈을 딴 터였다. 모가영의 말에 다섯 개의 포목점을 운영하는 봉만희가 꼬장을 부렸다.

"잡년아, 부르긴 누가 불렀다고 난리야. 괜히 일찍 튀려고 수작 부리는 거냐."

그러자 다른 여편네들도 덩달아 한마디씩 보탰다.

"헛수작 부리면 좋지 않아. 알겠어?"

"돈을 많이 따더니 이젠 환청이 들리나 보지?"

모가영은 분명 누군가가 부른 것 같은데 다른 사람들이 부르지 않았다고 하자 머리를 긁으며 미안하다고 말했다.

"미안해, 잡것들아. 내가 언제 돈 따고 튄 적 있냐?"

말은 미안하다고 했지만 전혀 미안한 구석이라고는 찾아볼 수 없는 말이었다.

표영은 그녀의 위치를 가늠하고 슬그머니 문을 열었다. 워낙 은밀하게 연 것도 연 것이었지만 그보다 아낙네들이 마작에 온 정신을 쏟고 있던 터라 문이 열리는 것조차 눈치 채지 못했다. 표영은 소맷자락을 휘두르며 지풍을 부챗살처럼 날렸다. 협소한 공간이라 지풍은 효과적으로 부녀자들을 쓰러뜨렸다. 지풍에 맞은 부인네들은 앉은자리에서 그대로 옆으로 고꾸라지며 잠들고 말았다. 수혈이 찍힌 것이다.

"에구… 대낮부터 잘한다, 잘해. 이럴 시간에 자식들 교육이나 잘 시킬 것이지. 정말 한심하기 짝이 없구나."

표영은 혀를 찬 후 모가영에게 다가갔다. 모가영의 모습은 우조환과 크게 다르지 않았다. 우조환의 삼중 턱살이나 모가영의 삼중 허리나 오십보백보였다. 거기다가 화장을 짙게 한 터라 마치 산돼지가 곱게 차려입은 듯 보였다.

'아름다움과 추함은 마음에 있으니 옳지 못한 마음은 사람의 모습도 추하게 바꾸는구나.'

우조환의 이야기 속에서 들었던 과거 현모양처의 모습은 어디에도 찾아볼 수가 없었다.

'이젠 과거로 돌아가도록 합시다.'

표영은 그녀의 백회혈에 손을 대고 할머니 음성을 흉내 내며 천음조화를 시전했다.

"네 이년! 나는 네가 한 남자의 부인으로서, 그리고 한 아이의 어머니로서 보물을 받을 만한 자격이 있다고 생각했었다. 그런데 지금 너의 모습은 겸허함과 불쌍한 자를 가상히 여기는 마음은 어디에 버리고 허영과 쾌락에 몸을 맡기고 있느냐. 모든 사람을 이롭게 하고 가난한 사람을 도우라는 뜻이었건만 내가 사람을 잘못 봐도 한참 잘못 보았구나. 고얀 년 같으니라구. 열흘 간의 여유를 주겠다. 그동안 세 식구가 적당히 살아갈 돈만 남겨두고 모든 재산을 어려운 사람을 위해 사용하지 않는다면 너의 목숨과 가족의 목숨을 취하도록 하겠다!"

잠시 말을 멈춘 뒤 표영의 말이 이어졌다.

"아직도 정신을 차리지 못하는 것이냐. 나는 근본이 하늘의 지성존자로 한 사람을 통해 여러 사람을 돕고자 했다. 하지만 너의 어리석음으로 인해 도움을 입어야 할 수많은 사람들이 힘겨워하게 되었으니 그 죄가 적지 않을 수 없다. 만일 돌이키지 않는다면 너와 네 식구들은 억겁의 고통을 후생에 받아야 할 것을 명심해 두어라."

우조환에게 했던 말을 고스란히 심어주었다. 이렇게 되면 각자 같은 꿈과 환청을 계속해서 듣게 될 터이니 나중에 이 사실을 서로 알게 되면 마음에 더 큰 두려움을 품게 될 것은 당연지사일 것이다.

표영은 모가영에게 천음조화를 시전한 후 다른 부녀자들을 바라보았다. 이들도 모가영과 다를 바가 없는 존재들이라 생각하니 그냥 두고 갈 수가 없었다.

'모두 최소한 도박만큼은 못하도록 만들어야겠지.'

표영은 마작패 136개를 집어 하나씩 손에 쥐고 가루로 만들어 버렸다. 패는 대부분 골재로 만들기에 부수는 것은 크게 힘든 것도 아니었다. 부스스 가루로 만든 후 표영은 지력을 사용해 벽에 글자를 새겼다.

앞으로 도박을 하다 내게 걸리면 그땐 죽음이라는 대가를 받게 될 것이다. 모든 부녀자들은 자신의 본분에 충실하도록 하라.

크게 배운 바가 없어 글자 모양이 좀 우스웠지만 벽에 새겨진 것만으로도 공포감을 주기에 충분했다.

'자, 이 정도면 됐다. 다음 차례는 아들 녀석이로구나. 이들은 일식경(30분) 안에 자연히 깨어날 테니 굳이 혈을 풀어줄 필요는 없겠어. 부녀자들이 깨어날 때쯤이면 밖에 있는 무사들도 비슷하게 깨어날 테니 한바탕 소동이 벌어지겠지.'

표영이 홀연히 장원을 빠져나간 후 일식경이 지나 부녀들은 한 명씩 잠에서 깨어났다. 그들은 입가의 침을 닦으며 일어났다가 마작패가 가루가 돼버린 것에 입을 쩍 벌렸다.

"이게 도대체 어떻게 된 일이지?"

"누가 이런 짓을……."
"한참 따고 있었는데 대체 누가 수작을 부린 거야."
그때 장원의 주인인 고춘이 벽에 새겨진 글귀를 보고 경악성을 터뜨렸다.
"저, 저건 어떻게 된 거지? 앞으로 도박을 하면 죽이겠다니……."
고춘은 다급히 일어나 무사들을 불렀다.
"아무도 없느냐. 아무도 없느냔 말이다!"
말 한마디면 달려올 호위들이 소식이 없자 고춘과 부녀자들이 황급히 밖으로 나가보았다. 그때 무사들은 조금씩 해롱해롱거리며 깨어나고 있었다.
"이런……."
부녀자들은 일순간 두려움에 휩싸였고 옷매무새를 점검했다.
"난 가야겠어."
"나도."
"나중에 보자구."
모든 부녀자들은 공포라는 무거운 선물을 마음에 담고 얼굴이 하얗게 변해 허겁지겁 집으로 돌아갔다. 모가영의 마음에도 두려움이 엄습했다.

우조환의 아들 우경은 기대감에 부풀었다. 그의 마음속은 지금 터질 것처럼 기뻐 어쩔 줄을 몰랐다. 각회 지역에서 손꼽히는 미인인 소춘이 팔짱을 낀 채 옆에 나란히 걷고 있으니 어찌 기분이 좋지 않을 수 있겠는가.
'흐흐흐, 오늘은 드디어 거사를 치르고야 말리라.'

우경의 관심사는 오직 여자뿐이었다. 이제까지 거쳐 간 여자가 몇 명인지 헤아리기 힘들 정도였다. 그다지 잘생긴 편은 아니었지만 돈의 위력은 대단했다. 어지간히 이쁜 여자들도 돈 앞에서는 꼬리를 살랑살랑 흔들어댔고 아양 떨기 바빴다. 개중엔 고고한 여자들도 있어 수모를 당한 적도 없지 않았지만 그건 극소수에 불과했다.

이날은 오랜 작업 끝에 소춘을 꼬드겨 운백산으로 함께 등산을 가는 길이었다. 등산을 한다곤 해도 운백산 정상에 오르는 것이 목표가 아니었다. 힘들게 거길 오를 이유가 뭐가 있겠는가. 오직 우경의 관심사는 운백산 정상이 아닌 소춘을 어떻게 해볼까 하는 것에 있었다. 어느 정도 가다 으슥한 곳이다 싶으면 바로 작업에 들어갈 터였다.

'소춘, 조금만 기다려라. 흐흐흐… 정말 기대되는걸.'

우경은 우스갯소리를 해가며 한적하고 조용한 곳에 이르자 땀을 닦으며 말했다.

"어때, 좀 피곤하지? 여기서 잠깐 쉬어가자. 경치도 아주 그만인걸."

"호호호, 좋아요. 저도 꽤 다리가 아픈걸요."

우경은 자리에 앉아 엉큼한 시선으로 소춘을 바라보았다. 그렇게 우경이 소춘을 표적으로 삼아 노리고 있을 때 정작 우경 자신이 누군가의 표적이 되고 있음은 알지 못했다. 우경과 소춘이 앉은 곳에서 약 15장(약 50미터) 정도 떨어진 곳에는 덩치가 곰을 연상케 하리만치 거대한 30대 중반의 두 사내가 길게 자란 수풀 사이에서 몰래 지켜보고 있었던 것이다. 그들의 얼굴은 우경 못지 않은 기대감으로 가득 차 있었다.

"흐흐… 저 녀석은 정말 하늘 무서운 줄 모르는구만. 호위 무사도 없이 험한 산을 오르다니 말이야. 이 만첨 어르신의 아가리로 걸어 들어온 꼴이 아닌가."

만첨이라 자신을 칭한 이는 전음을 사용할 생각도 하지 않고 작게 소곤거렸다. 옆에 있던 노각이 말을 받았다.

"모든 것이 하늘의 뜻이 아니겠나. 우리의 인질이 되라는 하늘의 뜻 말일세."

이들이 몰래 우경을 지켜보는 이유는 돈을 뜯어내려는 수작이었다.

"자네 말이 맞군. 우조환이라는 그 뚱땡이 부자 놈은 이제 완전히 우리 밥이나 다름이 없지."

만첨의 말에 노각이 살짝 인상을 쓰고 소곤거렸다.

"근데 말이야. 우조환이나 그 부인은 저 아들놈에게는 전혀 관심도 없는 것 같은데 인질극이 통할지 모르겠어. 하는 꼬락서니를 보면 안중에도 없는 것 같은데 말이야."

"아무렴 그렇기야 하겠나. 그래도 지 핏줄인데. 고슴도치도 지 새끼 이뻐하지 않는가 말일세."

"그러겠지. 근데 그 부부가 하는 짓을 보면 지들 놀기에 너무 바쁘더군."

"까짓 정 반응이 신통치 않으면 저놈을 죽여 버리면 그만이겠지. 뭐, 우리야 손해날 것이 있겠나."

"클클, 그렇긴 하군."

둘은 우경과 소춘을 노려보며 입맛을 다셨다.

"근데 저기 옆에 있는 여자애는 얼굴이나 몸매가 그럴싸하군."

"이걸 보고 님도 보고 뽕도 딴다는 말이 아니겠는가."

"클클, 역시 자넨 통하는 데가 있다니까. 우리 먼저 순서를 정해야 하지 않을까?"

"가위바위보로 하세."

"좋지."

둘은 함박웃음을 머금고 조용히 소곤거리며 가위바위보를 했다. 이제껏 살면서 여러 차례 가위바위보를 했지만 언제나 여자를 두고 하는 때가 제일 신났다. 하지만 만첨과 노각은 자신들이 얼마나 위험한 지경에 처해 있는 줄은 까마득히 모르고 있었다. 그들은 오로지 우경과 소춘을 어찌해 보겠노라는 생각으로 노리고 있었지만 정작 자신들이 누군가에게 노림을 당하고 있음은 알지 못했다.

그럼 과연 그들 뒤엔 누가 있는 것일까. 만첨과 노각 뒤로 약 10여 장(33미터)쯤에 표영이 열심히 귀를 기울이고 있었던 것이다. 표영은 우경을 깨우치기 위해 몰래 뒤를 밟고 있다가 만첨과 노각을 발견하게 되었고 무슨 수작을 부리려는지 지켜보고 있는 중이었다.

작금의 형세를 정리해 보자면 우경이 소춘을 노리고, 그 우경을 만첨과 노각이 노리고, 다시 만첨과 노각을 표영이 노리는 것으로, 물고 물리는 관계 속에서 정작 당하는 쪽은 전혀 감지하고 있지 못한 상황이었다. 이건 마치 참새가 지렁이를 잡아먹으려 바라볼 때 그 참새를 독수리가 은밀히 노리고 있고 그 독수리를 다시 사냥꾼이 노리고 있는 것과 같다 할 수 있었다. 이런 이치는 결국 자신이 얻을 이익만을 생각하며 몰두하다 보면 정작 자신이 위험에 처해 있음은 알지 못하게 됨을 나타내 주는 것이었다.

표영은 이런 묘한 관계를 생각하다가 일순 섬뜩함을 느끼고 뒤를 바라보았다. 자신 또한 누군가의 표적이 되고 있는 것은 아닌가 해서였다. 하지만 다행스럽게도 살피는 자는 없는 듯했다. 표영은 다시 만첨과 노각을 바라보며 가소로움에 속으로 혀를 찼다. 이미 청력 또한 상당히 발달한 터라 그들의 말은 표영의 귀에 낱낱이 들어온 터였다.
 '쯧쯧, 저런 까마귀 같은 놈들을 봤나.'
 그와 함께 표영은 이런 생각도 들었다.
 '저놈들을 진개방의 제자로 삼아야겠다. 내가 아니면 누가 거두어주겠는가. 녀석들, 복받았군. 흐흐…….'
 남쪽으로 달려오면서도 줄곧 기회가 닿으면 누구라도 진개방의 제자로 삼을 참이었다. 그러던 차에 아주 적절한 녀석들이 걸린 것이다.
 한편 우경을 바라보면서는 한숨이 절로 나왔다.
 '그 아버지에 그 아들이라더니… 날마다 허황되게 사니 이런 날파리들이 꼬이지 않을 수 없겠지.'
 표영은 만첨과 노각이 움직인 후에 손을 쓰기로 하고 일단 지켜보았다. 잠시 후 만첨과 노각이 옆으로 슬금슬금 이동해 우경의 뒤로 돌아갔다. 그리곤 적절하다 싶자 급작스럽게 신형을 날렸다.
 풀 스치는 소리가 요란스럽게 들림과 동시에 우경과 소춘은 뒤통수에 충격을 받고 앞으로 쓰러졌다. 소춘은 느닷없는 공격에 기절해 버렸고 우경은 고통스러운 신음을 내지르면서도 몸을 일으켜 세우려 했다.
 "그래, 너도 남자라 이거렷다."
 만첨의 뇌까림에 우경이 황급히 뒤를 돌아보며 말했다.
 "너희들은 누구… 어억!"
 우경은 더 이상 말을 잇지 못하고 그대로 쓰러지고 말았다. 만첨의 발길질이 다시금 머리통을 갈겨 버린 것이다. 비명을 지르며 우경이 쓰러지자 만첨과 노각은 득의에 찬 미소를 지으며 지껄였다.

"킬킬킬, 이젠 돈은 다 우리 차지다."

"돈뿐이겠나. 여기 삼삼한 처자도 우리 차지야. 으하하!"

"뭘 망설이나, 노각. 자네가 이겼지 않나. 내 오늘은 정말 기쁜 마음으로 기다리겠네."

"자네 마음 씀씀이가 바다같이 넓어졌구먼."

둘이 자화자찬하며 기쁨에 들떠 있을 때였다.

빠악. 빠악.

뒤통수가 빠개지는 고통이 전해지며 만첨과 노각은 바닥을 굴렀다. 둘은 아까 자신들이 후려 팬 우경과 소춘 옆에 나란히 엎어진 꼴이 되고 말았다. 만첨과 노각은 절세고수는 아니었지만 그래도 사파 계열에서는 한가락 하는 무인들인지라 득달같이 몸을 일으켜 세웠다.

"어떤 새끼냐! 죽고 싶어 환장을 했냐!"

"누구냐, 대체!"

둘은 흥분한 나머지 상대가 얼마나 고수일지에 대해서는 전혀 생각지 못했다. 아무리 소춘을 어찌해 보겠다는 마음이 컸다 해도 뒤통수를 얻어맞을 때까지 아무런 인기척도 느끼지 못했지 않았던가. 둘이 몸을 돌리려 할 때 다시금 표영의 발이 날아올랐다.

파팍—

"으억!"

"커억!"

멋진 회구각의 발놀림이었다. 하지만 이번 발길질도 처음 것과 같이 내공을 싣지 않고 날린 것이라 작은 충격만을 안겨주었다.

"푸하하. 이놈들아, 누구긴 누구냐. 거지 나리님이시지."

표영이 웃으면서 바닥에 지렁이처럼 꿈틀대는 둘을 발로 툭툭 건드렸다.
"열심히 살아야지 이게 무슨 해괴한 짓이냐. 쯧쯧… 하여간 요즘 것들은 너무 쉽게 세상을 살려고 한단 말씀이야."

만첨과 노각은 머리를 들고 자신들을 후려 팬 놈이 누군가하고 바라보았다.

'뭐야, 이건 거지새끼잖아.'

'우리가 거지 놈에게 맞고 살 수는 없지.'

강호 밥을 이십 년 가까이 먹고 산 만첨과 노각이었다. 둘은 강호 고수에게 맞았다는 생각보다는 재수가 없어 거지에게 얻어터졌다는 것에 자존심이 상했다. 표영이 힘을 적절하게 조절해 공격한 것이라고는 생각지도 못하고 둘은 입을 앙다물고 자리에서 일어났다.

"이 호로 쌍놈의 새끼. 축축하고 습기 찬 곳에다 매장시켜 주마. 쌍!"

"제삿밥이라도 얻어먹으려면 오늘 날짜를 기억해 둬라!"

둘은 득달같이 달려들었다. 하지만 표영은 뒷짐을 진 채 여유롭게 몸을 붕 솟구쳐 뒤로 이동했다. 일순 만첨과 노각은 주먹질과 발길질이 목표를 잃고 빗나가자 얼떨떨했다. 그들의 눈에는 표영이 언제 뒤로 이동했는지 보이지 않았던 것이다. 표영은 몸을 뒤로 이동했지만 그대로 멈춰 선 것은 아니었다. 몸이 땅에 닿자마자 발을 튕기며 앞으로 달려가 회구각을 시전해 둘의 가슴을 연달아 가격했다.

퍼퍽. 퍼퍽.

"으윽."

"으윽."

둘은 다시 바닥을 굴렀고 그제야 상대가 보통이 아니라는 것을 인식했다. 강호를 떠돈 지 하루 이틀이 아닌지라 상대할 수 있는 고수인지 아닌지 보는 눈 정도는 있었던 것이다.

'개방의 고수인가? 개방은 저렇게 추접한 옷을 입고 다니지 않건만……'

'매듭이 보이지 않는 걸로 보아 분명 개방인은 아닌데… 그렇다면 우가장의 숨은 호위 무사란 말인가.'

개방 고수든, 아니면 호위 무사든 간에 상관없이 둘은 두려움에 사로잡혔다. 어쩌면 여기에서 뼈를 묻을지도 모른다는 생각마저 들 지경이었다. 만첨과 노각은 드러누운 채 서로를 마주 보고 고개를 끄덕였다. 둘의 뜻은 일치했다.

─잘못 걸렸다. 제길.

둘은 허겁지겁 일어나 무릎을 꿇었다.

"잘못했습니다요. 한 번만 봐주십시오."

"대인께서 이들을 노리고 계신지도 모르고 그만 수작을 부렸습니다. 저 여자는 건드리지 않았으니 대인께서 알아서 처리하십시오. 정말입니다요. 저희들이 양보하겠습니다요."

만첨과 노각으로서는 어쩌면 이 거지가 자신들과 같은 목적으로 온 것인지도 모른다 여겼다. 하지만 소춘을 양보하겠다는 말은 매를 벌 뿐이었다.

"이놈들 보게나… 뭐 눈에는 뭐밖에 안 보인다더니……."

표영은 어느새 빼 든 타구봉으로 둘의 머리통을 두들겼다.

팍! 팍!

"으이크……."

"네놈들 눈에는 내가 도적으로 보이느냐?"

만첨과 노각은 이런 질문에 어떻게 답해야 할지 잘 알고 있었다.
"그게 무슨 말씀이십니까요. 대인께서는 천상천하 유아독존이시며 세상에서 가장 위대하신 걸인이십니다요."
"도적이라는 말은 당치도 않습니다요. 단지 저희들의 눈이 삐어 존귀하신 대인을 몰라보았을 뿐입니다요."
표영은 만족한 듯 고개를 끄덕였다.
"음… 그래. 괜히 마음 졸였네. 난 거지로 보여야지 도적으로 보이면 안 되는 사람이거든. 좋아. 너희들의 대답이 마음에 쏙 들었다. 그런 의미에서 너희들에게 큰 상을 하나씩 내리도록 하마."
느닷없이 상을 내린다고 하자 만첨과 노각은 왠지 불안해지기 시작했다.
'이 거지 놈이 무슨 수작을 부리려는 걸까.'
'강호에 이런 거지 모습의 거지가 출현했다는 말은 듣지 못했는데… 이거, 불안해. 불안하단 말씀이야.'
표영은 여유로운 표정으로 둘을 바라보며 흐뭇함에 빠졌다.
'조금만 기다려라. 이제 곧 너희들은 진개방의 첫 번째 제자가 되는 것이다. 흐흐흐.'
표영이 번개같이 손을 뻗어 둘의 모가지를 움켜쥐고 들어 올렸다.
"케켁……."
"으… 사, 살려주세요……."
둘은 두려움에 손을 휘저으며 발버둥쳤지만 표영의 손은 강철로 만들어진 듯 꿈쩍도 하지 않았다.
"사, 상… 케켁… 상 주신다면서요."
만첨이 가까스로 하는 말에 표영이 흐물거리듯 답했다.

"조금만 기다려."

표영은 먼저 왼손에 잡힌 노각을 공중으로 높이 날려 버렸다.

"날아라."

"으… 어거거~!"

노각은 몸이 치솟아 나무 꼭대기까지 닿을 만큼 올라가 세상 구경을 두루한 뒤 다시 땅으로 곤두박칠쳤다. 노각이 내려오는 때를 맞추어 이번엔 오른손에 잡힌 만첨을 올려보냈다. 만첨은 수직으로 올라가 막 떨어져 내리는 노각의 배를 들이받았다.

"커억!"

"아아악! 미안해~!"

만첨의 돌머리에 명치끝을 들이받힌 노각은 숨이 턱 막힌 채 떨어져 내렸고 만첨 또한 들이받은 후 다시 추락했다. 표영은 다시 둘을 차례로 낚아채고 다시 아까의 자세를 회복했다.

"케캑! 아, 앞으로 다시는 이런 짓을 하지 않겠습니다요!"

"으헉! 한 번만 용서해 주신다면 개과천선해서 바르게 살겠습니다요!"

하지만 표영은 고개를 설레설레 흔들었다.

"음… 사람의 마음이란 게 말이지 용변을 보러 갈 때하고 나올 때가 다른 법이거든. 아쉬울 때야 무슨 말인들 못하겠어. 안 그래? 상황이 회복되면 언제 그랬냐는 듯이 잊어버리게 될 것이란 말씀이야. 해서 앞으로 너희들은 목숨이 붙어 있는 날까지 나의 부하가 되는 축복을 내리도록 하겠다."

만첨과 노각이 머리를 조아리고 황급히 답했다.

"아, 그럼요, 그럼요. 부하 하겠습니다요."

"당연한 말씀이십니다요."
하지만 속으로는 둘 다.
'씨팔, 나중에 두고 보자.'
'부하라니 무슨 개털 같은 소리냐.'
라고 중얼거렸다.

표영은 둘을 바닥에 팽개쳐 놓고 얼른 때를 밀어 회선환 한 알을 제조했다. 이 세상 어떤 의원이 이보다 더 빨리 약을 제조할 수 있을까. 검고 굵은 구슬 같은 회선환은 그 모양새도 거의 환약과 비슷했다. 누군가 생각하길 회선환이 어째서 환약이냐라고 말할지도 모르지만 그건 정녕 진정한 의미를 몰라서다. 회선환은 맛과 냄새가 아주 독특해 잘만 참고 먹으면 영락없이 보약재라고 믿을 수 있을 법했다. 원래 몸에 좋은 것이 입에 쓴 법이 아니던가.

더욱이 회선환은 몸을 고치는 것이 아닌 마음을 바꾸어놓는 약이니 사람에게 있어 이보다 더 좋은 환약은 없다 할 수 있을 것이다.

만첨과 노각이 두려움에 휩싸인 채 앞으로의 일을 걱정하고 있을 때 표영은 조용히 눈을 감고 주변을 살폈다. 예민한 청각에 풀 스치는 소리가 나며 뱀 한 마리가 지나가는 것이 포착되었다.

'저놈으로 시범을 보여야겠군.'

표영은 신형을 번개같이 날려서는 다리로 풀을 스치듯이 휘감았다. 그러자 지나가던 초록 뱀이 불쑥 솟아올라 표영의 손에 잡혔다. 그 동작은 간단하면서도 명쾌해 만첨과 노각은 감탄이 절로 새어 나왔다.

'듣기로 거지들은 개와 뱀을 잘 다룬다고 하더니 정말이로구나.'
'근데 이 거지는 무슨 방파일까? 개방은 아닌 것 같은데 말야.'
그렇게 만첨과 노각이 감탄과 전전긍긍함에 사로잡혀 있을 때 표영은 뱀 모가지를 쥐고 다가갔다.

"흠흠, 내 부하가 되기 위해서는 약을 하나 복용해야 한다. 이 약은 하나하나 만들기가 보통 어려운 것이 아니라, 험험… 아무에게나 주는 것은 아니다. 너희들은 큰 영광으로 생각해야 할 것이다. 어때, 좋지?"

만첨과 노각은 뭔가 불안한 느낌을 지울 수 없었지만 겉으로는 치아를 드러내며 환하게 웃었다.

"음, 조금 아깝지만 약의 효과를 위해 뱀에게 복용시켜 보도록 하겠다."

표영은 뱀의 머리 양쪽을 손가락으로 꾹 눌렀다. 뱀의 입이 쩍 벌어졌다. 그 순간 잽싸게 회선환을 먹임과 동시에 손가락 끝으로 독기를 주입하고선 땅에 내려놓았다. 재수없는 뱀은 순식간에 독이 온몸에 퍼져 지랄 발광을 하며 몸부림쳤다. 원래 뱀이야 꿈틀거리는 데 일가견이 있다손 쳐도 지금의 광경은 상상을 초월하는 것이었다. 둘은 곧 뱀이 복용한 것이 독임을 알아보고 기겁했다.

"허거걱! 뭐, 뭐지?"

"왜, 왜……."

급기야 뱀은 미친 듯이 꿈틀대다가 입에서 검붉은 피를 토해내며 동작이 느려지더니 간헐적으로 발작하다가 끝내 죽고 말았다.

"환약이라면서요? 왜 그러는 겁니까요. 부하 하겠다니까요."

"흑흑흑. 제발, 제발 용서해 주세요."

둘은 잘못 걸려도 여간 잘못 걸린 것이 아니라 생각했다. 잘은 몰라도 아주 지독한 놈인 것이다.

"하하하, 다 큰 놈들이 울기는… 뚝 그치지 못해. 뚝!"

뚝이라는 한마디에 만첨과 노각은 울음소리를 멈추었지만 눈에서는 하염없이 눈물이 흘러내렸다. 그사이 표영은 얼른 두 개의 회선환을 제조했다.

"너무 염려하지 말아라. 방금 뱀이 먹고 죽은 것은 너희들이 복용할 것보다 수배는 강한 독성을 지닌 것이다. 회선환을 복용한 후에 1년이 지나기 전에 다시 회선환을 복용하면 또다시 1년이라는 시간은 아무 문제 없이 살 수 있을 것이다. 자, 너희는 먹을 준비가 되었겠지?"

만첨과 노각이 무슨 말을 할 수 있겠는가. 입술을 삐죽거리며 눈물만 좔좔 흘릴 뿐이었다.

"자, 그럼 먹자."

표영은 번개같이 둘의 마혈을 짚어 얼굴 아래를 마비시켜 꼼짝 못하게 만든 후 입 안에 우겨 넣었다.

"뱉어내면 이 자리에서 죽을 줄 알아."

마지막 반항의 기회조차 놓쳐 버린 만첨과 노각은 하염없이 눈물을 흘리며 회선환이 입 안에서 점점 축축해지며 녹아내리는 것을 느껴야만 했다.

'어째 인생이 이렇게 꼬여 버린 거냐.'

'어무이~'

입 안을 들여다보고 목구멍으로 완전히 들어간 것을 확인한 표영은 만족스러운 웃음을 터뜨렸다.

"좋아좋아, 훌륭하다. 너희들은 진개방의 첫 번째 제자들이다. 으하하하!"

"헉! 개방이라뇨?"

"첫 번째는 무슨 말씀이십니까?"

느닷없는 개방타령에 눈이 휘둥그레진 둘을 보고 표영이 씨익 웃으며 말했다.

"강호에 개방이 있지만 진정한 거지의 집단은 아니라 할 수 있지. 본좌는 그것을 통탄히 여기고 새로운 개방을 만들었으니 이름하여 진개방이다. 앞으로 너희들은 본 방주를 따라 거지로서의 사명에 충실하고 온 힘을 기울여 참거지의 삶을 살아가야 할 것이다."

그나마 뭔가 거창한 것이 있을 것이라 생각했던 둘은 거의 절망에 사로잡혔다. 살다 살다 이렇게 재수가 없을 줄이야 어찌 알았겠는가. 독약을 복용한 것도 서러운데 이제 다시 거지가 된 것이다.

"너희들의 이름은 무엇이냐?"

"저는 만첨이라고 합니다."

"저는 노각입니다."

"만첨과 노각이라… 좋군. 별호 같은 것은 뭐 없냐?"

"흑오쌍영(黑烏雙影)이라 불리우고 있습니다만……."

"하하, 그래? 흑오쌍영이라… 새까만 까마귀 두 마리라 이거로군. 처음 들어보는 걸 보니 별것도 아닌 녀석들이로구나."

흑오쌍영은 표영의 말처럼 별것도 아닌 것만은 아니었다. 절정의 고수는 아니어도 사파 계열에서는 나름대로 이름을 날리고 있는 정도는 되었던 것이다. 단지 표영이 강호에 대해 아는 것이 없어 생소하게 느끼고 있는 것뿐이었다.

"저희들도 꽤 한다고 하는 편입니다요."

그래도 마지막 자존심은 살아 있어 만첨이 힘겹게 한마디를 꺼냈다.

"후훗, 그래? 그건 앞으로 지켜봐야겠지. 그나저나 너희의 별호는 너무 촌스러우니 새로운 별호를 지어야겠다. 거지는 거지다워야 하거든."

이제 어쩔 수 없는 신세가 되었던 터라 만첨과 노각은 운명에 순응하기로 하고 그럴싸한 별호를 생각하느라 머리를 굴렸다.

"흑오쌍개가 어떨까요?"

만첨의 말에 표영이 고개를 저었다.

"별로야. 거지답지 못해. 음…….."

"천지쌍걸은 어떠신지요?"

"안 돼. 그건 너무 멋있어."

표영은 고개를 젓다가 좋은 생각이 떠올랐는지 타구봉을 치켜들고 외쳤다.

"이것이 좋겠다. 잡개쌍수(雜丐雙手). 잡스러운 거지 둘이란 뜻이지. 오호~ 좋아좋아. 하하하!"

만첨과 노각의 얼굴이 일순 일그러졌다.

'이런, 씨팔~ 잡스러운 거지라니… 어째 두목이라는 놈의 작명 감각이 이 정도밖에 안 되는 거냐.'

'잡개쌍수(雜丐雙手)라… 진짜진짜 추접스런 별호로구나. 으이그~'

"방주님! 그건 좀 왠지……."

"흑오쌍개가 훨씬 나을 것 같은데요."

둘이 삐질거리며 하는 말에 표영이 가만히 주먹을 내밀었다. 그러자 만첨과 노각의 얼굴이 싹 달라졌다.

"아하하… 잡개쌍수… 좋습니다요."

"멋있는데요. 잡스러운 거지로 하겠습니다요."

"하하, 역시 말이 통하는구나. 자, 그럼 하던 일을 계속해야겠다.

너희 둘은 저기 우경과 젊은 처자를 옆구리에 끼고 나를 따라오도록."
"네."
일시에 대답한 만첨과 노각은 둘 다 우경은 거들떠보지도 않고 소춘을 데리고 갈 목적으로 다가갔다.
"자넨 저놈을 데리고 가."
"무슨 소리야. 아까 가위바위보에서 내가 이겼던 게 기억이 안 나?"
"그건 이제 물 건너갔잖아. 이번 판은 다른 거라구."
"뭐야, 이 새끼야. 그러고도 니가 친구냐."
"이 새끼가 어디서 욕을 하고 난리야."
둘은 본연의 사명을 잊어버리고 욕설을 퍼부어대며 한판 붙을 기세였다. 표영이 옆에서 보자니 참으로 어이가 없었다.
"이것들이 방주 앞에서 못하는 짓이 없구나."
일순 발이 날았다.
파파파곽.
"으억!"
"커억!"
둘이 바닥에 나동그라지자 표영은 자신이 소춘을 옆구리에 끼었다.
"자고로 거지는 재물뿐 아니라 여자에도 초연해야 하는 법. 앞으로 주접떠는 모습을 보이면 바로 독이 발작하도록 만들어줄 테니 그리 알아라. 가자."
표영이 신형을 날려 산 위로 올라가자 만첨이 우경을 들쳐 메고 뒤를 따랐고 노각도 움직였다. 만첨과 노각은 자신들도 나름대로 경공술에 조예가 있다고 생각했지만 표영의 움직임을 보고선 혀를 내두르지 않을 수 없었다. 아주 천천히 움직이는 것이 전혀 힘이 들어가지 않은 것 같았지만 전속력으로 달리는 자신들의 걸음보다 더 빨랐으니 말이다.

'젊은 나이에 대단하구나.'

'근데 이게 정말 가능한 걸까. 혼자 방파를 세우고 부하들을 끌어들이다니… 우리만 피 보는 것 아닌지 몰라. 그래도 무공 실력은 엄청나구나.'

어느덧 산 정상에 오른 표영은 산 아래를 내려다보며 호기있게 말했다.

"멋지구나. 마음이 절로 탁 트이는걸."

그리고 눈길을 돌려 노각을 바라보며 말을 이었다.

"노각! 굵은 넝쿨을 구해와라."

"네, 방주님."

노각이 씩씩하게 대답한 후 잽싸게 긴 넝쿨을 가져왔다. 그런 후 둘은 젊은 방주가 대체 뭐 하려나 하고 호기심이 가득한 얼굴로 바라보았다.

'이번에는 또 무슨 짓을 하려고 저러나. 어째 불안해~'

표영은 우경의 오른쪽 발목에 넝쿨을 친친 감아 묶은 후 혼절 상태에서 벗어나게 하기 위해 명문혈에 손을 대고 기로써 몸을 가볍게 자극했다. 그러자 우경이 신음 소리와 함께 금방이라도 눈을 뜰 것처럼 머리를 움직였다.

"자, 됐다."

표영은 왼손으로 넝쿨의 끝자락을 잡고 오른손으로는 우경의 몸을 절벽 아래로 던져 버렸다.

"으거걱!"

"뭐, 뭐냐!"

오히려 놀란 것은 만첨과 노각이었다. 설마 하니 이런 엉뚱한 짓을 하리라고는 생각지도 못한 터였다.

'혹시 이거 완전히 미친놈 아니야.'

'자꾸 불안해. 자꾸 불안하다구.'

한편 느닷없이 절벽 아래로 곤두박질쳐진 우경은 몸이 천 장(千丈) 아래로 쑥 떨어져 내리는 느낌에 등골이 오싹해지며 눈을 번쩍 떴다. 머리가 아래쪽을 향하고 있던 터라 시야에 들어온 산악의 광경은 공포 그 자체였다.

출렁.

어느새 넝쿨 줄이 다하며 떨어지는 기세가 멈추었다. 하지만 다시 몸은 반동에 의해 위로 튕겨졌다가 다시 옆으로 꺾이면서 몇 번인가를 요동 쳤다.

"으아악~ 사, 사람 살려~!"

우경은 자신이 죽어 지옥에 온 것이라 생각했다.

'흑흑, 사람이 살면서 악한 길을 걸으면 지옥에 떨어진다고 하더니만 끝내 지옥에 오고 말았구나. 근데 그 많고 많은 형벌 중 하필 절벽에 매달리는 형벌을 받을 게 뭐람.'

그는 평소에도 고소 공포중(高所恐怖症)이 있어 높은 곳에 올라가길 죽기보다 싫어했다. 그런 그가 이젠 깊이를 알 수 없는 절벽에 거꾸로 매달리게 되었으니 그 공포는 가히 말로 표현하기 힘든 것이었다. 그것도 언제 끊어질지 알 수 없는 연약한 넝쿨 줄기에 매달려 있는 것이니 말이다.

"제발 살려주세요. 염라대왕님이라도 있으면 좀 나와보세요. 다른

벌을 받겠습니다. 제발 좀 바꿔주세요. 흑흑흑."

우경은 이곳이 지옥인 줄 알고 연신 헛소리를 해댔다. 그때 표영이 위쪽에서 얼굴을 드러내지 않은 채 천음조화를 시전하며 할머니 음성으로 말했다.

"우경, 너는 어리석게도 어찌 허랑방탕한 생활을 살고 있느냐. 비록 너의 부모가 소홀히 키운 것이 문제라 하겠지만 넌 변해도 너무 변하고 말았구나. 내가 누구인 줄 알겠느냐? 나는 너희 집에 팔찌를 건넨 할머니다."

우경은 비로소 정신이 번쩍 들었다.

"할머니! 할머니, 잘못했습니다. 다시는 그러지 않겠습니다. 제발 용서해 주십시오. 앞으로 바른 사람이 되겠습니다. 흑흑흑… 용서해 주세요. 한 번만 기회를 주세요. 이렇게 지옥에서 평생을 살 수는 없습니다. 흑흑."

한쪽에서 이 대화를 듣고 있던 만첨과 노각은 이게 대체 어떻게 된 일인지 황당하기 그지없었다.

'이, 이번엔 또 뭐냐. 느닷없이 웬 할머니?'

'우경이라는 놈과 방주는 잘 알고 지낸 사이였나 보구나. 그래도 그렇지, 이 무슨 해괴한 짓이란 말인가.'

표영의 말이 이어졌다.

"나는 너희 집안이 화목하고 마음이 고와 복을 주려 함이었다. 하지만 지금에 와서는 호의호식하는 데 힘을 쏟을 뿐 아니라 방탕한 나날들을 보내고 있으니 계속 두고 볼 수 없었다. 만일 너와 가족들이 열흘 안에 마음을 고쳐먹고 예전의 모습으로 돌아간다면 용서할 것이로되 그렇지 않을 시엔 생명을 부지하긴 힘들 것이다. 세상사 내일 일을 모르는 법이다. 네놈들이 가난하게 살다가 갑작스레 부유하게 된 것처럼 반대로 부자에서 가난한 자가 될 수도 있으며 목숨까지 잃을 수 있다는 것을 명심하여라. 잊지 말아라. 열흘이다."

우경은 대답하기에 바빴다.

"감사합니다. 저에게 기회를 주셔서 감사합니다. 말씀대로 따르겠습니다. 부디 지켜봐 주십시오. 제발~"

표영은 이 정도면 충분히 심령에 새겨졌으리라 생각하고 위에서 넝쿨 줄을 마구 흔들었다.

"으아악~! 살려주세요! 앞으로 잘한다니까요. 갑자기 왜 그러세요. 허어억!"

우경은 몸이 좌우로 극심하게 출렁거리자 곧 절벽에서 떨어질 것 같은 두려움에 휩싸여 어쩔 줄을 몰라 했다. 심장이 벌렁거리며 가슴을 뚫고 나올 것만 같았고 두 눈알도 당장에라도 튀어나와 절벽 아래로 떨어질 것만 같았다. 급기야 우경은 한소리 처절한 단말마를 외치고 혼절하고 말았다.

"커어억~!"

표영은 슬금머니 절벽 아래를 내려다보고 계획한 대로 혼절했는지를 확인했다.

"후후, 이 정도면 충분하겠지."

그리곤 넝쿨을 잡아채 우경을 끌어 올렸다. 살짝 잡아챈 것에 불과했지만 깔끔하게 우경의 몸이 솟구쳐 공중으로 비상했다. 안전하게 몸을 받아 든 후 넝쿨 줄을 풀고서 가볍게 몸을 주물러 곧 정신이 들도록 해주었다. 늦어도 반 시진 이내에는 정신을 차릴 수 있을 터였다.

"자, 우린 이만 내려가자."

표영이 큰일을 치르고 만족해할 때 만첨과 노각은 아리따운 소춘의 손을 한 손 씩 잡고 어루만지면서 흐뭇해하고 있었다. 표영의 눈에서 불길이 일었다.

"이것들이 그냥… 콱!"

벼락같이 달려가 주먹을 교차하며 둘을 흠씬 두들겼다.

"어쿠쿠! 살려주세요, 방주님."

"으거걱! 다신 안 그럴게요. 손이 너무 곱다 보니 그만… 커억!"

실컷 두들겨 맞은 둘은 두 눈을 질끈 감고 바닥에 엎어져 간신히 숨만 내쉬었다. 표영은 손을 탈탈 털었다.

'자식들, 까불고 있어.'

근데 표영이 소춘의 손을 보고 있자니 정말로 고왔다.

'후후… 진짜 곱긴 곱구나.'

표영은 씨익 웃고는 만첨과 노각을 발로 툭툭 차며 말했다.

"셋 셀 동안 일어나지 않으면 아래로 던져 버린다. 하나, 둘… 흐흐, 그래야지. 가자."

어느새 일어난 만첨과 노각을 데리고 표영은 휘파람을 불며 산 아래로 향했다.

우조환의 안색은 하루하루 노랗게 변해갔다. 자다가 비명을 지르며 벌떡 일어나 식은땀을 흘리는가 하면 간혹 식사를 하는 중에도 멍하니 정신 나간 사람처럼 초점을 잃기도 했다.

그건 비단 우조환에게만 나타난 현상이 아니었다. 그의 부인 모가영도 일체 외출을 삼가고 집에 틀어박혀 수심이 가득한 얼굴로 왔다

갔다 했다. 아들 우경의 경우는 그 증세가 더욱 심각했다. 절벽에서 고공 곡예를 한 탓에 자다가 경기를 일으키기도 했고 식사는 하루에 한 끼 정도도 먹는 둥 마는 둥 했다.

삼 일이 지나면서 차츰 그들은 서로를 돌아볼 여유가 생겼다. 각자가 자신이 들은 것을 말해 주어야겠다고 생각하면서도 가족들이 받아들일 수 있을까 염려하며 망설이고 있었던 것이다. 그러다 보니 서로에게 평소와 같지 않은 모습들을 발견하고 기이하게 여겼다. 그런 가운데 집안의 가장인 우조환이 어렵사리 먼저 말을 꺼냈다.

"내가 필히 이야기할 것이 있는데……."

우조환은 근년에 들어 제대로 가족 간의 대화가 이루어진 적이 없었기에 조심스럽게 한 말이었지만 모가영과 우경은 선뜻 응했다.

"좋아요."

"좋습니다, 아버지."

오랜만에 진지하게 탁자에 앉은 가족은 잠시 동안 말이 없었다. 이들은 이제껏 식사도 따로따로 할 정도로 서로에게 관심이 없었고 대화는 짧고 간단하게 이루어져 왔었다. 예를 들자면 우조환과 우경의 대화는 '오셨어요', '응' 이것이 전부였고, 우조환과 모가영은 아예 대화 말 자체가 없을 지경이었다. 그저 앞에서 왔다 갔다 하는 것이 전부였다. 이렇다 보니 우조환도 이야기를 하자고 해놓고 무슨 말부터 꺼내야 할지 막막했다.

'이제 6일밖에 안 남았지 않은가. 이대로 죽을 수는 없지 않겠어.'

우조환은 크게 심호흡을 한 후 입을 열었다.

"부인, 나는 요즘 들어 악몽에 시달리고 있소. 꿈이야 이런저런 꿈을 꿀 수도 있는 것이겠지만 사흘 전부터는 계속 한 사람의 꿈만 꾼

다오."

모가영과 우경의 귀가 솔깃해졌다. 꿈이라니. 자신들이 하고 싶은 말을 그가 하고 있지 않은가. 우조환의 말이 이어졌다.

"사실은 5년 전에 우리 집에 팔찌를 남겨두고 가신 할머니가 나타난다오. 그 할머니가 말씀하시길 내게 크게 실망했다고 합디다. 과거의 내가 아니라는 말을 하면서 말이오. 사실 그 할머니는 하늘의 지성 존자로 많은 사람을 이롭게 할 수 있는 사람을 찾아다니다가 내게 온 것이라고 했소. 난 솔직히 믿고 싶지 않았지만 꿈에서든 길을 걸을 때든 너무도 생생하게 할머니의 음성이 들리는지라 견딜 수가 없구려."

우조환은 재물을 다 처분해야 한다는 말을 해야 했기에 차마 식구들의 눈을 마주칠 수가 없었다. 하지만 이미 모가영과 우경은 입이 쩍 벌어진 채 다물 줄을 몰랐다. 우조환의 말을 듣는 순간 말로 형용 못할 공포가 등줄기를 타고 올라왔던 것이다. 그도 그럴 것이 같은 꿈을 꾼다는 것도 무서운 데다 머리 속에 할머니가 들어 있는 것처럼 길을 걸을 때나 무엇을 먹을 때나 갑작스럽게 목소리가 들려오곤 했으니 말이다.

우조환은 괴팍한 성격으로 변한 아내가 버럭 신경질적으로 반응하며 '어디서 잡소리를 하는 거예요' 라고 할 줄 알았다. 그런데 아무 소리가 없자 고개를 들어 바라보았다. 그는 놀라 안색이 흙빛이 되어버린 아내와 아들을 바라보며 덩달아 놀라 물었다.

"왜, 왜 그러시오, 부인! 경아, 너는 또 왜 그러느냐?"

모가영이 떨리는 음성으로 입을 열었다.

"그, 그게 사실은… 저도 그 꿈을 꾸었지 뭐예요."

우경 또한 아버지와 어머니를 번갈아 쳐다보며 말했다.

"어, 어떻게 그런 일이… 저, 저도 할머니의 음성을 들었습니다."
 우경의 말이 떨어지자 세 명 모두는 극단의 공포감을 느꼈다. 이제는 급기야 하늘의 징계라고 생각하기에 이른 것이다.
 "그, 그럼 진실로 그 할머니는 하늘의 지성존자였단 말인가?"
 두 사람까지야 어찌어찌 우연이라고 우겨보겠으나 세 사람이 일치한다는 것은 있을 수 없는 일이었다. 짜고서 할 수 있는 것도 아니잖은가. 게다가 그동안 가족 간에 서로를 얼마나 불신하고 있었던가 말이다. 급기야 우경이 온몸을 부들부들 떨었다. 추운 겨울도 아니건만 그 어떤 한기보다 더한 추위가 뼛속까지 후벼파는 듯했다.
 "저, 저, 저는 이, 이렇게 주, 죽을 수는 어, 없어요."
 두려움에 쌓인 우경의 말에 우조환이 어깨를 감싸주었다. 참으로 오랜만에 취해본 손길이 아닐 수 없었다. 그는 부인을 향해 침중하게 말했다.
 "이번 일은 우리가 버틸 수 있는 것이 아닌 것 같구려. 부인 생각은 어떻소. 할머니, 아니, 지성존자님께서 하신 말씀대로 해야 하지 않겠소?"
 모가영은 도박을 하다가 마작패가 가루가 되고 벽에 해괴한 글자가 기록된 것까지 보았던 터라 이견이 있을 리가 없었다.
 "그렇게 해야겠지요. 원래 우리 것도 아니었으니 어쩌면 당연한 것 아니겠어요. 휴우~"
 우조환은 아내가 고분고분하게 말하는 것이 언제였던가를 생각하고는 감회가 새로웠다.
 "음… 요 며칠 사이 나는 많은 생각을 했소이다. 나는 과연 5년여 동안 행복했던가 하고 말이오. 하지만 정작 내 마음속 깊은 곳에서는 진정 행복하지 않았음을 느꼈다오. 그동안은 그저 돈을 쓰고 놀며 즐기는 것이 행복이다라고 내 스스로에게 최면을 걸었던 것이 아닌가 싶소이다. 어쩌면 적게 벌더라도 땀을 흘려 수고한 대가를 얻었을 때라야 한 푼 한 푼 쓰더라도 즐거운 것이 아닐까 싶구려."

그렇게 말문을 연 우조환에 이어 모가영과 우경 또한 마음에 있는 말들을 토해냈다. 모가영은 처음엔 반발심으로 밖으로 싸돌았지만 점점 정신은 황폐해 감을 느꼈다며 진심으로 마음을 돌이켜야겠다고 했다. 우경 또한 앞으로 보람된 삶을 살아보겠노라고 다짐했다. 점점 이야기가 진행될수록 세 사람은 마음이 일치되어 감을 느끼고 진정 가족다운 모습을 보였다.

"내일부터 가산을 정리하도록 하겠소. 살아가는 데 구차하지 않을 정도만 남겨두고 앞으로는 없는 가운데서도 베풀며 삽시다."

그 말을 듣는 모가영과 우경의 마음에도 어느새 따스함이 피어나고 있었다.

12장
걸인의 철칙

걸인의 철칙

만첨과 노각은 죽을 맛이었다. 그런 감정이 피어 오른 동기는 표영으로부터 받은 두 가지 지시 때문이었다.

1. 식사는 절대 음식점에서 사 먹어서는 안 된다. 우리의 길은 오로지 구걸뿐이다.
2. 앞으로 목욕이라는 것은 없다. 또한 내 허락 없이 옷을 갈아입는 것 또한 용납치 않겠다.

이제껏 자유스럽게 강호를 활보하던 둘은 감옥 아닌 감옥에 갇힌 꼴이 돼버리고 만 것이다. 아니, 어쩌면 감옥이 더 나을런지도 몰랐다. 그곳에서는 가만히 있어도 제때 밥은 나오지 않는가.
"정말 추접스러워서 못 살겠네. 아이, 씨팔."

"휴우~ 어쩌겠나. 이것이 운명인가 보다 해야지. 우린 코 꼈어."

둘은 표영이 골목 어귀에 기대 잠든 것을 확인하고 거리를 두고 떨어져 앉아 신세 한탄 중이었다. 이 정도면 들을 수 없을 것이라고 나름대로 계산한 터였다.

"평생을 이렇게 살아야 한다면 독이 발작하기도 전에 미쳐서 죽고 말 거란 말일세."

만첨이 얼굴이 붉어지도록 불만을 토해내자 노각이 다시 길게 한숨을 내쉬었다.

"휴우~ 다 부질없는 소리야. 우린 저승사자보다 더 지독한 이와 동행하지 않을 수 없지 않나."

표영에게 생명을 맡긴 것이나 다름이 없기에 노각의 저승사자에 대한 비유는 적절한 것이었다.

"세상에서 저렇게 추접한 저승사자가 있을려고… 에잇, 더러워서 원."

"그만 하게. 정 못 견디겠으면 가서 따져 봐. 그렇지 못할 거면 그냥 잠자코 있는 게 속 편할 거네."

노각의 말에 만첨이 발끈했다.

"따져 보라니! 노각, 야 이 새끼야! 그래도 니가 친구냐. 엉! 죽고 싶어!"

이제까지 소곤소곤대던 만첨이 큰 소리를 내며 주먹을 날릴 기세를 부렸다. 노각도 열이 받기는 마찬가지였다.

"어따 대고 새끼를 부르짖냐, 이 호로 상놈의 자식아! 그래, 붙어보자!"

만첨과 노각이 으르렁거리며 일촉즉발의 상황에 돌입해 있을 때였다.
"만첨!"
'이건 방주의 목소리!'
만첨은 귀에 가까이 대고 말하고 있는 듯 들리는 목소리에 순간 얼음처럼 몸이 굳어버렸다.
"……."
만첨뿐 아니라 노각도 쥐 죽은 듯이 입을 닫았다.
"만첨~"
음성이 커지며 만첨의 고막에 울림이 한층 더해지자 만첨은 쪼르르 달려갔다.
"네, 방주님. 부르셨습니까."
표영은 벽에 기댄 채 여전히 눈을 감고 말했다.
"듣자 하니 불만이 많은가 보구나. 그렇지?"
'헉! 들렸단 말인가?!'
만첨은 뜨끔해졌다.
"에헤헤… 불만이라뇨. 제가 어찌 하늘 같으신 방주님께 불만을 품을 수 있겠습니까."
번쩍 하고 표영이 눈을 떴다.
"그래? 그럼 내가 잘못 들었나 보군. 너, 지금 배고프지 않니?"
긴장이 풀린 만첨이 몸을 배배 꼬며 배시시 웃었다.
"어헤헤… 조금 배가 고프긴 합니다만 참을 만합니다."
표영이 느릿하게 자리에서 일어나 진중한 어조로 말했다.
"그으래에~"
말을 길게 빼며 표영이 여운을 남기자 만첨의 얼굴이 확 변했다.

걸인의 철칙 189

꿀꺽.

만첨의 침을 삼키는 소리가 요란스럽게 났다. 표영이 가슴을 쿵쿵 두드리며 입을 열었다.

"거지란 모름지기 배가 고파선 안 되는 법. 거지의 신조는 어떤 일이 있어도 제때 식사를 해야 한다는 것이다. 자, 가자."

"아, 아니, 전 괜찮은데요."

하지만 표영이 성큼성큼 앞서 가자 어쩔 수 없이 만첨은 그 뒤를 따를 수밖에 없었고 노각도 덩달아 따랐다. 표영은 개 짖는 소리가 나는 집 앞에 멈춰 서서 살며시 문을 열었다. 문 앞쪽에 개집이 보였고 누렁이 한 마리가 '어떤 새끼야' 란 식으로 빼꼼이 머리를 내밀고 바라보았다. 하지만 그것도 잠시, 누렁이는 표영을 보자마자 그만 빳빳하게 경직되고 말았다. 그건 동물들이 천적을 만났을 때 오금이 저리며 어떻게 해야 할지 몰라 단 한 발자국도 뗄 수 없는 것과 같은 현상이었다.

"낑낑… 낑낑……."

그저 누렁이는 다 죽어가는 신음을 내며 항복을 선언하는 소리만 간신히 내뱉을 뿐이었다. 만첨과 노각은 그 모습에도 크게 놀라지 않았다. 이틀 간 따라다니면서 만났던 개들마다 저러한 반응을 보였으니 이젠 당연하다는 생각을 하기에 이른 것이다. 하지만 처음 이런 광경을 접했을 땐 얼마나 놀라고 황당했는지 모른다.

"개들이 미쳤나."

"왜 짖질 않아."

정말이지 거지왕초는 뭔가 달라도 다름을 느꼈던 터였다. 그들은 표영이 견왕인 것까지는 몰랐지만 마음 가득 대단한 거지임에는 의심의 여지가 없다고 생각했다. 둘은 누렁이를 바라보며 이곳에서 또 비참하게 구걸을 하게 될 것이라 생각하자 침울함에 빠졌다.

'누군가 황금을 싸 짊어지고 와서 이 짓을 하라고 해도 못할 짓이건만······.'

'휴우~ 목숨이 담보로 잡혀 있으니 어쩔 수가 없구나.'

하지만 사실 사태의 심각성은 그들의 생각을 훨씬 뛰어넘는 것이었다. 표영은 성큼성큼 걸어가 누렁이의 머리를 가볍게 툭툭 쳤다. 누렁이는 잔뜩 겁에 질려 목을 쑥 집어넣었다. 재수없으면 오늘 죽을 수도 있는 것이다. 어쨌든 살기 위해서는 최대한 송구스러운 모습을 보여야 한다고 생각한 누렁이는 눈을 내리깔고 처분만을 기다렸다.

"누렁아, 고생이 많구나. 녀석."

의외로 따뜻한 말에 누렁이는 벅찬 감격에 휩싸였고 만첨과 노각은 헛바람을 들이켰다.

'방주가 또 개하고 말을 하네. 지금 벌써 몇 번째냐.'

'저 개가 진짜 무슨 말인지 알아듣는 걸까?'

표영은 몇 차례 더 톡톡 친 후 개집 앞에 놓여 있는 누런 국물로 이루어진 개 밥그릇을 집어 들었다.

"잠깐 한 끼만 봉사해라. 알았지?"

누구의 명령이라고 누렁이가 거부하겠는가. 그저 목숨만 부지해도 감지덕지할 상황인데 말이다.

헤헤헥.

누렁이가 혀를 내밀며 마구 꼬리를 흔드는 것으로 대답을 대신했

걸인의 철칙 191

다. 개 밥그릇엔 몇 차례 누렁이가 핥아먹었는지 밥풀이 윗면 여기저기에 묻어 있었다. 만첨과 노각은 방주가 뭐 하려고 개 밥그릇을 드는지 의아함으로 가득 찼다.

'서, 설마⋯⋯ 그, 그럴 리는 없겠지. 아무렴. 거지도 사람인데 그럴 리는 없을 거야.'

'왜 저러시나. 호, 혹시⋯⋯.'

만첨이 짐작한 '설마'와 노각의 '혹시'는 안타깝게도 현실이었다.

"만첨, 아까 배고프다고 했지? 자, 먹어둬라. 그릇을 만져 보니 아직 따뜻하구나. 식기 전에 먹어야 제 맛이 나니 어서 먹어라."

표영이 개밥을 놓고서 태연히 말하자 만첨은 소스라치게 놀라며 하마터면 혀를 깨물어 버릴 뻔했다.

"네?! 이, 이것을요?!"

표영이 뭐 그런 것을 묻냐는 듯이 힘차게 고개를 끄덕였다.

"응!"

표영의 바짓자락이 한 움큼 내려왔다. 만첨이 경악성을 터뜨리며 철퍼덕 무릎을 꿇고 표영의 바짓가랑이를 잡고 용서를 빈 것이다.

"방주님! 제발! 이건 사람의 할 짓이 아닙니다. 제발요~ 전 불평을 터뜨린 것이 아니라 아직 적응이 안 되어 무슨 말인지도 모르고 한 소리였습니다요. 제발요~"

하지만 표영은 대답 대신 허리에 차고 있던 타구봉을 꺼내 들었다.

"무슨 뜻인지 알고 있지?"

만첨이 모를 리가 있겠는가. '맞고 먹을래 그냥 먹을래'란 뜻이잖은가. 옆에서 보고 있던 노각은 힘겹게 가슴을 쓸어 내리며 안도의 한숨을 내쉬었다. 이 얼마나 다행스런 일인가. 이건 천행이라고밖에는 달리 표현할 길이 없었다. 그는 스스로에게 굳게 다짐했다.

'노각, 잘했어. 앞으로는 절대 방주 앞에서 허튼소리를 하면 안 돼. 씹더라도 그냥 속으로만 씹어야 하는 거야. 알겠지?'

한편 개밥의 원래 소유자인 누렁이는 그 광경을 애잔한 눈빛으로 바라보았다. 꼭 그 눈빛은 이렇게 말하고 있는 것만 같았다.

―먹으면 안 되는데… 쩝. 견왕께서 드신다면 몰라도 저런 헐렁한 놈한테 내 밥을 뺏기다니… 정말 통탄할 일이로구나.

누렁이는 제발 먹지 말기를 바라는 마음인 반면 만첨은 하늘이 노래졌다.

'도대체 세상이 어떻게 된 것이란 말이냐. 나는 갑작스레 다른 세상에라도 와버린 걸까? 어떻게 내가 거지를 방주로 모시게 되었으며 방주라는 작자는 내게 독을 먹게 하고, 거기에서 그치지 않고 또 이젠 개밥을 먹게 한단 말인가. 아! 푸짐한 상차림도 만족스럽게 여기지 않았던 내가 이 무슨 꼴이란 말인가.'

그는 마음으로 울부짖었지만 결코 피해갈 수 없음을 잘 알고 있었다. 그가 바라보는 관점에서 방주는 절대 정상인이 아닌 것이다. 극독을 복용케 할 때도 태연자약한 모습으로 대수롭지 않게 먹였는가 하면, 절벽에 사람을 매달아놓은 후엔 할머니 목소리를 내며 괴상한 소리를 지껄인 것도 도무지 이해할 수가 없는 노릇이었다. 근데 이젠 개밥까지 먹으라니…….

'그래, 씨팔. 먹자, 먹어. 독약도 먹었는데 이까짓 것 못 먹겠어!'

만첨은 마음을 모질게 먹고 개밥을 먹기 시작했다. 어쩔 수 없이 먹는 점도 있었지만 다른 한편으로는 반항심의 표출과 오기로 우적우적 먹어댔다. 하지만 오기도 오기 나름인 것이다. 표영 앞에서 개밥 가지고 오기를 부리다니 택도 없는 발상이 아닐 수 없었다. 투정을 부리거나 반항심을 표출할 때는 상대를 봐가면서 해야 어느 정도 통하는 법이다.

표영은 만첨의 모습을 보며 아낌없는 찬사를 터뜨렸다.

"장하다, 장해. 암, 그렇지. 그렇게 꼭꼭 씹어 먹는 거야. 꼭꼭 씹어 먹으면 깊은 맛이 새록새록 나오게 되거든. 그 맛이 일품이지. 정말 훌륭하다, 훌륭해."

힘을 내어 먹고 있던 만첨은 그 말을 듣자 서러움이 밀려들었다. 그리고 울컥하니 눈물이 주르륵 흘러내렸다. 표영이 무겁게 고개를 끄덕이며 또 말했다.

"보이느냐, 노각! 저 감동에 젖은 눈물을 말이다."

노각이 얼떨떨하니 가까스로 대답했다.

"네? 네… 정말 보고 있는 저로서도 가슴이 뭉클해지는 장면입니다."

그 말은 만첨의 아픈 가슴을 한 겹 더 도려내는 칼질과 같았다. 친구라면 그렇게 말해서는 안 되는 것이다. 혹시나 하는 마음에 자신이 먹게 되지는 않을까 노심초사하는 마음은 이해하지만 이건 아니었다. 게다가 이제 둘은 진개방의 한 식구가 아니던가 말이다.

'저런 놈을 내가 이제껏 친구라고 믿고 있었단 말인가!'

만첨은 이를 갈며 개밥을 주섬주섬 먹었다. 그렇게 절반쯤 먹었을까. 그는 표영을 향해 씩씩하게 말했다.

"방주님! 드릴 말씀이 있습니다."

"뭔데?"

"오늘 이와 같이 방주님의 가르침을 받고서야 비로소 세상의 모든 것은 마음먹기 나름임을 깨달았습니다. 비록 이것이 개밥이긴 하지만 근본적으로 이것은 개밥이기 이전에 귀한 양식입니다. 전 오늘 진정한 가치는 외적인 형태에 있는 것이 아니라 그것이 과연 어떤 목적을 이루는 데 도움을 줄 수 있는가가 중요함을 절실히 느꼈습니다."

"오호~"

표영은 이 짧은 순간 참거지로서의 깨달음을 얻은 듯한 만첨의 말에 감탄을 발했다. 하지만 옆에 있던 노각은 불안함을 감출 수가 없었다.

'저놈이 미쳤나? 지금 무슨 소리를 하고 있는 거야?'

만첨의 말은 계속 이어졌다.

"그리하여 저는 앞으로도 개밥을 먹을 각오가 충분히 되어 있습니다. 이런 마음을 품은 이 순간 제가 느끼고 깨달은 것을 혼자서만 얻는다는 것은 친구인 노각에게 참으로 미안하지 않을 수 없습니다. 부디 노각에게도 걸인의 길이 얼마나 복된 길인지를 깨달을 수 있는 기회를 주십시오."

"오호라~!"

표영이 다시 감탄을 발했다. 하지만 노각은 숨이 넘어갈 것만 같았다.

"허걱! 너, 너 정말……."

'이 새끼, 내가 네놈에게 무슨 잘못을 했다고…….'

노각은 눈에 불을 켜고 만첨을 노려봤지만 이미 그에겐 거역할 수 없는 지상 명령이 떨어지고야 말았다.

"나머지는… 노각, 네가 먹어라."

노각은 다급히 손을 저으며 말했다.

"바, 방주님… 어찌 남이 열심히 먹는 것을 빼앗아 먹을 수 있겠습니까. 전 그렇게 할 수 없습니다. 부모님께서 말씀하시길 다른 사람의 음식을 빼앗아 먹는 사람처럼 나쁜 사람은 없다고 하셨습니다."

하지만 노각의 말은 한줄기 바람과 함께 어디론가 사라져 버렸다.

"자자, 어서어서 식기 전에 먹어야 해. 안 그러면 참맛을 못 느낀다니까. 아까부터 계속 이야기했는데 내 말을 허투루 들은 거냐."

표영이 신바람이 나서 다그치자 노각은 눈물을 머금고 주저앉아 개밥을 먹기 시작했다. 복수에 성공한 만첨이 속으로 득의한 미소를 머금은 것은 당연한 것이었다.

'흐흐… 노각아, 노각아. 나만 구렁텅이에 빠뜨리고 무사할 줄 알았느냐.'

노각이 토할 것 같은 기분을 억지로 참고 나머지를 거의 처리할 즈음 표영이 속을 뒤집어놓았다.

"국물이 일품이거든! 국물 남기면 곤란해. 알았지?"

너무 기가 막혀 하마터면 다 쏟을 뻔했지만 어쩌겠는가. 목숨을 맡긴 상태이니 말이다. 결국 노각은 국물까지 깨끗이 먹어치웠고 밥 주인인 누렁이만이 처연한 눈빛으로 지켜볼 따름이었다. 다 먹은 것을 확인한 표영이 아쉬움과 안타까움에 빈 그릇만 응시하고 있는 누렁이의 머리를 쓰다듬으며 위로했다.

"누렁아, 오늘 큰일했다. 앞으로도 개의 사명에 충실해야 한다. 알겠지?"

누렁이는 기쁨에 겨워 어쩔 줄을 몰라 했다. 자신의 천적이자 절대 존경의 대상인 견왕이 머리를 쓰다듬어 주는 것이 아닌가. 이게 꿈인지 생시인지 구분이 안 갈 지경이었다. 아까까지 개밥을 뺏겨 서운했던 감정이 봄눈 녹듯이 녹아내렸다.

왈왈~

만첨과 노각은 느글거리는 속내를 간신히 진정시키며 방주의 하는 양을 지켜보았다.

'저러다 우리한테도 개하고 말하라고 시키는 것은 아닐까 모르겠네.'

'제길, 저 누렁이 정말 좋아하는구나.'

누렁이 집에서 걸음을 옮긴 표영은 두 사람과 나란히 걸으면서 말했다.

"아까 만첨의 말을 들어보니 참으로 내가 사람 하나는 잘 뽑았다는 생각이 들었다. 난 과연 네놈들이 진정한 거지가 될 수 있을까 의문이었거든. 하지만 아까 만첨의 말은 너무 감동적이었어. 아! 다시 생각해 봐도 멋진 말이 아니더냐."

만첨과 노각은 기가 막힌지 이를 앙다물고 터져 나오려는 신음성을 간신히 참았다.

'뭔가 불안해.'

표영의 말이 이어졌다.

"그래서 말인데… 앞으로 6일 동안 이곳에 머물며 우가장의 상황을 살필 것인즉 그동안 너희는 개밥으로 식사를 대신하도록 해라."

만첨과 노각은 몸이 굳어버려 걸음을 멈췄다. 만첨은 만첨대로 후회가 밀려들었고 노각은 만첨이 원망스럽기만 했다. 둘의 눈에서는 하염없이 눈물이 흘러내렸다.

"명심해라. 절대 끼니를 걸러서는 안 돼. 알겠지? 가자."

표영은 배시시 웃으면서 뒤에서 눈물짓는 두 부하에게 어서 오라고 손짓했다.

13장
칠옥삼봉

칠옥삼봉

사마세가의 독자 사마복은 하령산 중턱에 자리를 잡고 주변 경치를 둘러보며 연신 싱글거렸다. 그는 지금 칠옥삼봉(七玉三鳳)이라 불리우는 천하의 기재들 중 네 명과 함께 조촐한 시간을 보내고 있는 중이었다.

"하령산은 언제나 봐도 경관이 놀랍답니다. 게다가 훌륭한 분들과 함께 있노라니 절로 흥이 돋는 게 마치 신선 놀음을 하고 있는 듯합니다."

그 말에 제갈세가의 기대주 제갈호가 고개를 끄덕이며 사마복의 말을 받았다.

"모두 다 사마 형의 생일 덕분 아니겠습니까. 어찌 이리 훌륭한 곳이 있을 것이라 생각할 수 있었겠습니까. 칠옥삼봉 중 다른 분들도 모두 오셨으면 좋으련만 그 점이 아쉽습니다."

"그러게 말입니다."

지금 이 자리에 모인 이들은 칠옥삼봉이라 불리우는 열 명의 기재 중 다섯이었다. 칠옥삼봉이라 함은 강호에서 이름을 날리는 젊은 신예고수들을 칭하는 말이었다. 이들은 젊은 나이에 고강한 무공으로 두각을 나타내었고 앞으로 강호를 이끌어갈 인물로 꼽히고 있었다.

강호는 수많은 젊은 고수들 가운데 오직 이들 열 명에게만 이런 칭호를 붙여주었으니 그들 개개인의 능력은 대단한 것이라 할 수 있었다. 이 가운데 하령산 중턱에서 환담을 나누는 이들은 칠옥에 속하는 이로 사마세가의 사마복과 제갈세가의 제갈호, 그리고 남궁세가의 남궁진창이 자리했고, 삼봉 중엔 아미파의 주약란과 남해검파의 교청인이 함께하고 있었다. 그 외 무당파의 표숙, 그리고 소림의 지공, 곤륜파의 막여충, 화산파의 양일원과 삼봉 중 천선부의 오경운은 문파의 사정상 참여하지 못한 터였다.

이날 모임은 사마복의 24번째 맞는 생일잔치를 마친 후 칠옥삼봉의 기재들만 따로이 하령산에 올라 여흥을 즐기고 있던 터였다. 한참 이런저런 담소를 나누고 있을 때였다. 사마복의 눈이 숲 속을 스치다가 한순간 번쩍 하고 빛을 뿜었다.

'저건 백호(白虎)다!'

다른 이들도 사마복의 표정을 읽고 얼른 그의 시선이 있는 곳을 바라보았다. 그곳엔 흰 털에 뒤덮인 호랑이가 잽싸게 모습을 감추고 있는 중이었다. 백호는 하령산의 주인과 같이 행세하는 영물(靈物)이었다. 이 지역에 터를 잡고 있는 사마세가의 고수로서 사마복은 언젠가는 백호를 꼭 잡아보겠노라고 생각하고 있었던지라 얼른 제갈호와 남궁진창 등을 향해 입을 열었다.

"방금 보신 백호를 함께 잡으러 가는 게 어떻겠습니까?"

뜻밖의 제안이었지만 모두는 흔쾌히 고개를 끄덕였다. 이들도 하령산에 오르기 전 백호에 대한 소문을 듣고 궁금해하고 있던 차였다.

"그거 재밌겠습니다그려."

"누가 걸음이 제일 빠른지 호랑이를 빌어 겨루어봅시다."

"좋지요."

"호호호, 백호가 왠지 불쌍하게 느껴지는걸요."

모두는 흥겹게 한마디씩 내뱉으며 누가 먼저랄 것도 없이 신법을 발휘해 백호가 사라진 방향으로 달리기 시작했다.

스스슥.

풀을 스치는 소리가 요란하게 울리며 다섯 명의 젊은 고수들은 서로에게 뒤질세라 전력을 다해 질주했다. 숲은 여기저기 나무가 불규칙적으로 자리해 이동하기 힘들 터인데도 이들은 기기묘묘한 신법을 구사하며 바람처럼 달렸다. 모두들 하나같이 선남선녀의 외모를 지닌 터라 그들의 모습은 한 폭의 그림을 보는 듯이 화려하고 아름답기까지 했다.

백호는 평이하게 달리다 뒤쪽에서 심상치 않은 기운으로 짖쳐 오는 무리들을 보곤 이내 힘을 다해 달음질쳤다. 백호의 본능적 감각은 상대가 보통 내기들이 아님을 말해 주고 있었던 것이다.

사마복 등은 백호의 뒷모습을 보고 곧 따라잡을 수 있을 것이라 생각했으나 거리는 좀체 좁혀지지 않았다. 그럴 법한 것이 백호는 일반 호랑이와는 달리 그 덩치가 거대함에도 불구하고 동작의 빠름은 혀를 내두르게 할 지경이었던 것이다. 게다가 백호로서는 하령산의 산세와 지형을 꿰뚫고 있어 그 동작엔 막힘이 없었다. 하지만 뒤쫓는 젊은 기재들은 전력을 다해 쫓기엔 지형의 변화가 커 급작스럽게 멈춰야 하거나 옆으로 꺾어야 하는 등 애로 사항이 많았다. 이런 상태로 점점 거리가 멀어지자 제갈호가 품에서 수라전을 빼 들었다.

수라전은 여섯 개의 톱니로 이루어진 표창이었다. 검지와 중지 사이에 끼운 채 진기를 유입해 날리게 되는데 기의 운용함에 따라 미리 설정된 방향으로 날리면 그대로 움직여 목표물을 꿰뚫는 가공할 위력을 지닌 무기였다.

쐐액—

공기를 가르는 파공음이 나면서 백호의 등판은 당장에라도 수라전이 꽂힐 것만 같았다. 하지만 수라전이 백호에게 거의 이르렀다 싶었을 때 백호는 몸을 수평으로 이동하여 수라전을 피해 버렸다. 그건 마치 무림고수가 암기를 피해내는 것같이 민첩하기 그지없는 동작이었다.

"오호~"

제갈호는 아쉬움보다는 감탄이 앞섰다. 한낱 미물인 호랑이가 어지간한 고수들도 피하기 힘든 수라전을 피한 것이다. 다른 이들도 놀랍기는 마찬가지였다.

'정말 보통 호랑이가 아니구나.'

'수라전은 적어도 세 개 정도는 한꺼번에 던져야 가장 효과적이라 했다. 하지만 제갈형이 힘을 다해 던진 것만은 사실이건만 어렵지 않게 피해내다니…….'

하지만 도리어 백호의 이번 동작은 이들 다섯에게 강한 투지를 심어주었다. 백호는 수라전을 피하느라 주춤했고 그 작은 시간 동안에 거리는 좁혀졌다. 백호가 일순 커다란 포악성을 질렀다.

"어흥~!"
 마치 기합이라도 외치는 듯 백호는 소리를 내지르고 급작스럽게 방향을 바꿔 동남쪽으로 치달렸다. 백호는 방향을 바꾼 뒤로 거세게 달리다가 뒤를 슬쩍 바라보았다. 어느 정도의 간격을 유지하고 있는지 확인코자 함이었다. 백호는 쫓는 기세가 수그러들지 않음을 보고 한 번 더 괴성을 토해내더니 더욱 힘차게 달려 거리를 벌여놓았다. 현재 사마복 등은 전력을 기울여 달려가고 있었지만 점점 시간이 갈수록 거리는 조금씩 멀어져 갔다. 그때였다. 달리던 제갈호가 길게 휘파람을 불고서 큰 소리로 말했다.
 "잠깐만 멈춰보십시오! 드릴 말씀이 있습니다!"
 빠르게 달리던 중 제갈호가 멈춰 서자 다른 이들도 신형을 멈추었다.
 "갑자기 무슨 일입니까?"
 모두가 의아한 눈으로 바라보자 제갈호가 눈빛을 빛내며 말했다.
 "이대로 가서는 백호를 잡을 수 없을 듯합니다. 다른 방법을 취해야 할 듯합니다만."
 "달리 복안이라도 있으신 겁니까?"
 사마복이 모두를 대신해 물었다.
 "쫓기보단 기다려야겠지요."
 "……?"
 제갈호가 중인들의 시선을 즐기듯 이어 말했다.
 "아까 백호가 갑자기 달리던 중 방향을 틀 때 언뜻 생각이 스쳤습니다. 그리고 계속 쫓는 중에 그 생각은 확신으로 다가왔습니다. 그건 분명히 지금 백호가 우리를 다른 곳으로 유인하려 한다는 것입니다."

"그게 무슨 말씀이십니까. 유인을 하다니요?"

"유인입니다. 추측컨대 그놈에겐 분명 새끼가 있을 겁니다. 놈은 처음에 우리에게 쫓기게 되자 모성 본능에 의해 새끼들이 있는 곳으로 달음질하게 되었으리라 추정됩니다. 그러다 우리의 추격이 예상보다 훨씬 위협적이자 새끼가 있는 곳에 가까이 이르러 불현듯 불안을 느낀 것이죠. 결국 자신이 새끼를 보호하기 위해서는 다른 곳으로 유인해서 따돌려야 한다고 생각하기에 이른 겁니다. 최악의 상황에서 죽더라도 새끼들만은 위험에 노출시키지 않으려는 것이죠. 기실 우리가 이대로 쫓아봐야 백호의 빠름을 쫓긴 힘듭니다. 그러니 이제 작전을 바꾸어 새끼들이 있는 곳에서 새끼들을 인질로 삼아 기다리고 있으면 쉽게 잡을 수 있지 않겠습니까?"

마치 자신이 호랑이라도 되는 듯한 자세한 설명에 모두는 감탄을 금치 못했다.

"대단하십니다그려. 삼뇌절선(三腦切扇)이라는 별호가 괜히 생긴 것이 아니로군요."

하지만 그중 남궁진창은 고개를 갸웃하며 다른 의견을 냈다.

"그건 좀 너무 지나친 비약이 아닐런지요. 그저 단순히 도망가는 것일 뿐이었을 수도 있지 않습니까? 허겁지겁 도망가다 보니 앞뒤 구분하지 않게 되었고 쫓기다 생각해 보니 길은 막다른 길이었는지도 모르는 일입니다. 유독 괴성을 지르며 달려간 것은 마지막 힘을 발휘한 것일 뿐 곧 힘이 빠졌을지도 모르는 일이 아니겠습니까. 괜스레 제갈 형 때문에 백호를 놓친 것이 아닐까 싶소이다."

제갈호가 껄껄 웃으며 말했다.

"그럴 수도 있겠군요. 하지만 백호는 이곳에서 오랫동안 살았을 터,

결코 길을 잘못 들지는 않았을 겁니다. 하지만 지금에 와선 백호를 쫓아가기 힘들게 되었으니 한번 가서 확인해 보도록 합시다. 만일 제 말이 틀렸다면 여기 있는 모든 분들께 한턱 단단히 내겠소이다."

"호호호, 그거 참 좋은 말이로군요."

교청인이 재밌겠다는 듯이 웃었다. 하지만 아미파의 주약란은 고개를 저으며 반대했다.

"안 됩니다. 우리는 정도(正道)를 걷는 인물들로서 어찌 호랑이 새끼를 인질로 삼아 백호를 잡는단 말입니까. 그건 사파에서 자주 쓰는 비열한 짓일 뿐입니다."

제갈호는 주약란이 남궁진창과 연인 사이임을 떠올렸다.

'후후, 팔은 안으로 굽기 마련이지. 꿀에 비호한다고 나서기는. 내가 타당한 말을 하니 둘 다 자존심이 상한 것이렷다. 미련하면 마음이라도 착해야지. 괜히 시기하기는……. 쯧쯧.'

하지만 겉으로는 태연한 기색으로 말을 받았다.

"주 소저께서는 너무 심약한 말씀을 하고 계시구려. 호랑이는 자칫 사람을 잡아먹을 수도 있으니 없애야 하지 않겠소? 게다가 비록 인질극이라고 해도 사람에게 적용되는 것이 아니라 한낱 짐승을 상대하는 것이니 너무 몰아세우지 마시구려."

자칫 잘못하다간 대화가 심각해질 수도 있다는 생각에 사마복이 손을 내저으며 재촉했다.

"자자, 너무 일을 크게 보지 마십시다. 어차피 우리 목적은 백호를 잡는 것이지 그 새끼를 잡으려 함이 아니잖습니까. 모두 함께 일단 그 쪽으로 가보도록 합시다."

사마복이 이렇게 말하고 나서자 남궁진창이나 주약란도 더 이상 따지기 어려워 그저 묵묵히 고개를 끄덕였다. 그 모습을 보고 사마복이 앞서 달렸다.

"자, 서두르시지요."

일행은 모두 아까 달려왔던 방향으로 돌아가 백호가 급히 방향을 틀었던 지점으로 이동했다.

"이곳입니다."

다섯은 학이 날개를 펼치듯 일정한 간격을 벌였다. 그리고 그 지점으로부터 호랑이 굴이 있을 법한 곳을 찾기 시작했다. 그런 가운데 호랑이 굴을 제일 먼저 발견한 것은 제갈호였다.

"이쪽입니다."

제갈호가 가리킨 곳에는 작은 동굴이 하나 보였다. 제갈호는 자신의 생각이 들어맞은 데다가 호랑이 굴로 여겨지는 곳까지 발견하게 되자 약간 의기양양해졌다.

'후후, 내 짐작을 벗어나진 못하는구나.'

그는 일행이 다 이르기도 전에 동굴 안으로 성큼성큼 들어갔다. 안으로 들어갈수록 퀴퀴한 냄새가 심해졌고 중간 정도 넘어서는 짐승 특유의 냄새가 코를 찔렀다. 역시나 예상했던 대로 깊숙한 안쪽에는 어린 호랑이 새끼 세 마리가 있었다. 호랑이 새끼들은 위험이 닥친 것도 모르고 서로 할퀴고 엉겨 붙으며 뛰노느라 정신이 없었다.

"자, 모두들 들어와 보십시오."

일행은 굴 안으로 들어가 진짜 호랑이 새끼가 있는 것을 확인하고 감탄사를 발했다.

"역시 대단하십니다."

"어유, 너무나 귀엽네요."

하지만 남궁진창과 주약란은 아무 말도 없이 그저 꽁하니 바라볼 뿐이었다. 둘은 제갈호를 그리 마음에 들어하지 않았다. 머리가 뛰어나고 무공이 고강한 것은 인정하지 않을 수 없었지만 왠지 편협하고 이기적인 느낌을 받았기 때문이다. 이때 사마복이 주위를 환기시켰다.

"우리의 목적은 백호입니다. 모두 나가 이곳 근처에서 은신하며 백호를 기다려 봅시다."

그들은 굴에서 약 20여 장(약70미터) 떨어진 수풀에 몸을 숨겼다. 일 식경(약30분) 정도가 지났을까. 생각과는 달리 백호가 나타나지 않자 점점 따분해지려 할 때였다. 백호가 오기만을 눈을 빼고 기다리던 다섯의 이목에 기다리는 백호 대신 세 사람이 다가오는 것이 보였다. 허나 그 세 사람의 모습은 참으로 괴이하기 짝이 없어 그들은 헛바람을 들이키며 놀라움을 나타냈다. 첫 번째 놀라움은 제일 앞쪽에서 걸어오는 젊은 거지의 모습이었다.

'세상에! 저런 추접스런 거지가 다 있었다니…….'

이들 명문가 자제들의 눈으로는 도저히 믿을 수 없는 모습이 아닐 수 없었다. 세상 누가 뭐라 해도 이들은 단언할 수 있었다. 이 세상에서 가장 거지 같은 놈이라고 말이다. 추접스런 놈 다음으로 두 번째 희한해하며 놀란 것은 뒤쪽에 따라오는 두 명의 중년 거지의 모습이었다. 그 둘은 땅바닥을 떼굴떼굴 구르며 이동하고 있었는데 뿌옇게 흙먼지를 일으키며 구르는 것이 보는 것만으로도 절로 '저런 미친놈들' 이라는 말이 나오게 만들었다.

'저 둘은 왜 걷지 않고 저리도 고생을 하는 것일까?'

그때 칠옥삼봉 인물들의 궁금증에 대답이라도 하듯이 앞에서 걷던 거지가 큰 소리로 떠들었다.

"야! 좀 더 몸을 옆으로 굴리란 말이야! 그래 가지고 몸에 때가 오르겠냐. 되도록 지면에 최대한 몸을 밀착시켜야 한다구!"

의문이 풀린 다섯은 기가 막혔다. 때를 벗겨도 시원찮은 판에 때를 만드는 작업을 하고 있다지 않은가. 그들로서는 세상에 저런 거지들이 있다는 소리는 듣지도 못했고 꿈에라도 생각해 본 적이 없었다. 이제 어느덧 칠옥삼봉 중 다섯의 관심사는 백호보다는 세 명의 거지에게 집중되었다. 앞에 가는 거지의 다그침이 이어졌다.

"시간은 금이다, 금. 금 덩어리가 얼마나 소중한지 알지? 어서서 힘을 내. 힘을 내란 말이야."

"헉헉, 방주님! 조금만 쉬었다 가죠. 너무 힘듭니다."

"헥헥… 이 정도면 충분한 것 같은데요. 제발 산을 넘을 때만이라도 그냥 걸어가면 안 될까요?"

이처럼 때를 만들어야 한다고 소리치는 젊은 거지와 방주님이라고 부르며 사정해 대는 이들은 과연 누구인가. 이들은 다름 아닌 남쪽으로 이동 중이던 표영과 그의 수하 만첨과 노각이었다.

하면 왜 만첨과 노각이 정상적으로 걷지 않고 온몸을 구르면서 산을 넘고 있는 것일까. 앞서 표영의 입으로 밝혀진 바와 같이 그건 훌륭한 거지로 거듭나기 위해 때를 모으고 있는 중이었기 때문이다. 만첨과 노각이 애걸복걸 통사정을 했지만 표영의 의지는 흔들림이 없었다.

"네놈들의 꼬락서니가 지금 어떤 줄 알기나 하느냐? 한마디로 말해서 전혀 거지 같지 않단 말이다. 모름지기 거지가 되어 거지 같은 놈이란 소리를 듣지 못한다면 그 얼마나 부끄러운 일이겠냐. 차라리 그렇게 사느니 죽는 게 낫다, 죽는 게 나.”

표영은 둘에게 다가가 더 잘 구를 수 있도록 발로 펑펑 내지르며 길을 재촉했다.

“이놈들아, 힘내. 환골탈태(換骨奪胎)가 그리 쉽게 이룰 수 있는 것인 줄 알았더냐.”

그렇다. 지금 만첨과 노각이 행하고 있는 것은 환골탈태였다. 허나 어찌 만첨과 노각이 표영이 가르치고자 하는 깊은 뜻을 알겠는가.

'이씨… 개밥을 가리켜서는 기이한 영약이라고 하고 먼지에 뒤덮이는 것은 환골탈태라 하니 나중에 반로환동에 이르게 되면 도대체 어떤 지랄 발광이 기다리고 있을까.'

이들로서는 지금의 환골탈태도 여간 고역스러운 것이 아니었는데 나중에 또 무슨 말을 갖다 붙이고서 거지 수련을 시킬지 그저 앞날이 캄캄하기만 했다. 하지만 만첨과 노각이 모르고 있는 것이 있었으니 그것은 개밥을 먹기 시작하면서부터 그동안에 간직해 왔던 정신적인 틀이 서서히 깨어지고 있다는 점이었다. 이러한 일련의 과정은 자신을 버리고 스스로를 높이는 마음을 온전히 벗어야 하는 길이었기 때문에 이제껏 살아오면서 재물과 욕망에 얽매이던 마음을 씻어주고 있었던 것이다.

한쪽에서 이 광경을 몰래 지켜보고 있던 사마복 일행은 웃음이 터져 나오려는 것을 억지로 참아야만 했다.

'환골탈태라고? 허허, 중원천지엔 별 희한한 사람들이 많구나.'

'앞에 가는 젊은 거지가 방주라? 강호에 새로운 방파라도 생긴 것인가? 나름대로는 개방을 흉내 내려 하는 것인가 본데 모두들 헛다리 짚었군. 지금의 개방은 거지의 모습과는 거리가 멀지 않은가.'

'호호호, 우습네. 젊은 거지는 보잘것없는 것처럼 보이는데 덩치도 크고 나이도 많은 거지들이 왜 저리도 쩔쩔맬까.'

다들 진기하게 생각하는 가운데 그중 제갈호만은 표영 일행이 짜증스럽게 느껴졌다.

'떨거지들아, 어서 지나가거라. 어서어서.'

그는 백호를 잡음으로써 자신의 계획을 온전히 이루고 싶었다. 그래야만 아까까지 자신의 말에 꼬투리를 잡은 남궁진창과 주약란의 코를 완전히 납작하게 할 수 있는 것이다. 그는 이제 조금만 기다리면 백호가 나타날 텐데 괜한 거지 방해꾼들로 인해 일이 차질을 빚을까 염려되었다.

이때쯤 표영은 두 가지 기운을 포착한 상태였다. 겉으로는 너스레를 떨었지만 실제 마음으로는 주위를 예민하게 살피며 기운의 정체를 파악하는 데 힘썼다. 그 기운 중 하나는 극히 자연스럽게 와 닿은 것으로, 서북 쪽에 자리한 작은 동굴 쪽으로부터 느껴졌다.

'이건 필시 아직 어린 짐승의 냄새다. 크게 문제될 것은 없는 것 같은데 또 하나는……'

둘째 기운은 그와 반대 편에서 자연과 어색한 조화를 이루는 기운이었다. 비천신공 중 천지조화는 이런 자연과 대지의 기운을 느낄 수 있는 공능이 있었던 터라 기분으로 느껴지는 것과는 다른 것이었다.

'남동쪽 방향에서 미세한 기운이 일고 있다.'

표영은 숨어 있는 이들의 정체가 궁금해 계속 가려던 생각을 바꿔 부하들에게 자비를 베풀었다.

"좋다. 네놈들의 땀방울도 식힐 겸 여기서 잠깐 쉬도록 하자. 땀이 식어야 때가 잘 엉겨 붙으니까 말이야."

좋은 말로 휴식을 취하자 하면 될 것을 표영은 역시 거지 왕초답게 말하는 것을 잊지 않았다. 만첨과 노각은 이게 웬 떡이냐 싶어서 벌떡 몸을 일으켰다.
"감사합니다, 방주님."
"야호! 이게 얼마 만이냐."
그들의 모습은 보름 전 각회 지역에서 때와 비교하자면 이젠 거지라 불리기에도 손색이 없을 정도였다. 그동안 구르면서 온갖 때를 쌓아온 효과가 있었던 것이다. 하지만 그래도 아직까지 표영의 눈엔 차지 않는 것이다.
전혀 예상치 않게 거지 떼들이 호랑이 굴 앞쪽에 턱 버티고 앉자 제갈호의 기분은 틀어지기 시작했다. 다른 이들이야 '조금 쉬었다 가려나 보다'라고 생각했지만 제갈호는 그렇지 못했다.
'저 거지 놈들이 감히 초를 치겠다는 것인가.'
제갈호로서는 거지들을 그냥 지켜볼 마음의 여유가 없었다.
'자리를 옮기라고 해야겠다.'
그는 다른 이들이 말릴 새도 없이 불쑥 신형을 뽑아 표영 일행 앞쪽에 내려섰다.
"이보시게, 거지 나리들. 편히 쉬고 있는데 미안한 말이지만 자리를 좀 옮겨주었으면 좋겠구려. 지금 이곳에서 꼭 해야 할 일이 있어서 말이외다."
느닷없이 나타난 것도 나타난 것이지만 거만한 말투에 만첨과 노각이 큰 덩치를 일으키며 눈을 왕방울만하게 부릅떴다.
"넌 또 뭐냐? 감히 어디에 대고 이래라저래라 하는 거야. 네놈이 이 땅의 주인이라도 된단 말이냐? 다리몽둥이 부러지기 전에 좋게 물러나라."

"얼굴도 보아하니 곱상하게 생겼는데 칼 맞고 후회하지 말고 조용히 찌그러져라."

워낙 험하게 살아온 터라 둘의 입에서 나온 말들은 살벌하기 그지없었다. 그도 그럴 것이 여지껏 땅을 구르다 어떻게 얻은 휴식 시간인가 말이다. 그런데 이제 뜬금없이 자리를 옮기라고 하니 심기가 뒤틀리지 않을 수 없는 노릇이었다. 비록 젊은 놈이 신형을 날리는 모양새가 민활해 보이긴 했지만 둘이 합공을 펼친다면 크게 손해 볼 것까진 없을 것 같았다.

제갈호는 거지들에 대한 말치고는 나름대로 좋게 말한다고 한 것인데 거지들이 주먹다짐이라도 할 기세로 말하자 어이가 없었다.

"허허… 거참."

만첨이 말꼬리를 잡고 늘어졌다.

"허허, 거참! 이 자식아! 니가 날 언제 봤다고 허허거리냐. 또 그 표정은 뭐야? 엉? 엉? 죽고 싶냐!"

그때였다.

따악~

어디선가 수박 깨지는 소리가 났고 그 소리의 진원지는 만첨의 머리통이었다.

"아얏!"

어느새 표영이 일어나 만첨의 머리통을 후려갈긴 것이다.

"이 녀석들아, 거지라는 놈들이 그런 식으로 말을 하면 되겠냐. 왜 처음 보는 사람한테 이놈저놈 하는 거냐. 아무리 상대방이 싸가지없는 놈이라도 그렇게 대해선 안 되는 법이야. 너희 두 놈도 똑같이 싸가지없는 놈이나 마찬가지야, 이놈들아. 거지면 거지답게 굴 것이지."
 만첨이 아직도 아픈지 머리를 감싸 쥐고 허리를 숙였다.
 "네네, 방주님, 제가 잘못했습니다. 그래도 천지가 우리 땅인데 싸가지없는 말을 듣게 되자 저도 그만 모르게 말이 싸가지없이 나가고 말았습니다. 앞으로는 싸가지없이 말을 걸어도 절대 싸가지없이 맞서지 않겠습니다."
 "음… 좋아좋아. 그런 자세가 중요한 거야. 앞으로 싸가지없이 말을 걸어오면 화가 나도 그럴 땐 마음속으로 이렇게 생각해야 돼. '거지인 내가 참는다, 참어' 라고 말이야. 알겠어?"
 "네. 그럼요, 그럼요. 옳으신 말씀이십니다."
 "그래, 너는 앞으로 훌륭한 싸가지를 갖춘 거지가 되거라."
 제갈호는 젊은 거지가 부하의 머리를 후려갈길 때만 해도 이젠 좀 정리가 되겠거니 싶었다. 그러나 웬걸. 두목 거지가 한수 더 떠서 자신을 싸가지없는 놈으로 몰아세우고 있지 않은가. 일순간에 싸가지없는 놈으로 전락해 버린 제갈호는 분노로 몸을 바르르 떨었다.
 '이것들이… 아주 날 가지고 놀 작정이로구나.'
 이젠 백호고 뭣이고 간에 다 필요없었다. 그깟 백호보다는 따끔하게 이놈들을 혼내주는 것이 최우선이었다.
 '이놈들이 방주 운운하는 걸 봐서는 분명 해괴한 사파의 방파임이 틀림없을 것이다. 언제고 이런 놈들은 강호에서 뿌리를 뽑아야 하니 내 오늘 너희를 단죄하리라.'
 "이 거지 놈들! 진정 하늘 높은 줄 모르는구나. 대체 어디에서 굴러 먹던 개뼈다귀들이기에 입을 함부로 놀리는 게냐!"
 표영이 눈을 들어 하늘을 바라보자 만첨과 노각도 하늘을 바라보았다.

"햐~ 높긴 높구나. 그치?"

"정말 높은걸요."

하늘 높은 줄 모른다는 말에 진짜 하늘을 쳐다보고 높이를 가늠해 보는 중이었다. 그리곤 그 자리에 다시 벌러덩 누워 버렸다.

"아, 갑자기 피곤이 몰려오는구나. 애들아, 조금 오래 쉬어야 할 것 같으니 다들 푹 쉬어라."

"좋죠, 방주님."

"듣던 중 반가운 소립니다. 헤헤……."

만첨과 노각은 잘됐다 싶어 표영의 양 옆에 나란히 누웠다. 죽이 척척 맞는 게 찰떡궁합이 이보다 더할까 싶었다. 실제로 만첨과 노각은 어느 정도 표영을 신뢰하는 마음을 갖게 되었다. 비록 거지의 길을 가야 한다며 괴이한 짓을 시키는 것이 못마땅했지만 그것을 제외하고는 오히려 그들 스스로도 즐기고 있는 부분도 없지 않았던 것이다.

이들이 이런 마음을 갖게 된 데는 각회 지역의 부자 우조환의 변모 때문이었다. 욕심 많고 제멋대로인 그가 모든 재산을 처분하고 어려운 사람들을 돕는 것을 보고서 표영을 새삼스럽게 보게 된 것이다. 우조환의 아들 우경을 절벽에다 매달고서 괴상한 소리를 내뱉을 때만 해도 얼마나 황당하게 생각했던가.

하지만 그 일이 있은 후 며칠 지나지 않아 타락하고 정신적으로 피폐해진 집안이 정상적인 가정으로 돌변해 버린 것이다. 그 일은 비록 방법이 조금 특이하긴 했어도 방주가 그저 평범한 거지만은 아니라는 생각을 가지게 해주었다. 게다가 오는 내내 젊은 방주의 무공이 생각보다 훨씬 뛰어나다는 점과 가식없고 정감 어린 모습에 인간적으로 끌리고 있기도 한 터였다.

이때쯤 제갈호의 분노는 가히 하늘을 찌르고 바다를 뒤덮을 만큼 커져 버렸다.

'내 오늘 이것들을 죽이지 못한다면 내가 거지가 되겠다!'

부르르 떨며 막 독문병기인 청화선을 빼려 할 때였다.

휘휘획—

제갈호의 옆으로 네 개의 신형이 누가 먼저랄 것도 없이 내려앉았다.

"제갈 형은 잠깐만 참으십시오."

사마복 등이었다. 이들은 제갈호가 뛰쳐나가자 간단히 해결될 것이라 생각했는데 의외로 말이 통하지 않고 일이 커질 것 같자 급히 모습을 드러낸 것이었다. 만첨과 노각이 감았던 눈을 뜨고 나타난 무리들을 살펴보았다.

'이건 또 웬 놈들이냐? …가 아니라… 커억! 이, 이들은……'

'뭐, 뭐냐, 저건. 독수리 각인… 헉! 남해검파의 문양이잖아!'

둘의 얼굴은 딱딱하게 굳어졌고 곧 이어 등줄기로부터 식은땀이 주르르 흘러내렸다.

'그래, 저건 사마세가의 표식. 저건 또 뭐냐. 남궁세가의 다섯 개의 별… 그럼 이들은……'

대충 이들의 나이와 문파를 가늠해 본 만첨과 노각은 분명히 확신할 수 있었다.

'칠옥삼봉이다. 으이씨~ 재수 옴 붙었다.'

'하필이면 칠옥삼봉 중 다섯을 한꺼번에 만나게 되다니.'

만첨과 노각은 서로를 마주 보며 눈빛을 교차했다. 그 눈빛은 이렇게 말하고 있었다.
―잘못 걸렸다. 쌩!
그나마 칠옥삼봉 중 최고로 꼽히는 무당파의 표숙과 소림의 지공이 없는 게 다행이라면 다행이랄까. 하지만 그렇다고 해봤자 지금 상황의 곤혹스러움은 오십보백보였다.
'방주의 무공이 대단하다 해도 어찌 이 다섯을 상대할 수 있겠는가.'
노각이 몸을 뒤척이는 척 옆으로 틀고 표영에게 전음을 날렸다.
"방주님, 큰일 났습니다. 저들은 강호에서 이름이 쟁쟁한 칠옥삼봉 중 다섯입니다. 어떻게든 신속히 이 자리를 떠야 합니다."
긴박하게 알리는 전음이었지만 표영은 전음으로 답하지 않고 소리 내어 말했다.
"시끄럽게 하지 말고 잠이나 자라."
그 말은 노각에게 하는 말이었지만 칠옥삼봉의 인물들은 제각기 자신들에게 하는 말로 들었다. 급기야 제갈호가 노호성을 터뜨렸다.
"이런 거렁뱅이 놈들, 더 이상 참을 수 없다. 너희들의 입만큼이나 과연 무공도 대단한지 보아야겠다. 어서 일어나지 못할까!"
제갈호는 상대가 일어나기만 하면 당장에라도 두 쪽 내버리겠다는 기세로 으르렁거렸다. 늘 침착함을 잃지 않는 그였지만 거지들에게 조롱을 당한다고 생각하자 이성적으로 대처할 수 없었다. 그때 사마복이 제갈호를 가로막았다.
"제갈 형은 저의 낯을 보아 잠시만 시간을 주십시오."
사마복 때문에 이곳에 오게 되었던 터라 제갈호는 잠시 분을 삭였다. 사마복이 몸을 돌려 표영 일행에게 말했다.

"세 분의 고집이 정말 대단하시군요. 감탄할 지경입니다. 세 분께서는 부디 자리를 비켜주시길 정중하게 부탁드립니다. 사실을 말씀드리자면 우리들은 이곳에서 호랑이를 잡으려고 기다리는 중이랍니다. 그 호랑이는 흰 털로 뒤덮인 백호라는 놈으로 여태 쫓고 있던 참이었습니다. 우리는 함정을 파고 기다려 이제 곧 백호를 잡을 수 있게 되었는데, 마침 세 분께서 이곳에 머무르는 바람에 뜻을 이루지 못하고 있었답니다. 다른 뜻으로 세 분에게 자리를 옮겨주십사 한 것이 아니니 이번 일은 양보를 하시지요."

말을 다 들은 표영은 슬쩍 눈을 뜨고 사마복을 바라보았다. 겸손한 말투와 예의가 몸에 절절이 배어 있어 말 한마디 한마디가 간곡함을 담고 있었다.

'하아~ 이 사람이 우리 개방에 들어오면 얼마나 좋을까.'

그러다가 또 다른 생각이 났다.

'아니지, 아니야. 개방에 들어오지 않아도 나름대로 강호에 보탬을 주고 있으니 굳이 거지가 되게 할 필요까진 없을 것이다. 버릇없이 까부는 저 제갈 성을 지녔다는 녀석이라면 적당하겠군. 그래, 너도 함께 섬으로 가자.'

잠시 생각하던 표영이 툭 말을 던졌다.

"이 거지는 이해할 수가 없군요. 이곳에서 가만히 기다리면 호랑이가 제 발로 온답디까?"

표영은 말을 마치기 무섭게 언뜻 한 가지 생각이 스쳤다.

'호랑이 굴?'

그제야 상황이 빠르게 정리되며 어떤 뜻인지 이해할 수 있을 것 같았다.

"음… 그러니까 호랑이 새끼들을 이용해 어미 호랑이를 잡겠다는 것이로군."

그 말에 정면으로 답하기가 조금 어색해진 사마복이 얼버무렸다.

"우리의 목적은 호랑이 새끼가 아니니 그리 나쁘게 여길 필요는 없을 것이오."

하지만 표영은 입술을 삐죽 내밀고 가만히 고개를 저었다.

"안 되겠소이다. 잡으려거든 직접 가서 잡으시오."

그리곤 만첨과 노각을 보며 중얼거렸다.

"호랑이 새끼들이 정말 불쌍하구나. 그렇지 않냐?"

만첨과 노각은 아무 대답도 못하고 그저 불안해하기만 했다. 방주의 배짱이야 두목다운 맛이 있어서 마음에 들었지만 배짱도 부려야 할 때가 있고 그러지 말아야 할 때가 있는 것이 아니던가.

'얼른 자리를 떠야 할 텐데… 왜 자꾸 저러시나.'

'이러다간 분명 어딘가 어긋나도 크게 어긋날 텐데.'

이때 남해검파의 여검수 교청인이 참지 못하고 호통쳤다.

"정말 고집불통이로군. 피를 봐야 정신을 차리겠다는 것이냐!"

그녀의 아리따운 미모와는 어울리지 않는 고함이었다. 실제 그녀는 남자 못지 않은 성격의 소유자로 거침없는 말과 행동을 보여주곤 하던 터였다. 그래도 표영은 여유를 부렸다.

"어쨌든 나하고는 상관없으니 호랑이를 잡든 새끼를 잡든 마음대로 하시구려."

제갈호와 교청인은 분노한 기색으로 자신들의 애병기인 청화선과 벽력검을 뽑으려 했다. 그때 또다시 사마복이 나섰다.

"자자, 두 분은 고정하십시오. 사실 이분의 말도 틀린 말은 아닌 것

같습니다. 우리가 누구에게 자리를 옮기라 마라 할 수는 없는 것이겠지요. 오늘 백호를 잡자고 한 것은 본인이니 그저 오늘 일은 없었던 것으로 하고 내려가도록 합시다. 두 분은 부디 저의 낯을 보아 참으십시오."

남궁진창도 거들고 나섰다.

"그렇게들 하십시오. 우리가 모인 것은 사마 형의 생일을 축하해 주기 위함이니 험한 일이 일어나지 않는 게 좋겠습니다."

제갈호는 분노 폭발 일보 직전이었지만 사마복과 남궁진창이 손을 잡아 이끄는 바람에 못 이기는 척하고 뒤로 물러섰다. 교청인 또한 주약란이 이끄는 대로 자리에서 물러났다. 이렇게 사태가 원만히 수습되는가 싶을 때 표영이 느물거리며 그들의 뒤통수에 대고 말을 걸었다.

"음… 만약에 말이외다. 내가 그 호랑이를 잡아오면 어떻게 하겠소이까?"

느닷없는 말에 제갈호와 교청인이 가소롭다는 듯이 웃음을 터뜨렸고 만첨과 노각은 다시금 앗 뜨거 하는 심정으로 표영을 바라보았다.

"하하하, 대단한 농담이로군."

"호호호, 지금 잠꼬대하시나요?"

"바, 방주님."

"그, 그게……."

표영이 손을 저으며 말했다.

"난 마음에 들지 않는 사람들하고는 농담 같은 거 안 하지."

제갈호가 코웃음으로 맞받아쳤다.

"흥! 만일 백호를 잡아온다면 나는 너의 부하가 되어 거지로 살아주마."

화끈한 성격의 교청인도 끼어들었다.

"그건 나도 마찬가지."

표영은 옳거니 잘 걸렸다 싶었다.

'딱 걸렸구나. 흐흐흐. 너희 두 녀석은 앞으로 훌륭한 거지가 될 것이다. 섬까지 가는 데 있어 심심치는 않겠는걸.'

"정말이신가? 내 부하가 되겠다고? 하하하하, 참으로 듣던 중 반가운 소린걸. 음… 근데……."

표영이 약간 뜸을 들이고 말을 이었다.

"…그대들은 말에 책임을 질 줄 아는 사람들인지 모르겠군."

"흥, 그것은 염려하지 말아라. 정 믿지 못하겠다면 여기 세 분을 증인으로 삼도록 하겠다."

표영이 사마복 등을 돌아보며 확인차 물었다.

"이 사람 말이 정말이오?"

사마복 등은 껄껄껄 웃으며 흔쾌히 고개를 끄덕였다. 자신들이 놓친 백호를 이 덜떨어진 거지가 잡아온다는 것은 말도 안 된다 생각한 것이다.

"그렇소. 제갈 형 말대로 우리가 증인이 되어주겠소이다."

표영은 입술을 삐죽거리고 양팔을 돌려 어깨를 풀었다.

"좋소이다. 만일 세 분께서도 나중에 약속을 지키지 않을 시엔 모두 내 부하가 되어야 할 것이외다."

"하하하, 그렇게 합시다."

표영은 고개를 만첨과 노각을 바라보며 씨익 웃었다.

"둘 다 별로 마음에 들진 않지만 공짜로 얻는 것이니 부하로 삼아야겠다. 너희도 좋지? 사제와 사매가 생기는 것이니까 말이다."

"네? 네네······."

만첨과 노각은 그저 불안할 뿐이었다. 중얼거리는 소리에 제갈호는 심사가 뒤틀렸지만 꾹 참고 물었다.

"만일 네가 백호를 잡지 못하면 너는 무엇을 내놓겠느냐? 더러운 목숨이라도 내놓을 각오가 되어 있는 것이냐?"

"하하, 몸이 더럽다고 목숨까지 더러운 것은 아니지. 나야 뭐 가진 것도 없지만 어찌 목숨을 가지고 장난을 할 수 있겠나. 대신 내 귀 두 개를 하나씩 잘라내는 영광을 안겨주겠다. 내 귀가 높으신 분의 말을 알아듣지 못한 죄가 큰 것이니 말이야. 하하하."

"그거 참 좋군. 귀가 없으면 구걸할 때 더욱 불쌍하게 보일 테니 밥 굶을 염려도 없을 테고 말이야."

"하하하."

"호호호."

만첨과 노각은 걱정이 태산처럼 쌓이며 두 손으로 귀를 움켜쥐었다.

'영락없이 방주는 귀 없는 거지가 되게 생겼구나.'

이미 방주와 생사를 같이할 수밖에 없는 두 사람으로서는 초조하기 그지없었다. 대체 무슨 생각으로 난데없이 호랑이를 잡아오겠다고 하는지 이해할 수 없는 노릇이었다. 게다가 이야기를 정리해 보자니 칠옥삼봉의 기재들조차도 백호란 놈을 잡지 못한 것 같지 않은가. 만일 방주가 잡아오지 못하게 되는 날은 귀가 잘리는 것에서 그치지 않을 것이라 생각했다.

'방주님이 말은 저렇게 해도 정작 귀가 잘릴라치면 가만히 있지 않

을 것이다. 그렇게 되면 한바탕 싸움이 일어날 터이고 그때는 정말 살아남기 힘들 것이 아니겠는가.'

만첨이 어떻게든 무마시켜 보려고 웃으면서 말했다.

"방주님, 우스갯소리 그만 하시고 가던 길이나 얼른 가시죠. 이 정도면 충분히 재밌었습니다."

노각도 거들었다.

"그럼요. 아마도 저분들도 재밌다고 여기셨을 겁니다. 그런대로 많이 쉬었으니 어서 가시죠."

표영은 씨익 웃으며 둘의 어깨를 두드려 주었다.

"너희들, 겁먹었구나. 하하하. 조금만 참아라. 그러면 잠시 후면 방의 식구가 늘어날 테니 말이야. 하하하."

만첨과 노각은 그저 땀만 삐질삐질 흘릴 뿐이었다. 말을 끝냄과 동시에 어느새 표영은 신형을 날렸다. 꾀죄죄한 옷차림과는 달리 신형의 움직임은 가히 절세의 경신법이라 인정하지 않을 수 없었다. 제갈호 등은 이제까지 무시했던 감정이 싹 달아나고 말았다.

'그래도 한가락 솜씨가 있었던 게로군.'

하지만 곧 그들의 감탄은 어이없는 웃음으로 바뀌고 말았다. 표영이 달려가면서 호랑이에게 말을 걸기라도 하듯이 괴성을 질렀기 때문이다.

"호랑이, 이놈! 어디 있느냐! 어서 나와라! 어흥~ 어흥~"

만첨과 노각의 얼굴은 창피함에 벌겋게 달아올랐고 다섯은 배꼽을 쥐고 웃느라 정신이 없었다.

"저것 봐, 저거. 으하하하!"

"그럼 그렇지. 제깟 놈이 무슨 재주로 백호를 잡겠어."

"오호호호, 저 사람은 정말 괴짜로군요."

표영이 어흥~ 하는 소리를 지른 것은 그녀들을 웃겨보려고 한 것이 아니었다. 그건 과거 개 사부 원구협 밑에서 흉악육식을 하던 때를 머리에 떠올렸기 때문이다. 사부는 곰이나 호랑이 등을 쉽게 찾아내곤 했는데 그 방법은 짐승의 소리를 내는 것이었다. 곰이면 곰의 소리를 냈고 호랑이면 호랑이 소리를 내었는데 그럴 때면 각 짐승들은 동료들이 가까이 이른 줄 알고 튀어나오곤 했던 것이다.

표영은 견왕지로를 온전히 통과한 자로서 그 실력은 전혀 녹슬지 않았다. 아니, 오히려 비천신공까지 연마한 터라 견왕지로에 있어서 사부를 능가하는 면이 없지 않았다. 개 사부 원구협은 20여 년 간 수련하여 간신히 성취를 이루었지만 표영은 견왕지로에 천음조화까지 터득한 터라 소리에 대한 능력은 개 사부보다 더 높은 경지에 올라 있다 할 수 있었다.

"어흥~ 어흥~"

달려가며 연신 소리를 내자 수풀 여기저기에서 진짜 호랑이가 나타난 줄 알고 다른 짐승들이 빠르게 근처에서 벗어나고 있었다. 그러길 일식경(30분) 정도 지났을까. 급기야 호랑이가 모습을 드러내기에 이르렀다. 그러나 잡고자 했던 백호가 아니었다.

'음… 저건 줄무늬 호랑이잖아. 저놈은 어떻게 한담. 그래, 덤으로 잡아가야겠다.'

줄무늬 호랑이는 기실 동료가 근처에 이른 줄로만 알고 나타난 것이었다. 그런데 뜬금없이 거지만 달랑 서 있는 것이 아닌가. 하지만 무시하는 마음도 잠시, 호랑이의 안색은 기이하게 뒤틀렸다. 그 모습은 이렇게 말하고 있는 것 같았다.

―예사 거지가 아니다.

　표영은 견왕지로 중 흉악육식과 심신평정을 동시에 펼쳤다. 흉악육식으로는 그동안 잡아먹은 흉악한 곰이나 호랑이 등의 냄새를 풍겼고 더불어 심신평정으로는 지난날 수많은 흉악스런 동물들을 잡아먹었던 장면을 눈으로 쏘아보냈다. 표영과 눈이 똑바로 마주친 호랑이는 덜컥 겁에 질려 버렸고 오금이 저려 도망갈 엄두가 나지 않았다. 이미 승부는 결정난 것이다.

　표영은 이 정도면 됐겠다 싶어 똑바로 걸어가 호랑이의 머리를 쓰다듬었다. 기실 예전의 표영이라면 호랑이의 머리통을 갈기는 것으로 시작했을 테지만 허운 지역에서 개들의 충성심과 의리를 본 후로는 한낱 짐승이라도 대하는 마음가짐이 많이 달라져 있었다.

　"하하하. 짜식, 쫄았구나. 염려하지 말아라."

　호랑이는 이제 죽었구나 싶었는데 머리를 쓰다듬어 주자 마치 애완견처럼 꼬리를 흔들어댔다. 그 촐랑맞은 모습이란… 아마도 누군가가 이 모습을 보았다면 말 그대로 보고도 믿지 못할 상황이라고 소리소리 쳤으리라. 하지만 표영에게 있어서 호랑이나 곰들도 개와 비교해 다를 바가 없었다.

　"어허, 이거 어서 빨리 백호를 찾아야 하는데."

　표영은 호랑이에게 따라오라 손짓한 후 다시 소리를 질러댔다.

　"어흥~ 어흥~"

　다시금 영락없는 호랑이의 포효가 숲을 울렸다. 다시 일 식경 정도가 지났을 때는 어느덧 호랑이는 두 마리로 늘어나 있었다. 두 번째 호랑이도 갈색 털에 줄무늬 호랑이였다. 이제 표영은 호랑이 두 마리를 끌고 다니며 백호를 찾았다. 산 이곳저곳을 이 잡듯이 뒤지며 외치던 표영은 급기야 하얀 털에 휩싸인 백호를 발견하기에 이르렀다. 백호는 두 마리의 줄무늬 호랑이가 처음부터 쫄아버렸던 것과는 달리 두려워하는 기색을 보이지 않았다. 하령산의 영물이라 칭하는 백호는 뭔가 달라도 달랐던 것이다.

'이놈은 호락호락하지 않겠는걸.'

단단히 마음먹은 표영은 흉악육식에 구혈잠혈을 더해 주변을 살기로 채우고 심신평정으로 백호를 노려보았다. 표영과 백호 사이의 두 눈이 마주치는 공간에는 마치 불꽃이라도 튀기는 듯한 치열함이 가득했다.

일식경(30분) 정도가 지났을까. 백호의 눈이 서서히 힘을 잃어갔고 고개가 차츰 내려갔다. 즉, 항복 선언이었다. 아무리 대단한 백호라 할지라도 견왕지로의 최고 절기가 한꺼번에 쏟아져 나오는 데는 대항할 수 없었던 것이다. 하지만 일식경 동안이나 표영의 눈을 바라보았다는 것만으로도 대단한 일이 아닐 수 없었다. 백호는 느꼈을 것이다. 앞에 선 거지야말로 자신을 초월하는 자라는 것을 말이다. 무서운 존재에 대한 두려움. 그것은 동물들의 어쩔 수 없는 본능적인 감각이었다.

이렇듯 한 시진이 못되는 시간 속에서 표영은 백호를 비롯해 두 마리의 호랑이를 잡아들이는 쾌거를 이루고야 말았다. 표영은 으쓱한 기분으로 백호의 등에 올라탔다.

"가자~ 앞으로! 으하하하. 진개방의 앞날이 밝구나."

한참을 기다려도 표영이 모습을 드러내지 않자 만첨과 노각은 초조함에 빠져 어찌해야 할 바를 몰랐다. 그런 두 사람을 더욱 마음 졸이게 한 것은 제갈호와 교청인의 조롱이었다.

"왜 이리 늦는 걸까. 호호호, 호랑이한테 물려 죽기라도 한 건가?"

"교 소저, 아마도 그는 수하들을 버리고 멀리 도망쳐 버렸나 보오."

"이렇게 되면 저 두 사람의 귀를 대신 잘라야겠군요. 호호호."

"하하, 조금만 더 기다려 봅시다. 그런데 걱정이오. 그가 흰 살쾡이를 잡아와서 백호라고 할까 두렵구려."

교청인과 제갈호는 주거니 받거니 은근히 만첨과 노각의 심기를 건드렸다.

'아니야, 아니야. 방주는 꼭 돌아올 것이다. 그분은 우조환의 마음을 돌려놓으려고 굳이 하지 않아도 될 수고를 아끼지 않았잖은가.'

'돌아오실 거야. 아니, 돌아오셔야 돼. 만약 방주가 죽기라도 하면 해독은 도대체 어떻게 한단 말이냐.'

만첨과 노각이 전전긍긍하며 그렇게 표영이 사라진 방향을 바라보고 있을 때였다. 언덕 너머에서 어흥! 하는 소리가 들렸다. 둘은 기대 반 실망 반이 섞인 마음으로 외쳤다.

"방주님이다."

기대하는 부분은 포효하는 소리가 진짜 호랑이 같았기 때문이고 실망의 부분은 방주가 혼자 돌아온 게 쑥스러워서 호랑이 소리만 완벽하게 내며 돌아오는 것은 아닐까 하는 점이었다.

"홍, 이제야 돌아오나 보군."

제갈호가 비웃음을 날린 후 드디어 표영의 모습이 나타났다. 표영은 백호의 등에 올라탄 채 당당한 표정을 짓고 있었고 그 좌우로는 두 마리의 호랑이가 호위하듯 따르고 있었다. 그 광경은 모두의 입을 쩍 벌어지게 만들기에 충분했다. 그리고 그 광경을 지켜보는 이들은 이해에 따라 감정이 동일한 무리별로 희비가 엇갈렸다.

만첨과 노각.
둘은 감동에 벅차 눈물까지 주르르 흘렸다.
'보이느냐. 보이냐구. 저기 저분이 바로 나의 대장님이시다. 보이 난 말이다!'
'그래, 바로 이거야. 이거라구. 나 있지, 정말 눈물나려고 한다…….'

제갈호와 교청인.
이들은 놀람과 동시에 얼굴이 흙빛이 되어버렸다. 설마가 사람 잡는다더니 이건 해도해도 너무하지 않는가.
'저, 저놈은 대체……. 이젠 어떡하지?!'
'이럴 순 없어. 이건 꿈이야. 꿈이라구!'

사마복과 남궁진창, 그리고 주약란.
이들은 그저 신기함에 겨워 눈만 휘둥그레졌다.
모두가 경악에 찬 얼굴을 하고 있을 때 표영이 싱글거리며 말했다.
"이봐, 어때. 호랑이 데리고 온 거 보이지? 하하하."
제갈호는 놀란 가운데서도 잽싸게 머리를 굴렸다. 어떻게든지 이 난국을 벗어나야 하는 것이다.
"저 호랑이가 우리가 쫓는 백호라는 것을 어떻게 증명할 수 있느냐."
그의 말은 누가 들어도 이건 억지일 뿐이었다. 하지만 그렇다고 무조건 무시할 수도 없었다. 표영은 크게 웃어 젖히고 대수롭지 않게 답했다.

"으하하하! 아까까지 큰소리치더니만 이젠 구차한 변명을 늘어놓겠다는 것이냐. 너희들이 찾고 있던 백호라는 것을 보여주랴?"

표영이 백호의 등에서 내려 머리를 쓰다듬고 동굴 안을 가리켰다. 백호는 기다렸다는 듯이 달려 굴로 들어갔다.

어흥어흥.

백호는 새끼들이 무사한지 달려간 것이다. 잠시 후 백호는 세 마리의 호랑이 새끼들을 데리고 굴 밖으로 나왔다. 새끼 호랑이들은 '엄마, 왜 이렇게 늦게 왔어' 라고 말하는 듯 낑낑거리며 엄마에게 매달렸다. 누가 보더라도 그건 뜨거운 가족의 상봉이었다. 이보다 더한 증거가 어디 있겠는가. 제갈호와 교청인의 등줄기로 식은땀이 흘렀다.

'큰일이다!'

'이를 어째. 시집도 못 가보고 거지가 되게 생겼잖아.'

둘은 어찌 모면해 볼 생각에 사마복과 남궁진창을 돌아보았다. 도움을 요청함이었다. 하지만 사마복으로서도 어떻게 할 도리가 없었다. 칠옥삼봉의 이름 값이 있지, 증인이 되겠다며 큰소리로 떠들었는데 이제 와서 말을 바꿀 수는 없는 노릇이었다. 게다가 까딱 잘못하면 함께 거지의 수하로 들어갈지도 모르는 일이었다. 남궁진창이 가만히 입을 열며 제갈호의 염장을 질렀다.

"두 분이 좀 손해는 보겠습니다만 어쩌겠습니까. 약속은 약속이니 지켜야겠죠."

다시 거기에 주약란이 소금을 뿌렸다.

"그럼요. 명문정파인으로서 말을 꺼냈으면 신의를 지켜야겠죠."

대세가 기울어가자 표영이 두 사람에게 다가가 느긋하게 말했다.
"자, 그럼 너희 둘은 이제부터는 내 부하다. 알겠지?"
"음……."
제갈호는 침음성을 터뜨린 후 점점 얼굴이 붉어지더니 독문병기인 청화선을 꺼냈다.
"절대 그럴 순 없다."
그는 사마복 등을 돌아보며 말했다.
"앞으로 일어날 일은 보지 않은 것으로 해주시길 바라오. 그렇게 해주신다면 앞으로 여러분들께 그에 맞는 보상을 하겠소이다."
제갈호는 말을 마친 후 사마복 등이 가타부타 뭐라고 말할 여유도 주지 않고 급작스럽게 표영을 향해 청화선을 펼쳤다. 뜻은 명백했다.

죽은 자는 말이 없다.

표영은 이미 그의 행동과 말에서 다음 행동의 조짐을 예측한 터라 타구봉을 꺼내 제갈호의 부챗살을 막았다.
"좋구나. 내 부하의 솜씨가 어떤지 한번 볼까."
교청인도 일이 이렇게 된 이상 선택의 여지가 없었다. 그저 마음속으로 이 거지들이 사파의 잔당들이기만을 바랄 뿐이었다. 그렇다면 죽이더라도 오히려 잘된 일일 수도 있으니까 말이다. 그녀는 벽력검을 뽑아 만첨과 노각을 향해 검초를 뿌렸다. 만첨과 노각은 상대할 자신은 없었지만 용기만은 하늘을 찌를 듯했다. 그들에게는 호랑이까지 마음대로 부리는 방주가 있지 않은가. 게다가 명문정파의 기대주라는 제갈호와 교청인의 몰염치함은 마음 가득 분노를 일게 했다.

"정파랍시고 위세 부리던 것은 모두 다 거짓이로군."

힘겹게 검을 막아가며 노각이 뱉어낸 말에 사마복 등의 얼굴이 붉어졌다. 그들이 옳지 않다는 것은 알고 있었으나 말리지 못했다. 그저 제갈호와 교청인이 거지들을 사로잡고 없던 일로 하기만을 바랄 뿐이었다. 만일 이 세 명을 죽이려 한다면 그땐 손을 쓸 생각이었다. 하지만 장내의 상황은 예상 밖으로 흐르고 있었다. 곧 제압할 것이라 믿었던 제갈호는 도리어 수세에 몰리며 가까스로 상대의 예봉을 피하고 있는 것이 위태롭기 짝이 없었다.

표영이 지금 펼친 것은 타구봉법이었다. 무수한 변초에 거대한 힘을 지닌 개방 최대의 절기가 지금 펼쳐진 것이니 제갈호가 당해낼 수 없는 것은 당연한 것이었다. 거기에 내공에 있어서도 제갈호는 표영의 적수가 되지 못했다. 바람을 가르는 타구봉이 스칠 때마다 제갈호의 청화선은 기세를 잃고 자꾸만 수그러들었다.

"좀 더 수련해야겠어. 이래서야 강호를 제대로 누비기나 하겠냐."

표영의 비아냥에 제갈호는 더욱 흥분했다. 고수와 고수의 격전에서 가장 중요한 것은 그때그때의 상황에 대한 임기응변과 침착한 마음가짐이었다. 허나 제갈호는 지금 마음이 흐트러져 움직임이 어지러워졌다. 세 개의 뇌(腦)를 지닌 자라는 별호가 무색하리만치 지금 현재 제갈호는 극도의 흥분으로 지혜가 가리워졌다. 그건 옳지 못한 행동을 하고 있다는 것에 대한 자책감이 첫 번째 이유였고, 둘째는 죽이고 싶어도 상대가 너무 강해 도리어 모욕을 당할 수도 있다는 두려움 때문이었다.

한쪽에선 만첨과 노각이 연신 위험한 지경에 처해 곤욕을 치르고 있었다. 남해검파의 추혼삼십육검의 삼십육로 검초가 예상할 수도 없는 방향으로 꺾이고 찔러 들어와 몇 번이고 목이 달아날 뻔했는지 모른다. 그들이 그나마 여태 버틸 수 있었던 건 위급할 때마다 표영이 경고를 해주었기 때문이다.

"노각! 이번엔 왼쪽이다. 만첨! 다음은 허리를 조심해."

이미 표영의 무공은 날로 성취가 더해져 칠옥삼봉 중 세 명의 합공과 맞설 수 있는 경지에 올라 있었다. 그것은 대단한 것이 아닐 수 없었다. 칠옥삼봉이 누구이던가. 그들은 누구 하나 할 것 없이 기재 소리를 들으며 어릴 적부터 뼈를 깎는 수련을 거쳐 오늘의 명성을 얻은 인물들이다. 수많은 청년 고수들 중 열 손가락 안에 꼽힌다는 것은 무작정 얻을 수 있는 자리가 아닌 것이다.

제갈호는 자존심이 상할 대로 상해 청화선으로 맞서는 한편 왼손으로 수라전을 꺼내 들었다. 기회를 포착하던 제갈호의 눈이 빛났다. 약간의 거리가 생긴 것이다.

휘휘휙—

세 개의 수라전이 공간을 가르며 시간 차를 두고 차례로 표영의 요혈로 짓쳐들었다. 표영은 예상치 못한 암수에 헛바람을 들이키고 급히 풍운보를 시전해 몸을 허공 중에 대각선으로 꺾으며 간발의 차이로 첫 번째 수라전을 피했다. 그리고 찰나의 순간에 이어지는 두 번째 수라전은 땅에 발을 내디딤과 동시에 허리를 뒤로 활처럼 꺾어 벗어났다. 다시 허리가 들어지려는 순간 세 번째 수라전이 날아들었다.

표영은 급한 김에 타구봉을 들고 회오리치듯 수라전을 감아버렸다. 수라전은 속도가 현저히 떨어지게 되었고 그 틈을 이용해 몸을 옆으로 틀자 수라전은 몸을 스쳐 지나갔다.

제갈호는 수라전이 모두 빗나가자 경악을 금치 못했다. 이번 공격은 자신의 명성에 먹칠함을 각오하고 던진 것이라 마음은 두 배로 괴로웠다. 하지만 지금 이 순간 후회할 시간은 없었다. 그는 표영이 수라전을 피하느라 주춤하는 사이 가까이 다가가 청화선을 내려쳤다. 표영은 어느새 타구봉의 봉(封)자결을 시전해 청화선의 기세를 가두어 버렸다. 허공 중에 청화선이 기에 얽매여 꼼짝달싹 못하게 될 때 표영이 이기죽거렸다.

"훗, 또 던질 만한 것 없나? 그럼 이젠 끝내볼까."

더 이상 지체할 필요가 없다고 느낀 표영이 막 손을 쓰려 할 때 만첨과 노각의 위험천만한 모습이 들어왔다.

'이런······.'

표영은 제갈호를 버려두고 교청인 쪽으로 신형을 날렸다. 하지만 어찌 검이 찔러가는 속도와 신형을 비교할 수 있겠는가. 다다를 쯤이면 이미 만첨은 검에 심장을 꿰뚫릴 터였다.

슈욱—

표영은 힘껏 타구봉을 던졌다. 경력이 가득 실린 타구봉은 무시무시한 속도로 교청인 쪽을 향했다.

만일 교청인이 검을 회수하지 않는다면 어깨가 관통될 터였다. 교청인은 암기처럼 진격해 오는 봉의 위세에 질려 동그랗게 원을 그리며 검을 거두고 뒤로 물러났다. 그녀가 물러설 때는 이미 표영의 신형은 제갈호에게서 벗어나 만첨과 노각의 앞을 가로막아 선 상태였다.

"이런 쓸모없는 놈들 같으니. 물러서라!"

성난 음성이었지만 만첨과 노각에겐 그 어떤 말보다 따뜻하게 마음에 와 닿았다. 방주는 자신들이 생각했던 것보다 훨씬 강했고, 보잘것없는 자신들의 목숨을 구하려 달려온 것이다. 이런 대장이라면 죽는 날까지라도 따를 수 있을 것 같았다. 이제까지 많은 날들을 살았지만 이런 감정을 느끼기는 처음이었다.

'방주는 우리에게 독을 먹였지만 그건 우리를 데리고 다닐 생각일 뿐 해치려 함이 아니었구나. 고수들과의 절체절명의 순간에도 우릴 위해 달려오지 않는가.'

만첨과 노각은 가슴에서 뜨거운 그 무엇이 올라오는 것을 느꼈다. 이제 싸움은 이 대 일의 형국이 되었다. 제갈호와 교청인은 한 번씩 수모를 당한 터라 있는 힘을 다해 표영을 몰아붙였다. 게다가 있는 것 없는 것 추한 모습을 다 드러낸 제갈호로서는 거의 죽기 살기로 흉흉한 기세를 올렸다.

'절대로 살려 보낼 수 없다!'

하지만 마음을 그렇게 먹었다고 해서 모든 것이 생각대로 잘 풀릴 리는 만무한 일이다. 오히려 표영이 여기에서 이만하고 끝내겠다는 듯 거세게 타구봉을 휘둘렀다. 곁에서 지켜보던 사마복 등은 감탄하지 않을 수 없었다.

'저 거지는 정말 대단하구나. 개방인이 아닌 게 분명한데 어디에서 저런 무공을 익혔을까. 설마 저 수법이 타구봉법은 아니겠지.'

'이미 승부는 난 것이나 다름없구나. 여기에서 100여 초를 버틴다 해도 꽤나 선전한 것이 되는 것일 게다.'

'괴이한걸. 수법 하나하나가 정도의 기운을 담고 있는데 어찌 이제 껏 그가 누구인지도 몰랐을까.'

사마복과 남궁진창, 그리고 주약란은 만일 자신들이 겨룬다면 어떤 결과가 나올 것인가를 가만히 견주어보았다. 하지만 그들은 한결같이 마음속으로 고개를 저었다. 도무지 저 기세와 초식을 감당해 낼 수 없을 것 같았다. 사마복은 절로 탄식했다.
'아… 나는 칠옥삼봉이라는 이름으로 그만 만족해 있었던 것인가. 참으로 강호는 넓고 인재들은 많다는 것을 오늘에서야 다시 느끼는구나. 저 이름없는 걸인이 저러한 무공을 연마할 때까지 얼마나 많은 수련을 했겠는가. 자만에 빠지지 않고 더욱 무공 수련에 힘을 써야겠다.'
쉬쉭— 슝슝—
연신 검과 부채와 봉이 교차하며 눈부신 변화가 일어났다. 벌써 60여 초를 넘긴 시점에서 표영은 두 사람의 수법을 어느 정도 인지할 수 있었다. 제갈호와 교청인이 초수가 많아지면서 반복되는 동작을 약간의 변화만을 가미해 공격해 왔기 때문이다. 천고의 기재로 만성지체를 타고난 표영의 눈은 빠르고 정확해 그들의 선로와 검로를 예측하기에 이르렀다.
'부채는 목을 겨냥함이고 검은 허리를 쏠어가겠지.'
이미 다음 동작이 어떠할지를 알고 있는 상대를 어떻게 이길 수 있겠는가. 표영은 왼손으로는 제갈호의 청화선을 장력으로 막아 비껴내고 오른손으로는 타구봉을 이용해 교청인의 검을 휘감아 버렸다. 교청인은 손아귀가 찢어지는 듯한 통증을 느끼고 그만 검을 놓치고 말았다.
'아뿔싸!'
교청인이 탄식할 때 이미 표영의 타구봉은 허리 부근을 훑고 지나갔다. 어느새 마혈과 아혈까지 제압해 버린 것이다.
"엇!"
한차례 교성을 터뜨린 후 교청인은 하체부터 상체로 차례대로 마비가 진행됨을 느끼고 길게 한숨을 내쉬었다. 이렇게 된 이상 인정하지 않을 수 없었다.
 '나의 깨끗한 패배다.'
 그녀는 호탕한 성격답게 패자로서의 처분을 담담히 기다렸다. 한편 장력에 의해 몸이 밀려난 제갈호는 발이 꼬이며 휘청였지만 얼른 다시 자세를 고쳐 잡고 다시금 청화선을 뻗으려 했다. 하지만 이미 표영은 교청인을 제압한 후 제갈호의 코앞까지 이른 상태였다. 표영이 천음조화를 시전해 버럭 소리를 질렀다.
 "멈추지 못해!"
 어찌나 그 소리가 컸던지 주위에 있는 이들조차 고막이 윙윙거렸다. 그러니 소리의 목표점이었던 제갈호의 충격은 얼마나 컸겠는가. 제갈호는 순간 너무 놀라 표영의 말대로 동작을 멈추고 말았고, 표영은 그사이 혈을 찍어버렸다. 삽시간에 주변은 고요함에 빠졌다. 사마복과 남궁진창, 그리고 주약란은 가슴이 서늘해져 아무런 말도 꺼내지 못했다. 생각컨대 세 명이 한꺼번에 덤빈다 해도 이길 수 없을 것만 같았던 것이다.
 만첨과 노각도 말을 꺼내지 못하기는 마찬가지였다. 정말로 이겨 버린 것이다. 한동안 이것이 현실인가 아닌가를 구분해 보던 둘은 확실한 사실임을 자각하고 표영에게 뛰어갔다.
 "방주님, 훌륭하십니다. 정말이지……."
 만첨은 눈물이 나올 것 같아 말을 잇지 못했고 이미 노각도 노각대로 입만 오물거릴 뿐이었다. 표영은 타구봉으로 둘의 머리통을 통통 두들기며 너스레를 떨었다.
 "음… 보기 흉하진 않았냐? 난 칼 들고 살벌하게 싸우는 건 너무 싫더라. 그래도 어쨌든 새로운 부하가 두 명 늘었구나. 둘 다 좀 싸가지가 결여되어 있는 것이 흠이지만 차차 지내면서 고쳐 나가면 되겠지."

표영이 다시 사마복 등을 바라보며 물었다.

"어떻소. 다른 분들은 달리 이견이 있으십니까?"

"……."

사마복 등은 꿀 먹은 벙어리처럼 아무 말이 없자 표영이 '무소식이 희소식이다' 라고 자체적으로 해석해 버렸다.

"그럼 동의한 것으로 알고 잠깐만 다녀오리다."

표영은 씨익 웃으면서 제갈호와 교청인을 양 어깨에 들쳐 메고 훌쩍 언덕 쪽으로 발걸음을 옮겼다. 하지만 사마복과 남궁진창이 벼락같이 달려들어 표영의 앞을 가로막았다.

"어디로 데려가는 것이오? 괜한 해코지를 했다간 내 검을 원망하게 될 것이오."

"아, 너무 염려들 마시구려. 난 단지 부하 임명식을 하려는 것뿐이니."

그러다 표영은 고개를 갸우뚱거렸다.

"아니지. 내가 내 부하들을 데리고 가는 것도 허락을 맡아야 하나? 당신들은 분명 증인으로 약속했잖은가. 혹시 그대들도 내 수하가 되려고 하는 것은 아니겠지?"

허나 남궁진창은 여전히 싸늘한 목소리로 말했다.

"흥, 만일 헛수작을 부린다면 그땐 큰일 날 줄 아시오."

표영은 웃음을 머금고 턱으로 만첨과 노각을 가리켰다. 그건 저 둘이 당신들 곁에 있으니 너무 염려하지 말라는 뜻이었다. 뜻을 짐작한 사마복이 그제야 긴장을 풀었다. 표영은 언덕을 넘어 사람들의 시선이 닿지 않는 곳에 둘을 내려놓았다. 아혈까지 찍힌 제갈호와 교청인은 말도 못하고 인상만 구길 뿐이었다.
"자, 이 시간은 둘에게 부하 임명식을 거행하겠다."
'이 자식이 무슨 짓을 하려고……'
제갈호도 제갈호지만 교청인 같은 경우엔 더욱 마음이 심난했다.
'혹시 이 녀석이……'
그녀는 그저 이 거지가 색마가 아니기만을 간절히 바랄 뿐이었다.
"자자, 이것은 내 부하들이라면 다 먹어야 하는 것으로 회선환이라고 부르지. 어때, 이름 좋지 않나? 내가 이름을 지었는데 아무리 생각해도 잘 지은 것 같단 말씀이야. 하하, 이거 쑥스럽구만. 자, 어서 먹어라."
슬그머니 몰래 제조한 회선환 두 알을 차례로 제갈호와 교청인의 입 안에 고이 넣었다.
"자, 도와주마."
표영은 목과 식도 부분을 자극해 잘 삼킬 수 있도록 도와주었다. 제갈호와 교청인으로서는 울며 겨자 먹기로 괴상한 환약이 목구멍을 통과하는 것을 그저 눈 뜨고 지켜볼 도리밖에 없었다. 표영은 이번에는 주먹만한 회선환을 만들었다.
"눈 크게 뜨고 잘 봐라."
표영이 제갈호와 교청인의 눈 가까이에 왕때를 구경시켜 준 후 가까운 나무에 대고 회선환을 비볐다.
'이번엔 무슨 수작을 부리려고 환약을 나무에다 바르는 거지?'
궁금중에 목말라 둘은 뚫어지게 표영을 바라보았다. 표영은 골고루 나무에 펴 바른 후 둘의 시선을 피해 검지를 나무에 박고 독기를 주입했다. 나무가 건실해 보인 터라 꽤나 많은 독기를 주입했다.

제갈호와 교청인으로서는 표영이 독기를 따로 주입했음은 전혀 감지도 못한 터였다. 잠시 후 나무는 서서히 잎사귀부터 누렇게 변해가더니 흐물흐물해져 갔다. 그 광경은 제갈호와 교청인의 심장 박동수를 다섯 배 정도 늘려주었다.
　'헉! 저 나무가 왜…… 어찌 저런 일이…….'
　'나무가 저 지경이면 내, 내 몸은……'
　제갈호와 교청인은 저런 무지막지한 독은 듣도 보도 못한 터였다. 어찌 바르기만 하는 것으로 나무가 저 지경이 된단 말인가. 깜짝 놀라 눈이 두꺼비처럼 변해 버린 두 사람에게 표영이 다가가 어깨를 두드려 주었다.
　"음… 그렇게 놀랄 필요까진 없어. 이제부터 내가 자세히 설명해 줄게. 한 번만 이야기해 주는 거니까 잘 들어야 해. 알겠지? 지금 이 나무는 독기로 인해 사망하고 말았다. 그리고 너희들도 나무처럼 극독을 꿀꺽 삼킨 것이지."
　거기까지 듣던 교청인의 눈에 이슬이 맺혔다. 그건 제갈호도 별반 다를 것이 없었다. 단지 억지로 눈물을 참고 있다는 것뿐. 이젠 죽은 목숨이다.
　"음… 너무 괴로워할 것까진 없어. 너희가 복용한 것은 1년 후에 발작하는 독이니까 말이야. 하지만 그 1년이 지났을 때 너희가 다시 회선환을 복용하지 않는다면 끝내 저 나무처럼 돼버리고 말아. 그건 이독제독의 수법으로 독을 제어하는 거라고 할 수 있지."
　표영이 약간의 뜸을 들인 후 다시 입을 열었다.
　"음… 혹시나 해서 하는 말인데, 이 독을 해독해 보겠다고 노력하는 짓 따윈 하지 않는 게 좋을 거야. 들어봤는지 모르겠지만 이건 오향전갈의 독으로 만들었거든."

 표영은 오향전갈이 대단하다는 것을 알고 있었기에 그들에게 다른 방법을 찾지 못하도록 한 말이었지만 실제 그 효과는 대단했다. 오향전갈이라는 말은 두 사람이 간직하고 있던 마지막 희망마저 걷어차 버린 것이다.

 '씨~ 오향전갈이라니… 이젠 빠져나갈 구멍도 없구나.'
 '청인아, 청인아, 너는 어쩌다 이런 지독한 놈한테 걸린 것이더냐.'
 제갈호와 교청인이 누구인가. 둘은 오향전갈의 독이 어떠한지 잘 알고 있었던 것이다.
 주르륵 눈물을 흘리는 두 사람을 보며 표영이 위로의 말을 건넸다.
 "힘내. 앞으로 잘될 거야. 내가 보기에 너희 둘은 훌륭한 거지가 될 것 같구나. 잘할 수 있겠지?"
 이건 숫제 위로가 아니라 타는 불에 기름을 붓는 격이었다. 어쨌든 표영은 이 정도면 충분히 알아들었으리라 믿고 혈도를 풀어주었다. 아까까지만 해도 두 사람은 혈도만 풀리면 당장에라도 달려들려고 했지만 이젠 아무 생각도 없었다. 둘의 입장에선 한마디로 인생 종친 것이다.
 "어허, 힘내래두. 자, 가자. 아참, 저리로 가거든 괜한 말을 꺼내지 말도록. 그럼 너희들의 신상에 결코 좋은 일이 없을 테니까."
 표영이 앞서 나가자 제갈호와 교청인이 아무 말도 없이 뒤따랐다.
 사마복 등은 눈을 가늘게 뜨고 혹시 무슨 일이 있나 싶어 자세히 살폈다. 그들은 제갈호와 교청인이 축 늘어져 있음과 눈에서 눈물을 연신 흘리는 것을 보고 검을 뽑아 들고 표영의 목을 겨누었다.
 "너는 대체 무슨 짓을 한 거냐?"
 "어허. 애들아, 설명 좀 해줘라."

표영의 말에 제갈호가 흐느끼며 말했다.
"이분은 나의 방주님이시오. 흑흑흑……. 난 그의 수하로 영원히… 흑흑… 모실 거란 말이외다."
제갈호는 급기야 소리 내어 꺼억꺼억대며 울어댔고 그 모습에 교청인도 울음을 터뜨렸다. 이 얼마나 황당한 일인가. 사마복 등은 어찌해야 할지를 몰라 엉거주춤 머뭇거렸다. 제갈호가 울먹이다가 간신히 다시 입을 열었다.
"아무것도 묻지 마시오. 사마 형, 남궁 형, 그리고 주 소저, 그동안 고마웠소. 혹시 우리 집안에서나 날 아는 사람이 내가 어디에 있냐고 묻거든 아무런 말도 하지 말아주시구려. 난 이제 평생을…… 흑흑흑……."
그는 다시 설움이 복받쳐 오는지 말을 끝맺지 못했다. 이어 교청인도 비슷한 말을 건넸다.
"집안에는 제가 따로 연락할 테니 오늘 일을 누구에게도 말하지 마세요. 이것이 저의 마지막 부탁입니다. 여러분들은 정말 복받으신 분들입니다. 흑흑흑……."
눈물 콧물 빼는 모습을 보며 표영은 훠이훠이 손을 내저으며 다그쳤다.
"자자, 그만들 울고 어서 길을 떠나도록 하자. 어서어서."
표영이 앞서자 제갈호와 교청인은 사슬에라도 묶인 듯 그 뒤를 졸졸 따랐다. 사마복과 남궁진창, 그리고 주약란은 한동안 멍하니 그들 모두가 사라진 뒤에도 발을 뗄 생각조차 못했다.
'이게 대체 어찌 된 일이란 말인가!'

14장
전주의 섬

저주의 섬

　제갈호는 늘 생각하길 무공도 무공이지만 외모도 어느 누구에 비해 처지지 않는다고 자부했었다. 거울을 들여다볼 때면 언제나 스스로 감탄사를 발하며 고개를 끄덕인 적이 한두 번이 아니었던 것이다. 하지만 지금의 그의 몰골은 어느 누가 봐도 비 맞은 개 꼴로밖에는 볼 수 없는 모습으로 변해 있었다. 실로 그런 변화는 참혹하다고밖에는 표현할 도리가 없는 지경이었다.
　'내가… 어쩌다 이런 거지 꼴이 되게 되었단 말인가.'
　고작 한 달이라는 짧은 기간이었지만 그동안에 제갈호는 새사람으로 변하고 말았다. 새사람이 되었다라고 한다면 보통 많은 사람들은 이렇게 생각할 것이다.
　'아하, 지난날의 과오를 씻고 선한 사람이 되었군요.'
　혹은,

'무엇보다 마음가짐이 중요한 것이죠. 축하드립니다.'

하지만 제갈호의 변화는 그런 것과는 전혀 관계가 없었다. 마음가짐이고 뭣이고 간에 오로지 거지 중의 상거지가 되기 위한 발악적인 변모라고밖엔 할 수 없었던 것이다. 그가 처연한 표정을 짓고 있을 때면 표영은 따뜻하게 다가와 이렇게 말해 주곤 했다.

"힘내라. 거지는 모름지기 거지다워야 하는 법. 조금만 참고 견디면 머리가 가렵지 않을 뿐만 아니라 냄새도 조만간 향기롭게 느껴질 거다. 험험."

표영은 태연하게 말하는 가운데서도 그나마 양심은 있는 건지, 아니면 제갈호의 비단옷이 단시간 내에 추접스러워진 게 미안한 건지 매번 헛기침하는 것을 잊지 않았다. 어느덧 제갈호는 신속히 쌓여가는 때와 머리에서 눈처럼 쏟아지는 비듬을 바라보면서 점점 거지가 되어갔다. 물론 이제까지 함께하면서 다른 마음을 품은 적이 없지만은 않았다. 몇 번이고 교청인과 상의하여 탈출을 기도했지만 그때마다 갈등에 휩싸여 머리만 쥐어뜯을 뿐 실행에 옮길 수가 없었다.

이유는 오직 하나. 달아나 봐야 해독할 방법이 없다는 것이 문제였다. 이런 제갈호의 슬픔은 대단한 것이었지만 기실 교청인에 비하자면 아주아주 상태가 양호한 편에 속했다. 제갈호와 교청인이 비슷한 몰골인 것은 사실이었지만 어쨌든 교청인은 여자인 것이다. 성격이 괄괄하고 호기롭다고 해도 여자는 어쩔 수 없는 여자였다.

그녀는 이제껏 아름다운 미모와 무공으로 오만함에 휩싸여 뭇 남성들을 내려다보았지만 지금은 그녀도 한 명의 거지에 불과했다. 마음에 맞는 훌륭한 청년 무인을 만나 언젠가는 행복한 가정을 꾸릴 것이라는 기대는 산산이 부서져 버린 것이다. 어느 누가 거지 처녀를 사모할 것이며 성혼(成婚)하자고 따라다니겠는가. 이로 인해 그녀는 뒤따르는 내내 눈물을 쏟았다. 어디에서 그리도 많은 눈물이 나오는지 몰랐다. 눈물의 양이 너무도 많은 것을 신기하게 여긴 표영이 한마디 할 지경이었다.

"그러다 탈수증(脫水症) 걸리겠어. 어지간히 흘리라구. 무슨 우물물도 아닌데 자꾸 눈물을 흘리면 되겠어."

그나마 여기까진 위로의 말이라고 생각할 수 있는 것이지만 이어지는 말은 그녀의 눈물샘을 아주 삽으로 파내는 꼴이 되고 말았다.

"…하긴 눈물을 흘리면 때가 더 견고하게 붙을 테니 그리 나쁜 것은 아니겠군. 교청인, 너는 그 대신 물을 많이 마셔야 한다. 알았지?"

여자의 눈물에 남자가 약하다고 어떤 놈이 말했던가. 교청인은 그저 하늘을 원망할 수밖에 없었다. 아무리 울어도 표영은 눈썹 하나 까딱하지 않았다. 그녀는 표영에게 있어 한 여자이기보다는 새로운 개방의 듬직한 수하일 뿐인 것이다. 도리어 늘 말로써 힘과 용기를 북돋워주었다.

"거지가 되는 길은 참으로 멀고도 험하다. 험험. 허어, 경치 좋구나."

물론 이 말로 힘과 용기를 얻었는지는 미지수지만 말이다. 제갈호와 교청인이 비참함을 곱씹으며 서서히 거지로 변모해 갈 때 함께한 만첨과 노각은 반대로 신바람을 냈다. 자신들이야 원래 출신이 사파인지라 뭐 크게 손해날 것은 없었지만 명성이 자자한 칠옥삼봉 중 두 명이 거지가 되어가는 모습을 지켜보는 것은 가슴까지 울리는 기쁨이었던 것이다. 더욱이 표영이 내놓은 말이 그들의 마음을 더욱 들뜨게

저주의 섬 247

했으니 그 말은 이러했다.
 "험험. 너희 둘이 먼저 들어왔으니 사형(師兄)이다. 제갈호와 교청인은 깍듯이 사형들을 모셔야 한다. 알겠지?"
 제갈호와 교청인의 낯빛이 흙빛이 된 것은 당연지사였고 만첨과 노각은 하늘을 날듯 기뻐했다.
 '이게 꿈이냐 생시냐. 칠옥삼봉의 사형이 되다니. 게다가 저 예쁜 교청인이 날 사형이라 부른단 말이다. 흐흐흐… 난 사실 알고 보니 행운아였구나. 일찍 들어오길 정말 잘했어.'
 '앞으로 이렇게 되면 내 밑으로 대체 얼마나 많이 들어올까. 혹시 소림 장문인이라도 들어오게 되는 날엔 그도 내 사제가 되는 것이 아니냐. 오호~'
 물론 제갈호가 처음부터 호락호락 사형이라고 부를 리 만무했다. 하지만 가는 동안 제갈호가 만첨에게 반말로 지껄였다가 표영에게 호되게 얻어터지는 일이 생긴 뒤로는 꼬박꼬박 사형이라 해대니 만첨과 노각의 입은 귀까지 찢어졌다.

 표영은 부하들을 데리고 광동성 남단에 위치한 어촌 마을 신합에 이르렀다. 제일 먼저 찾은 곳은 바닷가였다. 태어나서 한 번도 바다를 구경해 본 적이 없는 표영으로서는 끝을 알 수 없는 바다의 웅장함에 압도되었다.
 '이것이 바다로구나. 과연 대단하다. 흔히들 아버지를 하늘이라 하고 어머니를 바다라 칭하는데, 가히 바다는 어머니로 견주어볼 만하구나.'
 바람이 일며 바다 내음이 흠뻑 묻어왔다. 거대한 바다와 다섯 명의 거지. 이런 광경은 도무지 어울리지 않을 것처럼 보였으나 바다의 위용은 거지들의 초라한 모습에도 운치를 더해주었다. 표영은 두 손을 치켜들며 크게 외쳤다.

"자, 이제부터 시작이다~!"

제갈호는 뒤쪽에 퀭하니 있다가 혼잣말로 중얼거렸다.

"대체 뭐가 시작이란 건지 원."

이곳까지 오는 동안 제갈호는 줄기차게 어디로 가냐고 물었다. 하지만 표영은 그저 '바다로 간다' 고만 이야기했다. 원래대로 말하자면 '거지 훈련소로 가는 거야' 라고 해야 옳았지만 큰 충격을 받을까 봐 그것만은 적당한 말로 얼버무렸던 것이다. 하지만 제갈호는 이제 바다로 왔으니만큼 다음 대답을 들을 수 있겠다 싶어 물었다.

"방주님, 무엇이 시작이라는 말씀이십니까? 이제 바다에 도착했으니 자세히 말씀 좀 해주십시오. 누굴 만나기로 약속이라도 하신 겁니까?"

그런 의문은 제갈호뿐 아니라 다른 이들도 마찬가지였던 터라 모두들 표영을 바라보았다. 표영은 이제 말해야 할 때가 온 것이라 생각하고 호탕하게 웃으며 입을 열었다.

"하하하, 내가 바다로 온 것은 말씀이야, 우리 진개방의 세력을 키우고 힘을 최대한 끌어올리기 위함이다. 우리는 이곳에서 무인도를 하나 구할 것이다. 그리고 그곳은 앞으로… 험험, 진개방의 훈련소가 될 것이다. 그리고 때가 되면……. 강호에 나가 개방을 접수할 것이다."

처음과 달리 마지막 개방을 접수할 것이다라고 말하는 표영의 눈빛은 진중함으로 가득 찼다.

'그래. 꼭 개방을 품에 안으리라.'

하지만 제갈호를 위시한 네 명의 부하들은 일순 어이가 없었다. 개방을 접수하다니. 무슨 개방이 동네 주루나 기루 정도 되는 줄로 여기고 있는 말투가 아닌가. 그들은 서로를 바라보다가 자신의 모습을 둘러보며 속으로 혀를 찼다. 아무리 둘러봐도 방주까지 합쳐 다섯 명뿐이다.

대체 무슨 수로 개방을 접수하겠단 말인지 그저 답답할 뿐이었다. 이들은 심각한 표정으로 표영을 바라보며 각자 방주라는 작자에 대해 연구에 들어갔다.

만첨.

'방주는 아무리 생각해 봐도 정상은 아니다. 하지만 정상이 아니기 때문에 진짜 말한 대로 개방을 접수할지도 모르겠다. 저기 버젓이 제갈호와 교청인이 거지 꼴이 되었잖은가.'

노각.

'방주님의 힘이 어느 정도인지는 아무도 모른다. 부자 우조환의 집안을 바로 세우고, 호랑이를 잡으러 갔다가 세 마리씩이나 잡아오지 않았던가. 이번에도 분명 믿는 구석이 있을 거야. 암, 왠지 몰라도 방주님이 한다면 뭐든 잘될 것 같거든.'

제갈호.

'대체 머리 속에 뭐가 들은 걸까. 미친 자식~'

교청인.

'내가 미쳤지, 미쳤어. 분명 개방을 접수하겠다는 의도는 그들이 너무 깨끗하기 때문에 배알이 뒤틀린 것이 틀림없어. 하여튼 저 인간은 깨끗한 것을 죽기보다 싫어하니… 교청인아, 넌 정말 잘못 걸렸구나.'

제갈호와 교청인은 아직 불만이 가득했지만 만첨과 노각은 그나마 막연한 기대감 같은 것이 있었다. 단지 불만이라면 가끔씩 개밥을 먹으라고 할 때와 목욕을 절대로 하지 못하도록 하는 점이었는데 그 외에는 뭔지 모를 믿음 같은 것이 존재했다.

그때 교청인이 퉁명스럽게 입술을 내밀고 물었다.

"방주님, 우리가 가야 할 무인도는 어디쯤에 있나요?"

교청인으로서는 당연히 정해진 장소가 있는 것으로 여긴 터였다. 그건 다른 사람들도 마찬가지였다. 그 말에 표영이 어깨를 으쓱거렸다.

"글쎄, 이제부터 한번 물색해 봐야지."

"에엣~!"

교청인뿐 아니라 제갈호도 놀라 경악성을 터뜨렸다.

"아무 계획도 없이 무작정 이곳으로 온 거란 말입니까?"

표영이 씨익 웃으면서 힘차게 고개를 끄덕였다.

"응."

두 사람이 생각할 때는 참으로 기가 막힌 일이 아닐 수 없었다. 그래도 뭔가 있을 것이라고 막연하게나마 기대했던 감정이 와르르 무너져 내렸다. 하지만 만첨과 노각은 달랐다.

"아야… 지금부터라도 열심히 찾으면 되지 놀라긴 왜 놀라고 난리야. 사제와 사매는 방주님을 너무 무시하는군."

'저것들을 그냥.'

제갈호는 이가 갈렸지만 그저 속으로만 삭일 수밖에 없었다.

"자, 잡소리 그만 하고 구걸을 해가면서 무인도를 알아보도록 하자."

신합 지역에서의 구걸은 아주 수월했다. 마을 사람들의 인정이 어찌나 좋던지 모두들 거지 차림인 표영 일행을 마치 오랫동안 떨어졌다가 만난 가족처럼 대해주었다. 그렇게 밥은 제때 얻어먹을 수 있었지만 정작 무인도에 대해 묻노라면 어느 누구 하나 제대로 말을 해주는 이가 없었다.

"무인도? 그런 게 어딨겠어? 혹시 찾으면 나도 꼭 구경시켜 주게나."

"글쎄, 그런 섬은… 불… 하하, 불행히도 없는 것 같군."

"무엇 때문에 그러나? 괜히 헛고생하지 말고 돌아들가게."

"사람이 살지 않는 섬이라면 그곳은 마땅히 살 곳이 못되기 때문이야. 그러니 있다 해도 가봤자 아무 소용도 없는 게지. 시간만 낭비하는 것일 게야."

표영은 약 5일 정도 여러 사람들의 대답을 들으면서 뭔가 꺼림칙한 느낌을 받았다. 천음조화를 익힌 표영의 세밀한 감각이 '그들의 말이 전부가 아니다'라고 말해 주고 있었다. 그렇다고 억지로 캐물을 수도 없는 노릇이라 다시 이틀을 보내게 되었을 때였다.

저녁 무렵 표영 일행은 60대의 노부부만 사는 집에서 끼니를 얻어먹게 되었다. 이 노부부는 자식들을 도회지로 보내놓고 배 한 척으로 고기를 잡고 오순도순 살아가고 있는 집이었다. 상을 따로 차린 가운데 노부부가 한 상에서 식사를 하고 또 다른 상에는 표영 등이 자리했다. 노인은 먹성 좋게 식사를 하면서 노부인에게 말했다.

"오늘 불귀도 근처로 갔지 뭐겠소. 늘 생각하는 것이지만 그곳은 그저 지나치기만 해도 기분이 께름칙하단 말이야. 오늘도 어찌나 으스스했는지 모른다니까."

그 말에 노부인의 얼굴에 주름이 가득 접혔다.

"이봐요, 영감. 제발 그곳 근처로는 지나지 말라고 했잖아요. 당신은 대체 정신이 있는 게유 없는 게유. 그러다 변이라도 당하면 어쩌려구 그러는 거란 말이우."

매몰차게 다그치는 말에 노인은 고개를 끄덕였다.

"알았소. 아무렴, 당신 혼자 두고 내가 먼저 떠날 수는 없는 노릇이지."

"한 번만 더 그 섬 근처를 지나면 사생결단날 줄 아시우."

"아하, 거참 알았대두. 손님들도 있으니 너무 다그치지 마시오."

그러면서 노인은 어색했는지 표영 쪽을 바라보면서 겸연쩍은 미소를 지었다. 하지만 이미 표영의 마음엔 불귀도라는 이름이 화살처럼 꽂힌 뒤였다.

"저… 식사 중에 죄송한 말씀입니다만 불귀도라는 섬은 어떤 곳인가요?"

"아하, 그거… 그 불귀도란 말이야… 험험……."

평소에도 입이 가벼워 생각없이 말을 내뱉는 노인장은 막 대답을 하려다 말고 입을 다물었다. 앞에서 노부인이 고리눈을 치켜뜨고 노려보았기 때문이다.

"어허허, 불귀도란 곳은 나도 모르네. 그냥 해본 소리였어."

그러면서 노인장은 부인 몰래 한쪽 눈을 표영을 향해 끔뻑거렸다. 나중에 따로 이야기하겠다는 뜻이 분명했다. 무슨 의도인지 파악한 표영이 맞장구를 치며 얼버무렸다.

"거참, 이름도 멋지네요. 저는 그냥 이름이 특이해서 한번 물어봤어요."

표영은 불귀도에 대해 궁금증이 일어 식사를 마치자마자 따로 노인장을 만났다. 노인장은 여기저기 둘러보며 혹시나 부인이 어디서 지켜보지 않나 면밀히 살폈다. 그의 모습은 영락없이 '난 공처가다' 라고 말하는 것과 같았다. 노인은 마당 구석에서도 마음이 놓이질 않는 모양이었다.

"잠깐 나가세."

"그러죠."

집에서 나온 노인장은 이제 됐다는 표정으로 입을 열었다.

"휴~ 이런 모습 보이긴 싫지만 할망구가 한번 화나면 무섭거든. 지금은 이래도 사실 나도 젊었을 땐 대단했다네. 마음에 들지 않으면 밥상도 엎고 집기를 집어 던지는 것은 예사였지. 하지만 나이가 드니 그렇게 못하겠더구먼. 뭐랄까, 굉장히 할망구가 소중하게 느껴지는 거 있잖은가. 후후, 자넨 아직 어려서 이런 마음을 이해하긴 힘들 거네. 좀 보기가 민망해도 참아주게."

"하하, 전 도리어 보기 좋은걸요."

표영은 이 노인의 모습에서 아버지를 떠올렸다. 어머니 말에 쩔쩔

매며 큰 소리 한번 못 내시던 아버지다.

'아버지, 어머니는 잘 계시겠지? 어머니는 날 위해 매일매일 하늘에 기원을 드리셨는데 혹시 내가 집에 돌아가지 않아 또 기원을 올리고 계시지는 않을까?'

"아까 불귀도에 대해 듣고 싶다고 했지?"

노인장의 음성에 표영이 상념에서 벗어나 얼른 대답했다.

"아, 네. 불귀도는 어떤 곳인가요?"

노인은 아무래도 입이 근질근질한 모양이다.

"음… 그곳은 말이야. 한마디로 말해서 저주받은 섬이라네. 아무도 살지 않을 뿐 아니라 앞으로 누구도 살려고 하지 않을 곳이지."

표영은 내심 손뼉을 쳤다. 저주고 뭣이고 간에 그나마 적당한 곳이 발견된 것이다.

"근데 자네는 무엇 때문에 그 저주받은 섬에 관심을 보이나?"

"솔직히 말씀드릴까요?"

"암, 당연하지."

"사실은 말이죠……."

표영은 뒷말은 노인의 귀에 바짝 대고 귓속말로 소곤거렸다.

"어잉?!"

깜짝 놀라며 노인의 눈이 동그랗게 변했다. 하지만 바로 이어지는 음성.

"뭐라고 하는지 못 들었어. 우리끼리니 괜히 귓속말로 하지 말고 보통처럼 이야기해 보게. 나이가 먹어가니 도통 작은 소리는 들리지 않는단 말일세."

"하하하하… 근데 왜 놀라셨어요?"

"그냥 놀란 척해봤지."

"하하, 노인 어른도 참… 사실 저는 그곳에서 거지들을 훈련시키려 한답니다. 모름지기 상인이라면 상도를 지켜야 할 것이며 나랏일을 하는 사람이라면 마땅히 백성을 아끼는 마음으로 직무를 수행해야 하거든요. 그런 의미에서 거지도 거지의 법도가 있는 법이죠."

표영은 나름대로 거창하게 한 말이었지만 노인은 '무슨 잡소리냐'는 식으로 퀭하니 바라보았다.

"정말인가?"

"그렇다니까요."

"거참, 세상사 아주 복잡하구먼. 근데 그 생각은 좋지 않아. 거지들이 얼마나 모일지는 모르겠지만 불귀도로 갔다간 모두 살아 돌아오긴 힘들걸세."

"무슨 사연이라도 있나요?"

"사연? 그래, 사연이 많지. 그 저주의 섬은 실제 나도 무서워서 직접 들어가 보진 못했어. 그저 돌아가신 아버지로부터 이야기를 전해 들었을 뿐이지. 물론 아버지도 할아버지에게 들으셨겠지만 말이야. 그 저주가 시작된 건 200년 전쯤이라고 하네."

표영은 호기심이 일어 몸을 더 가까이 다가갔다.

"…그게 말이야. 200년 전쯤 불귀도에 이상한 소문이 돌기 시작했었다고 해. 아참, 물론 그때는 섬의 이름이 불귀도가 아니라 화극도라 했다더군. 그 섬은 열 가구도 채 안 되는 사람들이 거주하고 있었다고 했어. 화극도. 이름이 멋지지 않은가? 지금의 불귀도는 이름부터 영 마음에 들지 않는단 말씀이야. 사실 나도 한적한 섬에 들어가서 살았으면 하고 생각한 적도 있었다네."

표영은 가만히 있다간 노인장의 말이 영 엉뚱한 곳으로 갈 것 같아 얼른 요점을 상기시켰다.
"그 이상한 소문이란 게 뭐였습니까?"
"아, 맞아! 그 이상한 소문이란 말이지, 화극도는 저주받은 섬으로 그곳에 머무는 자는 모두 죽음을 맞으리라는 것이었어. 근데 그 소문이 돈 지 얼마 되지 않아 화극도에 살고 있던 사람들이 모두 죽어버렸다네. 언제 죽었는지도 몰랐지. 그저 화극도 주민들의 시체가 해풍에 밀려 바닷가로 떠내려온 것이거든. 그런 소문과 의문의 죽음이 일자 어부들이 괴이하게 여겨 화극도로 떠났다네. 원래 어부들이 미신도 강하지만 억세기는 얼마나 억센가 말일세. 그런데 놀랍게도 그 어부들이 모두 싸늘한 시체가 되어 돌아왔다네. 마치 화극도의 주민들처럼 말이야. 그렇게 되자 또 다른 사람들이 찾으러 갔고 또 그들이 죽고, 또 찾으러 가고 또 죽고 하는 일이 대여섯 번 반복되자 비로소 두려움을 느낀 게야. 그때부터 사람들은 화극도에 귀신이 붙었거나 특별한 이유로 저주를 받았다고 생각하게 되었지. 생각해 보게. 가는 족족 죽게 되니 얼마나 두려웠겠느냔 말이야. 그때부터 화극도는 돌아올 수 없는 섬이라 해서 불귀도라고 불리게 된 거지."
"음… 참으로 해괴한 일이군요."
"그렇구 말구. 젊은 친구는 그냥 옛날이야기 들었다 생각하고 불귀도로 갈 생각일랑은 꿈도 꾸지 말게. 괜한 거지들 죽일 수도 있으니까 말이야. 알았나?"
하지만 표영은 해괴하게 여겨진 것만큼이나 강한 호기심이 일었다. 질문에는 답하지 않고 새로이 물었다.
"그럼 그 후로 지금까지 불귀도에는 아무도 들어간 사람이 없었나요?"

표영으로서는 어차피 섬에 들어가야 할 터인데 아무도 가려고 하지 않는다면 배도 구할 수 없을 것 같고 어디인지도 몰라 갈 수 없을 것 같자 혹시나 해서 이렇게 질문한 것이다.

"좋은 질문이야. 들어간 사람이 있었다네. 불귀도로 불리워진 후 20년이 지나 또 하나의 희한한 일이 생겨난 거지."

"……?"

표영이 의문에 가득한 시선을 보내자 노인은 무슨 큰 비밀이라도 말하는 것처럼 진지하게 입을 열었다.

"그 당시 어느 누구도 불귀도에 데려다 줄 어부는 없었다네. 그런데 느닷없이 불귀도에 배를 몰아주겠다고 하는 사람이 나타난 거야. 천금을 준다 해도 어떤 어부도 가지 않을 곳을 말일세. 정말 희한하지 않나?"

표영이 고개를 끄덕였다.

"…그 사람은 불귀도에 데려다 주겠노라고 했지만 손님이 있을 리가 없었지. 하지만 중원천지엔 호기심 많은 무인(武人)들도 많더군. 간혹 가다 한두 명씩 불귀도의 전설을 듣고 일 년이면 서너 명이 다녀간 거야. 그런데 희한하게도 그들이 죽지 않고 살아서 돌아온 것이란 말일세."

긴장 탓인지 노인은 침을 꿀꺽 삼킨 후 말을 이었다.

"그저 불귀도에 다녀온 사람들은 모두들 이렇게 말했다더군. '쓸모없는 섬에 불과해. 내 다시는 오지 않는다' 라고 말이야. 지형상의 이점도 없었고 배를 대기도 힘들고 그곳에서 농작을 한다는 것도 땅이 척박해 힘들거든. 하지만 무림인들이 다시는 오지 않겠다고 한 데는 분명 께름칙한 것을 느꼈기 때문이었을 거네. 그 근처에만 가도 왠지 재수없는 기운이 감돌거든."

"혹시 지금도 불귀도에 데려다 주는 사람이 있나요?"

"놀라지 말게. 지금도 있어. 벌써 4대째 이어 내려오며 그 미친 짓을 하고 있단 말일세. 가업(家業)도 참 특이하지 않나?"

"오호~ 대단한 집안이네요."

"그렇지. 하지만 대단하긴 해도 그런 대단한 것은 쓸모없는 짓이야."

표영은 그나마 다행이란 생각이 들었다.

"그럼 이젠 그리 두려워할 곳만은 아니로군요. 다녀간 무림인들이 살아서 나왔으니 말이죠."

"음, 그건 모르는 일이야. 당장은 죽지 않았어도 그 후로 서서히 죽어갔는지도 모르잖은가. 다시 말하지만 괜히 불귀도로 갈 생각이라면 포기하게나. 거긴 불길해."

"하하, 거지의 목숨이야 원래 질기니 별 탈 없을 겁니다. 그런 곳에 거지가 가서 몇 번 구르면 저주 같은 것은 금세 사라질 거라구요. 어르신, 제게 불귀도에 데려다 준다는 사람의 거처를 알려주십시오."

"안 돼. 그건 가르쳐 줄 수 없어. 정 가고 싶거들랑 혼자 찾아보게."

노인은 벌떡 일어나 집 쪽으로 날듯이 달려가 버렸다.

"좀 알려주시라니까요~ 안 그러면 할머니에게 다 일러바칠 겁니다."

15장
불귀도의 안내자 손패

불귀도의 안내자 손패

"불귀도에 관한 이야기는 여기까지다."
 표영은 노인장에게 들었던 말을 수하들에게 그대로 설명해 주었다.
 "저주의 섬이니 뭐니 하는 말들은 신경 쓸 것 없어. 난 마음으로 결정했다. 불귀도는 이제 진개방의 새로운 신화를 창조하는 곳이 될 것이다. 으하하하!"
 표영은 들뜬 마음으로 웃어댔지만 듣고 있는 제갈호 등은 여간 불안한 것이 아니었다.
 "방주님, 불귀도에 가셔선 안 됩니다. 굳이 위험을 감수할 필요까진 없잖습니까?"
 "그럼요. 제갈 사제의 말이 옳습니다. 바쁠 것도 없는데 천천히 다른 곳을 찾아보자구요."
 어찌 보면 대단한 충성심이 아닐 수 없었지만 실제 내막은 그보다 현실적이었다. 그 답은 노각의 입에서 터져 나왔다.

"방주님께 무슨 일이라도 생기면 저희들은 어떻게 되겠습니까?"

이들은 표영을 걱정하는 말을 쏟아냈지만 정작 근본은 '자칫 죽기라도 하면 해독은 누가 해준단 말입니까?'라는 말이었다. 교청인도 옥음(玉音)을 울리며 한마디를 보탰다.

"절대로 보내드릴 수 없어요. 제가 아버님께 돈을 얻어서라도 섬을 하나 구해드릴 테니 제발 가만히 계세요."

표영은 모두의 말을 듣고 감동에 젖은 표정을 지었다.

"너, 너희들이 이 방주를 이렇게까지 생각하고 있었더란 말이냐."

이유야 어떻든 수하들이 단결하고 있는 모습은 우두머리로서 보기 좋은 모습이 아닐 수 없었다.

"좋다. 결정했다."

표영의 단호한 말에 모두는 안도의 한숨을 내쉬었다. 이젠 해독 걱정은 없는 것이다. 서로는 의외로 방주가 심약한 구석이 있다고 생각하며 마음을 놓았다.

"생각 잘하신 겁니다. 꼭 섬이 불귀도만 있는 것은 아니니까요."

하지만 제갈호의 말이 끝나기가 무섭게 뜬금없는 소리가 튀어나왔다.

"그래, 결정했어. 불귀도로 가자. 자, 어서 따라와."

"네?!"

"이런……!"

"뭐, 뭐야, 대체!"

모두는 입술을 씰룩거리며 바삐 표영을 뒤쫓았다.

"정말 그러실 겁니까?"

"아, 정말 짜증나네."

표영은 유일하게 불귀도로 배를 태워준다는 사람에게로 향했다. 이미 위치는 노인으로부터 들은 터였다. 기실 노인은 끝끝내 말해 주려고 하지 않았었다. 하지만 표영이 누구던가. 한다면 무슨 일이 있어도 하고야 마는 족속이 아니던가 말이다. 결국 노인은 찐드기보다 더한 표영의 끈질김과 할머니에게 일러바친다는 말에 결국 항복하고 만 것이다.

가는 동안에도 연신 만첨이나 제갈호 등이 재잘재잘거리며 가선 안 된다고 잔소리를 해댔지만 표영의 의지는 굳건하기만 했다.

"염려하지 말라니까. 거지로 살다 보면 좋은 점이 뭔지 아니? 아무 것도 개의치 않고 지내다 보면 말이야, 자연스럽게 감(感)을 잡는 능력이 생기게 되거든. 왠지 이번 불귀도에 가는 길은 감이 좋아. 못 믿을진 몰라도 이제껏 내 감은 틀린 적이 없었단다. 알겠어?"

표영의 이 말은 그냥 하는 말은 아니었다. 실제로 비천신공이 늘어가면서 그런 느낌을 받고 있었으니 말이다. 하지만 만첨이나 제갈호 등이 그 말을 이해할 수는 없는 노릇이었다.

"정 그러시다면 저도 함께 가겠습니다. 어차피 방주님과 생사를 함께하게 된 이상 그냥 넋 놓고 있을 순 없지 않겠습니까."

교청인도 제갈호의 말에 동의했다.

"저도 가겠어요."

이렇게 되자 처음 불귀도에 대한 말을 들을 때부터 절대 그곳엔 가지 않겠다고 다짐했던 만첨과 노각은 난처한 지경에 빠지고 말았다. 그들로서는 불귀도에 가자니 왠지 불안을 떨칠 수가 없었고, 남아 있자니 후환이 두려웠다.

'에라, 그래, 함께 죽자, 함께 죽어. 씨팔.'

"저희도 가겠습니다."

이들 모두는 큰 결심을 하고 한 말이었지만 표영은 대수롭지 않게 받아들였다.

"니들 맘대로 해."

하지만 마음 한편에선 이제 이들이 철저히 자신의 삶을 맡기고 순응하는 듯한 모습에 흐뭇해졌다.

'기특한 녀석들. 흐흐.'

노인장의 설명대로 걸어가던 표영은 멀리 작은 움막을 발견할 수 있었다.

"저곳이구나."

그곳이 확실할 수밖에 없는 건 움막집 위로 깃발 달린 큰 장대가 꽂혀 있었기 때문이다. 깃발에는 붉은 글씨로 불귀도행(不歸島行)이라 적혀 있었다. 만첨과 제갈호 등은 선입관을 가지고 바라봐서인지 몰라도 불귀도행의 붉은 글씨가 유독 불길하게 느껴졌다. 움막 앞에 이르자 노각이 나서서 문을 두드렸다.

"계십니까?"

이윽고 문이 삐드득 열리며 40대 후반의 비쩍 마른 사내가 모습을 드러냈다. 그의 용모는 마른 몸에 강단이 서려 있는 것이 고집이 만만치 않을 것임을 말해 주고 있었다. 그는 살짝 인상을 찡그리고 표영 일행을 쭉 둘러보았다. 그리고 이어지는 말.

"네놈들에게 적선할 밥은 없으니 다른 곳으로 가봐라."

큰 덩치를 자랑하는 노각이 뭐라고 말하기도 전에 표영이 먼저 말을 꺼냈다.
 "우리는 밥을 얻으러 온 것이 아니라 불귀도에 가려고 왔습니다만."
 그러자 사내는 의외라는 듯한 표정을 지으며 다시금 찬찬히 위아래로 일행을 훑어보았다. 그런 행동은 상당히 결례였지만 모두는 아무렇지도 않은 듯 사내의 말을 기다렸다.
 표영을 만나기 전의 제갈호, 교청인이었다면 당장 무슨 일이 일어나도 일어났으리라. 하지만 지금에 있어서는 이보다 더한 일까지 겪으면서 이곳까지 온 터라 크게 기분 나쁠 것도 없었다. 훑어보기를 끝낸 사내는 갑자기 하늘을 바라보며 깊은 탄식을 늘어놓았다.
 "나 손패가 막중한 사명을 받은 지 40년이 지났건만 정녕 오실 이는 오시지 않고 파리만 꼬이는구나. 아, 만고의 세월이여."
 알아들을 수 없는 말을 내뱉고 나서도 그는 다시 길게 한숨을 내쉬었다. 제갈호나 교청인은 그의 한 많은 세월이야 어떻든 간에 사람을 대놓고 파리 운운하자 기분이 뒤틀리기 시작했다. 아직 걸인의 수준으로 말하자면 초보에 불과한 그들인지라 '파리' 라는 말은 감당키 힘든 것이었다. 제갈호가 성이 돋아 막 무엇이라 말하려 할 때였다.
 "하하하하하, 우리보고 파리란다, 파리. 하하하!"
 표영의 웃음소리였다. 거짓으로 웃는 것이 아니라 정말 기분이 좋은 것 같았다.
 "우리 같은 거지에겐 파리라는 말은 대단한 찬사가 아니더냐. 하하하하, 이보다 더한 말이 어딨겠느냐."
 표영은 역시 대단한 거지였으며 개방 방주다웠다. 진정으로 큰 칭찬을 받은 사람처럼 즐거웠던 것이다. 그런 반응에 익히 물들어 있는 만첨이나 노각, 그리고 제갈호 등은 '또 발작이군, 또 발작이야'라고 생각했지만 움막 주인 손패는 달랐다.

'음… 보통 거지 놈은 아니로구나. 저놈이 내가 기다리는 분은 아니겠지만 모욕을 주어도 대수롭지 않게 받아들이는 마음만으로 불귀도에 다녀올 자격은 얻은 셈이다.'

"모두 안으로 들어와라."

들어오라고는 했지만 손패의 말투는 아직도 서늘하기 그지없었다.

"자, 애들아, 들어가자."

표영은 당연하다는 듯 안으로 걸음을 옮겼지만 제갈호 등은 미심쩍음을 버리지 못하고 긴장을 늦추지 않고 안으로 들어갔다.

집 안의 광경은 사뭇 밖에서 생각했던 것과는 달랐다. 많지 않은 집기였지만 곳곳마다 정갈함이 묻어났으며 깨끗하게 정돈된 것이 마음까지 차분하게 해주는 듯했다.

집 안에 탁자가 있었으나 의자가 두 개밖에 없어 자리엔 손패와 표영만이 앉았다. 손패의 고집스러워 보이는 입술이 열렸다.

"불귀도에 왜 들어가고자 하는지는 묻지 않겠다. 하지만 불귀도에 들어가는 데는 두 가지 조건이 있음을 알아야 할 것이다."

"……?"

모두가 시선으로 묻자 손패가 말을 이었다.

"첫째는 누구나 장난 삼아 가는 것을 방지하기 위해 적당한 사례를 치러야 한다는 점이다."

말을 끝낸 손패의 얼굴엔 돈이 준비가 안 됐으면 빨리 나가라는 듯한 표정이 서려 있었다. 표영은 전혀 예상치 못한 문제라 머리를 긁적였다. 거지가 대체 무슨 돈이 있겠는가.

"음, 그게… 우리가 본래 거지들이라……."

그러다 문득 한 생각이 떠올랐다.

'교청인! 헤에, 그렇지.'

표영은 고개를 돌려 교청인을 바라보았다. 오가는 대화를 들은 교청인이 무슨 뜻인지 모를 리가 없었다.

"이것만은 안 돼요. 절대 드릴 수 없어요!"

실제 표영이 제갈호를 보지 않고 교청인만 바라본 이유는 오는 동안 모든 패물과 돈을 어렵게 사는 이들에게 나눠 줘버렸기 때문이었다. 표영이 '거지가 무슨 돈이 필요하냐'며 다 버리라고 했기 때문이다. 하지만 그런 가운데 교청인은 팔찌만은 절대 안 된다고 고집을 피웠다. 그녀로선 어릴 적에 아껴주신 할아버지로부터 받은 귀한 선물이었기 때문이다.

"자자, 그러지 말고 어서 이리 줘봐."

교청인은 입술을 꼭 깨물었다.

"안 돼요. 이것만은……."

"걱정하지 마. 나중에 내가 더 좋은 것으로 선물해 줄 테니까."

표영은 걱정하지 말라면서 슬며시 타구봉을 빼 들었다. 수틀리면 몽둥이가 날아갈 판이었다. 교청인은 씩씩거렸지만 어쩔 도리가 없었다. 방주는 여자라고 봐줄 위인이 아닌 것이다. 이왕 뺏길 거 맞고 주는 것보단 그냥 주는 게 나을 터였다.

'나중에 선물은 무슨……. 평생 거지 노릇이나 할 거면서.'

하지만 어느새 말은 다른 말을 하고 있었다.

"약속하신 거죠?"

표영은 얼른 팔찌를 가로챘다.

불귀도의 안내자 손패 269

"약속한다. 암."

그리고는 팔찌를 손패에게 건넸다.

"자, 이것이면 되겠습니까?"

"음, 좋다. 이번엔 두 번째 조건에 대해 말해 주겠다. 그건 불귀도에는 반드시 한 사람씩만 들어갈 수 있다는 것이다. 이중에 누가 먼저 불귀도에 가겠느냐?"

표영이 뭐라고 하기도 전에 제갈호가 앞으로 나서며 말했다.

"우린 함께 가야 하오. 대체 누가 한 사람씩 들어가야 한다고 정한 것이오?"

손패가 팔찌를 도로 탁자에 내려놓으며 답했다.

"그럼 할 수 없지. 불귀도에 가는 것은 없던 것으로 한다."

표영이 얼른 끼어들었다.

"제갈호, 가만히 있지 못해? 죽고 싶냐!"

그리곤 손패를 보며 말을 이었다.

"내가 먼저 가겠소이다."

그러자 우르르 입을 열었다.

"안 됩니다. 어떤 곳인 줄 알고 혼자 가신단 말입니까?"

"같이 가지 않는 이상 절대 보내드릴 수 없습니다."

하지만 결국 그들은 표영의 고집을 꺾을 순 없었다. 표영은 그들의 입까지 봉해 버린 것이다.

"지금부터 한마디만 더 내뱉으면 너희들을 두고 어디론가 꼭꼭 숨어버리겠다. 하지만 너희들이 잠잠하면 나는 반드시 이 자리로 돌아온다. 알겠나!"

순식간에 수하들을 벙어리처럼 만들어 버린 표영이 손패에게 말했다.

"갑시다."

"날 따라와라."

이윽고 표영을 태운 배는 점점 멀어지며 작은 점이 되었다. 만첨과 노각, 그리고 제갈호와 교청인은 방주가 떠나가는 모습을 지켜보며 각기 생각에 잠겼다.

'과연 살아서 돌아올 수 있을까?'

육지를 떠난 배는 하염없이 바다를 질주했다. 표영은 물어보고 싶은 게 많아 여러 말을 지껄였지만 손패는 아무런 대답도 없이 묵묵히 배를 진행시킬 뿐이었다. 거의 한 시진(두 시간) 정도가 지났을까. 희뿌연 안개 속을 지나던 배는 어느 작은 섬 근처에 이르렀다. 배가 섬에 이르게 되었을 때 이제껏 아무 말도 없던 손패가 입을 열었다.

"이곳이 불귀도다. 나는 내일 이 시간에 올 테니 늦지 않게 나와 있도록 해라."

"수고 많으셨소이다. 그럼 내일 봅시다."

손패는 불귀도에 여러 사람을 데려다 주었지만 어떤 무인도 이 거지처럼 태평한 모습을 한 것을 본 적이 없었다.

'보통 놈은 아니야.'

이윽고 배를 띄운 손패는 혼자서 섬을 둘러보는 거지를 가만히 바라보았다. 배가 서서히 진행할수록 거지의 모습은 점점 작아져 갔다. 손패의 입술이 자신도 모르게 열렸다.

"저 거지가 오시리라 한 그분일 리는 만무할 터. 과연 예언의 때는 언제쯤 이루어진단 말인가?"

그는 끝을 알 수 없는 바다에 눈을 돌리며 길게 탄식했다. 과연 손패가 말한 그분은 누구이며 예언은 무엇을 가리킴일까. 지켜볼 일이다.

[제3권 끝]

마천루(摩天樓) 스토리 3(마천루 최대의 적)

마천루에 적(敵)이 출현했다. 결코 우리에게 적은 없을 것이라 자부했건만 놀랍게도 버젓이 그 모습을 드러내 버리고 말았다. 마천루 작가 사무실에서 적(敵)이라면 글을 쓰지 못하게 하는 존재라고 할 수 있을 것이다. 이 적은 형상도 없이 주변을 맴돌아 모두가 글을 쓰려고 하면 나타나 울트라 파워 모드로 방해하고 홀연히 사라진다.

그럴 때면 작가들은 어찌해야 할지 몰라 한동안 헤매이다 마음을 가라앉히기 바쁘다. 언제나 세상은 동전의 양면과 같이 정의와 그 반대되는 적이 있기 마련인 법. 마징가제트가 있는가 하면 아수라 백작이 호시탐탐 기회를 노리고 있지 않던가. 하지만 이 적은 아수라 백작과 같은 허접한 악당과는 비교할 수 없는 힘을 가졌다. 또한 깨뜨려 부술 수도 없으니 모두들 힘써 이겨내 보려 하지만 끝내 패배하고 만다.

그럼 마천루 최대의 적, 그 정체는 과연 무엇일까!

그 적의 이름은 '친분(親分)으로, 별호는 정(情)'이라고 한다. 친분은 수없이 많은 장점을 가지고 있지만 반면에 사무실 내에서 역효과도 만만치 않게 과시하고 있다. 내가 처음 마천루에 들어왔을 때는 약간의 쭈뼛거리는 머뭇거림과 어색함, 소년 같은 수줍음이 자리했었다. 말 한마디 한마디가 조심스러웠으며 농담을 건네려 해도 몇 번을 생각하고 해야 할 정도였다. 하지만 지금은 상황이 너무도 달라져 버렸다. 형, 동생으로 진하게 엮인 상태에서는 웃고 떠들기와 농담 따먹기가 주된 생활의 일부가 돼버린 것이다.

사실 글을 쓴다는 것은 참으로 대단한 집중력이 없이는 자판을 두드리기 힘들다. 물론 그 가운데서도 예외는 있다. 불굴의 정신력과 집중력을 소유한 『바람과 벼락의 검』의 저자이신 최후식 대형 같은 경우도 있으니 말이다. 대형은 한번 글에 집중하면 옆에서 지랄 발광을 한다고 해도 눈썹 하나 까딱하질 않으신다. 아마도 옆 건물이 포탄에 맞아 부서지고 지진이 일어나 건물 외곽이 떨어져 나가 책상만 덩그러니 남는다 해도 오로지 눈엔 모니터 상의 글만 보이지 않을런지. 참으로 경이로운 그 집중력에 이 자리를 빌어 마음을 다해 경의를 표하는 바이다. 짐작컨대 그런 정신력이 『표류공주』나 『바람과 벼락의 검』처럼 훌륭한 문체와 구성력을 지닌 명작을 만들어내는 것이 아닐까.

하지만 본인이나 다른 작가들처럼 고요함(?)과 아늑함(?)을 최고의 환경으로 생각하는 사람들에겐 그야말로 친분으로 인한 소란스러움은 난제(難題)가 아닐 수 없다. 예를 들어 누군가가 글이 안 풀린다며 왔다 갔다 혼잣말을 하게 되면 여차저차 말이 오고 가게 되어 삽시간에 분위기는 전염되고 만다(아마 그 주범은 내가 아닐지… 깊이 반성해야 할 부분이다). 농담이라도 한마디 나올 것 같으면 그것이 두 배로 증폭되고 다시 열 배, 그러다 100배로 증폭, 변형, 확장이라는 과정을 거치는 동안 시간은 우리들 몰래 후닥닥 달아나 버린다.

그러다 보면 정작 글 쓰는 시간이 10분이라면 쉬는 시간은 3시간 정도가 될 지경에 이르고 만다. 즉, 마천루 작가 사무실이 아닌 마천루 놀이방, 마천루 휴게실로 변화되고 마는 것이다. 그러다가 이제 글을 좀 써볼까 하면 머피의 법칙이 다가온다. 꼭 마음 잡고 글을 쓰려고 하면 식사할 시간인 것이다. 서로들 무엇을 시킬 것인지 한참 동안 머리를 굴린다. 그러다 보면 시간이 주르륵… 식사 배달 기다린다고 다시 시간이 주르륵… 그 후 식사를 마쳤으니 티타임이라고 커피 한잔하다 보면 주르륵… 이렇게 하루를 보내고 나서 결과물을 들여다보면 모니터에는 챕터 제목만 덩그러니 남아 있던 적이 한두 번이 아니다. 좀 더 나은 성과를 보이는 경우엔 글 속의 주인공들이 몇 마디 나누기도 하지만 그것도 아주 적은 양에 불과하다. 이 얼마나 엄청난 폐해인가.

하지만 친분이라는 적은 만행을 여기에서 그치지 않는다. 특이하게도 친분은 또 다른 동료를 데리고 다니는데 그 동료의 이름은 게임이다. 작가들마다에겐 좋아하는 게임이 있는데 그중 단연 최고의 인기를 구가하고 있는 것은 스타크래프트라는 악당이다.

스타는 혼자하는 것만으로도 그 작가에게 글을 못 쓰게 하는 병균을 뿜어대지만 전염성도 탄저균이나 천연두에 못지 않게 막강하기 이를 데 없다. 스타에 열광하는 이들은 한참 혼자하다가 지겨울 때면 편을 나누고 대전에 들어간다. 그래도 끈끈한 유대 관계가 악화될까 염려해 꼭 싸울 때는 작가 대 작가로 싸우는 것이 아니라 작가 대 컴퓨터로 맞추어놓고 게임에 임한다.

어찌 보면 좋은 구도인 것도 같지만 실은 악한 적을 더욱 키우는 것일 뿐이다. 나는 스타를 전혀 하지 못하지만 과거 임진록을 해본 터라 개념이나 방식은 이해하고 있다. 하지만 임진록이나 스타나 내 관점에서는 이건 순 노가다가 아닐 수 없다. 미네랄을 채취하고 가스를 생산하며 기지를 짓느라 힘을 쏟다니. 허나 다른 스타를 즐기는 작가들은 전혀 그렇지 않은가 보다.

스타를 하지 않는 작가로는 나와 한성수님, 그리고 목정균님, 임무성님 정도다. 어떤 면에서는 이들은 피해자다. 반면 스타에 열광적인 분들은 집중력의 달인 최후식 대형과 조진행님, 그리고 일묘님, 홍성화님이다. 이들은 서로 눈만 마주치면 파파팟 불꽃을 튀기며 누구든 말을 꺼낸다.

"스타 한판?"

"좋지."

제안도 짧고 대답도 간결하기 그지없다. 그들에게서 '지금은 별로 하고 싶지 않은데…' 란 말은 거의 백 번에 한두 번 정도 나올 뿐이다. 이런 폐해는 케이블 TV 중 게임 방송 시청에까지 다다른다. 특히 마천루에서 절대적인 지지를 받고 있는 프로 게이머 임요환님의 게임 때는 모두가 다 TV 앞에 모인다. 이때는 참으로 진지하기 이를 데 없어 긴장감이 주변을 휘감는다. 이때 만약 누군가가 떠들다간 연환퇴의 발차기나 강룡십팔장 같은 장력에 얻어맞아 사망에 이르게 되기에 침만 꼴깍꼴깍 삼키고 있어야 한다.

나는 그런 환경에서 잘하지도 못하는 게임이지만 어느새 임요환의 팬이 되어버렸다. 내가 좋아하는 작가들이 좋아하니 나도 좋아지게 된 것이다. 시청 중에 감탄사를 연발하며 황홀한 표정을 짓는 모습이란 광신도들이 따로 없다. 처음 TV가 들어올 때는 순 기능적인 목적을 지니고 입성하게 되었다. 세상이 어찌 돌아가는지는 알아야 한다는 것과 해외에서 고생하는 박찬호는 응원을 해야 한다는 것이었다. 하지만 지금은 세상도 알아서 잘 돌아가고 있고 박찬호는 쉬고 있는데 우리의 TV는 게임 방송 보내기에 바쁘다.

여기까지 스타의 폐해에 대해 말했지만 그렇다고 본인이 아예 게임을 하지 않는 것은 아니다. 난 그 이름도 찬란한 피파축구를 한다. 실제 축구는 못하면서 보는 것과 게임은 즐기는 편이다. 쉼없이 골을 넣다 보면 기분이 그렇게 상쾌할 수가 없다(피파 중독이란 말인가). 최근에는 용산 갈 기회가 있어 피파2002 정품 시디를 구입했고 홍성화님을 끌어들여 맞상대로 열심히 경기에 열중 중이다(그래서 다른 분들이 스타한다고 해도 아무 말도 못한다_-;;).

홍성화님은 게임의 귀재가 분명하다. 근 1년 간 피파만 해온 나의 실력을 단 일주일 만에 능가해 버리는 놀라운 실력을 보여주었다. 그전에 플레이스테이션2가 있을 때도 DOA2에서도 얼마나 발군의 실력을 보여주었던가. 플스 2의 달인 목정균님과 맞짱뜰 수 있는 유일한 게이머가 바로 홍성화님이다.

하지만 모든 작가가 다 게임에 빠져 있는 것만은 아니다. 마천루 작가 중 게임을 멀리하는 분도 있으니 그는 바로 한성수님이다.

사실 멀리한다기보다는 컴퓨터 환경이 따라주지 않는 점도 한몫 단단히 하지 않을까 싶다. 여태까지 그는 구형 초기 펜티엄 버전으로(기가급 시대에 아직 75메가짜리를) 글을 쓰고 있다. 랜도 설치되어 있지 않고 구형 14인치 모니터로 작품을 뽑아내고 있으니 그저 대단하다고밖에는 달리 표현할 말이 없다. 게다가 그는 성실한 작가로 우리들 사이에 정평이 났기에 별명은 사자후, 혹은 성실맨으로 통한다. 그는 아직 미혼이니 여성 팬들은 대시를 해보는 것도 좋을 듯싶다.

그가 선호하는 스타일은 선녀 같은 여자 분들을 좋아하기에 그걸 염두에 둔다면 만남이 수월할 것이다. 누구든 자신이 선녀 스타일이라고 생각하신다면 아마 확실할 듯. 눈이 너무 높은 것이 아니냐고 반문하지 않아도 된다. 그가 말하는 선녀는 그냥 수수하고 착하다고 하니 말이다.

어쨌든 이제까지 장황하게 마천루의 울트라 파워풀 적(敵)에 대해 설명을 했다. 분명한 건 친분과 게임에 일대 혁신이 일어나야만 한 단계 나은 작가 사무실로 거듭날 수 있을 것이라는 점이다(하지만 과연 게임을 뛰어넘을 수 있을런지).

만약 마천루가 이것을 극복하지 못한다면 사무실 이름은 마천루 게임방으로 바꿔 달아야 하지 않을까? 현재 본인은 주화입마 상태에 빠져 3권의 대부분을 집에서 쓰게 되었다(물론 중간에 아이가 아파 입원하는 대사건이 발생한 점도 있지만).

마천루의 회생은 사무실 구조를 고시원 체제로 폐쇄된 공간을 만들어 그곳에서 글을 쓰고 휴게실은 따로 만들어 기분 전환하는 구조로 변화되어야 하지 않을까 싶다. 만일 게임으로 인한 주화입마에 계속 빠져들게 되고 그래서 계속 집에서 쓰게 되면 아마도 '마천루 스토리 4'는 기약할 수 없을지도 모르겠다.

그때는 요즘 한참 인기를 끌고 있는 DVD에 등장하는 서플(제작 과정이나 감독의 해설, N.G 모음이나 삭제 분량을 수록한 것을 의미)처럼 『걸인각성』에 대한 뒷이야기와 왜 그런 장면이 나오게 되었는지에 대한 글을 올려 글에 대한 이해와 공감을 더해볼까 생각 중이다.

예를 들자면 이진구의 동굴 사건이 나오게 된 배경은 무엇이며, 어떤 생각을 하고 썼는가에 대한 이야기들이다. 하지만 궁극적인 나의 바람은 오직 사무실의 일대 개혁이다(모든 독자 분들은 한마음으로 성원을 보내주시어 마천루가 훌륭한 작가 집단이 될 수 있도록 기원해 주시길 빕니다).

추가)
제가 즐겨 가는 인터넷 공간은 세 곳입니다.
1. 마천루 홈페이지. www.machunru.net 이곳은 마천루 작가들이 만든 공간입니다. 업데이트가 제때 이루어지지 않는 점이 많지만 너그럽게 보아주시길 바랍니다.
2. 만선문의 후예, 걸인각성 다음 카페
 cafe.daum.net/MANSUNMUN
이곳은 독자 시스님이 만든 곳으로 자주 가는 곳이죠.

3. 천리안 무림 동호회. 『만선문의 후예』를 처음으로 연재하며 활동했던 공간입니다. 2001년 동안 부운영진으로 하는 일 없이 자리만 차지했죠.
  —〉〉 하지만 이 세 곳에서도 마감이 임박하거나 글이 몰릴 때는 들어가지 못할 때도 있답니다(못 보시더라도 아쉬워하지 마시길).

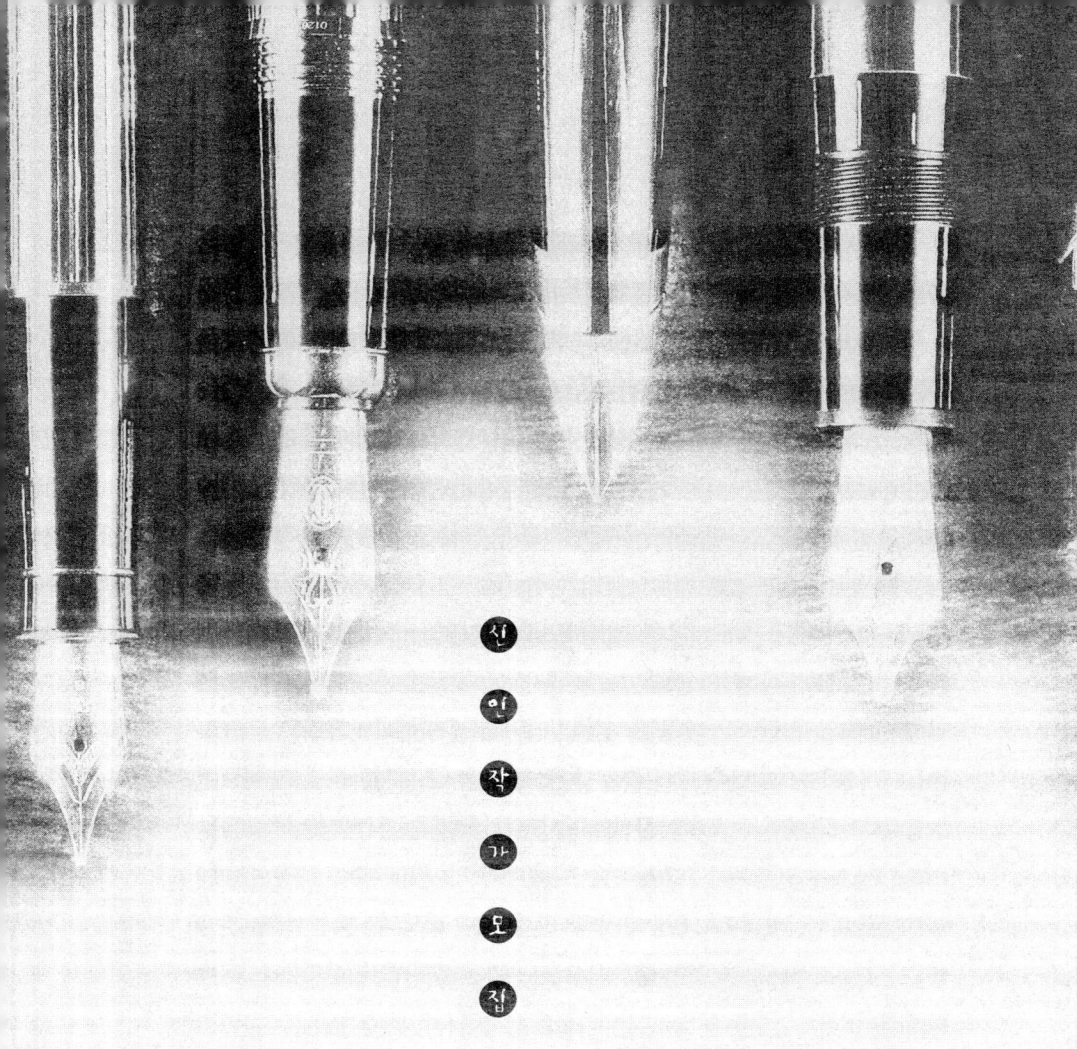

신인작가모집

시작이 반이라고 했습니다.
작가의 길에 대한 보이지 않는 벽을 과감히 깨뜨리십시오!
청어람은 작가 지망생 여러분들의
멋진 방향타가 되어드리겠습니다.

저희 도서출판 청어람에서는
소설 신인 작가분들을 모집합니다.
판타지와 무협을 사랑하시는 분들의 많은 참여를 바랍니다.
소정의 원고(A4용지 150매)를 메일이나 우편으로 보내주시면
검토 후 출판 여부를 알려드리겠습니다.

주소:경기도 부천시 원미구 심곡1동 350-1 남성B/D 3F 우편번호420-011
TEL:032-656-4452 · **FAX**:032-656-4453
http://www.chungeoram.com
e-mail:chungeoram@chungeoram.com